弗罗斯特诗歌集

（美）罗伯特·弗罗斯特 著
陈光华 译

苏州大学出版社
Soochow University Press

图书在版编目(CIP)数据

弗罗斯特诗歌集 / (美) 罗伯特·弗罗斯特著; 陈光华译. —苏州: 苏州大学出版社, 2022. 12
ISBN 978-7-5672-4187-9

Ⅰ. ①弗… Ⅱ. ①罗… ②陈… Ⅲ. ①诗集-美国-现代 Ⅳ. ①I712. 25

中国国家版本馆 CIP 数据核字(2023)第 002451 号

书　　名: 弗罗斯特诗歌集
FULUOSITE SHIGE JI

著　　者: (美)罗伯特·弗罗斯特
译　　者: 陈光华
责任编辑: 杨　华
装帧设计: 刘　俊

出版发行: 苏州大学出版社(Soochow University Press)
社　　址: 苏州市十梓街 1 号　**邮编**: 215006
印　　装: 苏州工业园区美柯乐制版印务有限责任公司
网　　址: www. sudapress. com
邮　　箱: sdcbs@ suda. edu. cn
邮购热线: 0512-67480030
销售热线: 0512-67481020

开　　本: 890 mm × 1 240 mm　1/32　**印张**: 14. 5　**字数**: 346 千
版　　次: 2022 年 12 月第 1 版
印　　次: 2022 年 12 月第 1 次印刷
书　　号: ISBN 978-7-5672-4187-9
定　　价: 59. 00 元

令人迷思的翻译

初识弗罗斯特是在他那首绝美却又无法言说的诗中，天色已晚，孤独的行路人，暗黑的树林，远方的村子，冰冻的湖面，簌簌的落雪，小马摇响的铜铃……一种无法名状的感觉让我拿起笔把它抄写下来。抄诗是一个多少有点奢侈的行为，且浪费纸。然而总有一些东西想要珍藏，只能抄，这就是《雪夜驻马林边》。林子的黑魆阴森，欲停又赶的纠结却始终缠绵难懂。我想起了曾经的那场大雪，把路边的竹林压倒一片，脚下浸透了雪水，我却依然前行，恰如弗罗斯特诗中人那样，“宿命先排布，疾风究底根，步履虽蹒跚，踯躅且向前”。

弗罗斯特的诗让人想起曾经纵横的阡陌，泛黑的土地，流淌的清溪，缀满露珠的青草，路边的草花，玩闹的伙伴，草垛里的捉迷藏，还有漫天的繁星，满河的蛙鸣……我隐隐感觉到一种童年的呼唤，他似乎在等待有人感受他割草理地的孤独，踽踽独行的思索。

“大家都一样，近在咫尺或天各一方。”那修墙的邻居暗中摸索毫无主张，一簇野花孤独地绽放，风中的灯盏……摇白桦的孩童那可爱可怜又单调的游戏……他有心声要向世界倾诉，却又选择把自己深深地隐藏，然而总要有人把他找到，他的诗作应该让更多的读者发现、品味，获得启迪。

《人迹罕至的路》是又一首令人着迷的诗。谁该对我们的人生负责？谁在关键时刻做出抉择？谁承担我们选择的后果？所谓的“不同”是什么？有多少不确定？这些问题总是让我纠结不已，现在如此，未来也许依然难以改变。

如果脚步总是匆忙，人生旅途的风景就只能在我们眼前匆匆而过。同样，弗罗斯特在这里与你相遇，你却真的没有必要立下目标说某个时间一定要把这部诗集读完，那显然违背了诗人的本意。你就把它搁在书架边上或者床头，在你疲惫的时候，在你闲暇的时候，在你年轻的时候，在你年老的时候……随便拿起来，扫读几行……让他陪伴你的困乏、你的寂静，也许就在某个瞬间，你与他之间就有了一份交流，这就够了。

我终于下定决心把弗氏的诗以我的手奉献给世人，虽然已有贤人先我一步，但他有他的理解，我有我的品读。人世的精彩不就在于其多样性吗？我相信译界一定还会有更多人士继续为之努力。

诗歌之“不可译”是一个颇具影响力的观点，诗歌似乎天然排斥翻译。诗人极具个性的语言为语言元素的迁移制造了障碍，诗人对其文化环境的体会无法为他人所品味，诗人的人生历程只能是他自己的人生历程，如此种种。翻译弗罗斯特同样并非易事，理解不易，文化元素传递不易，以诗的形式转述原诗不易，还有囿于译者常见的自我认识。我当然也追求译者的自由，但往往选择谨慎地躲在作者的背后，做他的传话筒。劳伦斯·韦努蒂（Lawrence Venuti）提倡译者主体性的发挥，让译者大胆介入作品的解读与创作。翻译本来就是解读与创作的过程，韦努蒂的努力显然不肯停留在这个地方，他要打破传统意义上“传声筒式”的翻译，要跳出为作者服务（作者中心、作品中心）、为读者服务（读者中心）的窠臼，为自己而活，把自己写入译作，使自己的声音成为新作品的一个声部，我称为“复调翻译”。轮到要用于自己的实践时却有些胆怯，至于译者是不是要抢夺作者的地位，译本是不是要摆脱母本，是不是还需要一根绳子牵着，学界正在大力研究。翻译有不同的对象，有应用性的科技翻译、政策翻译、法律翻译等，有哲学翻译，有文学翻译。它们承担着不同的使命，对译者的介入有着不同的耐受度。

But unless you put the right thing to its root（但要是根没有恰当滋养）

thing 被具体化为养分。这是本人翻译弗诗过程中“译者主体性”常见的表现。引申来说，这似乎与林少华先生主张的“审美忠实”暗合。林先生把翻译活动概括为亦步亦趋的工匠型、刻意求工的学者型、惟妙惟肖的才子型三类。要是翻译活动可以用一根一维线段加以统括，工匠型翻译活动可谓此线段的一个端点，才子型翻译活动暂为另一个端点。稍有遗憾的是，“忠实”的对象这个话题似乎鲜有讨论，“忠实”本身在翻译实践中就是一个很有歧义的表述。

诗的是否可译应当与翻译的定义挂钩。关于“翻译是什么”的讨论甚多，学界也是见仁见智。钱锺书在《林纾的翻译》一文中提出“化境说”。文学翻译的最高理想可以说是“化”。翻译既要不因语言习惯的差异而露出生硬牵强的痕迹，又要能完全保存原作的风味。可见翻译中少不了增减挪移，这与韦努蒂的观点有异曲同工之处。但钱锺书又说，翻译应该“忠实”，翻译应该“对原文亦步亦趋”，翻译应该“读起来不像译本”。深究之，钱先生所谓的“忠实”是“精魂”，是风格的忠实，是从读者的阅读体验角度考虑问题。所以，“译”为“易”，“译”谓之“变”。这与韦努蒂关注的角度不同。

译界通说，翻译是戴着镣铐跳舞，国内也有要把翻译的枷锁完全击碎的努力：

My quiet, dark room is lit only by the moonlight pouring

in through the window overhead, sending beams that gently ripple, in the latter part of the night, like water on the whitened frost-like floor. I lift my eyes to Heaven, and spot a moon, which is now full, quiet and mellow in the sky ...

若非早先得知，谁敢说这是《静夜思》的译文呢？张智中先生认为，“忠实”的对象是“我自己的思想”。这个观点的冲击力无疑是极其强大的。我视之为把翻译活动端点向外移动。但对于我而言，“中庸”并不是翻译实践领域的贬义词，紧跟原文、亦步亦趋型的“忠实”是无法实现的，完全自由的翻译目前恐难于普及，只在那苦苦找寻而不得的时候，一个久久蛰伏的意识才跳出来引领我走向柳暗花明的出口。

然而无论如何，这些基本上还是在翻译线段上的或者在其合理的范围之内。那么，有没有既在翻译之内又跳出翻译之外的努力呢？即把一维的翻译变成二维甚至更高维度的呢？译者有意识的出场可以视为这个方向的探索，张先生“我自己的思想”，韦努蒂的“译者主体性”似乎正在打开这个领域的大门。

本译稿主要以美国出版的弗罗斯特诗集为蓝本，虽力求收纳全数弗诗，然则影响因素众多，力所不逮，一些空白只能留待来者完善。译稿初成于 2020 年夏，后断续阅读校对，在虎年之初终于可以呈交出版。校对的努力在于扫除一切因工作态度而造成的讹误，力争呈现给读者的每一个字都出现在它应该出现的地方，但恐疏漏依然难以计数，谨拜读者指正。

书成不易，感谢南通大学外国语学院钟再强教授给予的帮助，感谢苏州大学出版社对本书出版的支持。

目 录

Contents

童年的期望

1. 牧场

我要去理一理牧场的水源；
我只要把那些落叶拨去
（可能要等到再无泥淤）：
我去去就回。——你也去看看？

我要去牵一下那头小牛，
它在妈妈身旁，只是个小不点，
摇摇晃晃经不起妈妈舔一舔。
我去去就回。——你也跟我走？

2. 探寻自我

我期待，那片黑乎乎的树林，
老态龙钟，密不透风，铁面凛凛。
它不只是遮掩我烦闷的假面，
而是一直通向覆灭的边缘。

挡不住，总有一天，我要
潜入它那无边的广袤，
无畏那一片宽阔的林间空地，

抑或大路上车轮缓缓卷起沙泥。

我无须那回头犹豫，
不能阻挡有人踩着我的足迹
把我追赶，他们留念我，
询问他们是否还在我心头。

人们记得的我毫无移易——
却更坚信我曾信以为真的事理。

3. 鬼屋

我知道我的屋子八面不靠，
多年前的夏天烟失云消，
　　一无所踪只余地窖的壁墙，
　　地窖里埋葬了白天的阳光，
紫茎的覆盆子旺盛繁茂。

葡萄藤铺满烂篱笆，
树木又来到草地上萌芽；
　　果木长成了一片树林
　　大小树上啄木鸟出力啄啃；
井边的小路不见了坑洼。

住这屋子我心痛异常，
它只是偏僻孤零的小房；
　　在那了无人踪的路畔
　　蟾蜍找不到沙浴泥潭。
夜；乌黑的蝙蝠翻飞扑扇；

夜鹰在聒噪
嘘嘘，咯咯，四处喧嚣：
　　我听到它从缥缈的远方
　　欲言又止把心中的话讲
它这回总要把衷肠诉告。

夏夜，星光昏暗细微。
我不知这些无言的伙伴是谁，
　　他们陪我待在这昏暗的天地——
　　矮树掩映的那些碑石，
肯定镌刻着青苔遮挡的名字。

他们不知疲惫，却迟缓而卑微，
虽然一对男女紧紧相偎，——
　　他们谁都不开喉歌唱，
　　但无论如何评判，
他们都是甜蜜的伙伴。

4. 冬月来客

我的怨灵，来到我身边，
　　觉得这秋日的苦雨凄风
就像平凡美丽的每一天；
枯叶凋零的树木她正喜欢；
　　她踱步在雨浸的草地田埂。

她喜悦，我却不能止步。
　　她唠叨，我却头晕目眩：
她快乐，万树尽无鸟迹；
她欣然，那丝丝华发

水雾沾染，已然亮银一片。

树，光秃秃；木，孤零零；
地，灰蒙蒙；天，云压顶，
一切都让她悦目赏心，
她觉得我双眼负了美景，
她的追问令我苦痛万分。

其实我早已明白
何故肃杀的冬月为其所爱，
而冬雪还未到来，
告诉她这一切徒劳无功，
一切美好都在她心中。

5. 关爱和疑问

陌生人来到门前，傍晚时分，
他夸奖新郎真是潇洒英俊。
他拿着绿白相间的拐棍，
还有不厌其烦的关心。
他眼神胜过言语请求，
他要借住一宿，
他回望远远的来路
不见任何窗户的灯火。

新郎来到了廊下：
“我们对着今晚的天空，
聊一聊星辰雨露，
只有你我，朋友。”
忍冬叶落满了院子，

蓝蓝的忍冬果挂在树上，
秋，没错，严冬飘荡在风中；
“朋友，我心中有个谜团。”

幽暗的屋里，新娘
独自拨弄着火盆，
玫瑰红的脸颊映着炉火，
心中还有想法在揣摩。
新郎望一眼漫漫长路，
又看到新娘屋内独守，
期望她的心像宝盒装着金器，
似银针定住般平稳。

新郎觉得微不足道
不能只给穷人一点资助和面包，
还有一份发自内心的祈祷，
或者只给发财者嘲弄讪笑；
但一个人可否
伤害了两情相悦
要在婚房里将哀苦播种，
新郎期待他不说也懂。

6. 晚间散步

我横穿草地而过，
牧草割去了草头，
平地而躺，露珠浸透，
盖住了小径半多。

我来到花园，

争眠的鸟儿熙熙攘攘
在乱草的窝里乱作一团，
没有字词将其悲哀名状。

靠墙的树上枯枝空留，
黄叶一片在风中飘摇，
我的思绪恐怕没有把它惊扰，
窸窸窣窣，它飘然而落。

我收住远行的脚步，
伸手向最后一朵紫菀
摘一片褪色的靛蓝
再送入你的双手。

7. 星空

夜空中，群星聚拢成团
苍穹下，飞雪飘舞翩跹，
雪影各自异，上可及树冠，
冬风呼啸起，缤纷起万端！——

宿命先排布，疾风究底根，
步履虽蹒跚，踯躅且向前，
落雪盈盈处，屐齿轻留痕，
期盼安眠地，拂晓不可寻，——

没有爱，没有恨，
群星惨白似雪迹，
宛若女神白玉眼，
黯然无光无情义。

8. 恐惧暴雪

黑暗中狂风充满恶意，
甩下漫天暴雪，
撞击楼下东房的窗户，
低沉的嗓子发出阴郁的呼号，
像野兽喊叫：
“出来吧！出来吧！”——
不听它的蛊惑是理所当然。
啊，断然不可！
我算一算我们的力量，
两个大人一个孩童，
醒着的人镂心刻骨，
炉火熄灭，寒意透心而入，——
飞雪堆起山丘，
门边和路边的台阶都已淹没，
让我们安心的谷仓变得模糊，
我心中充满疑虑，
次日我们还要不要早起，
自立自为摆脱困境。

9. 风儿与窗花

恋人们，忘掉你们的情人，
　　听一听这两位的情事，
她是一朵窗花，
　　他是冬天的微风。

当这一层冰霜的窗纱

在午间的阳光下消融，
笼中黄色的鸟儿
在她身上挂满歌声。

他在窗户上把她的身影描绘，
他停不住自己的画笔，
但也只能从她身边走开，
跟着夜幕才能再来。

他是冬日扶风，
关乎霜雪和冰冻，
还有枯草和孤鸟，
情爱之事不了了。

窗台上他轻声叹息，
他把飘带轻轻吹动，
窗里的一切尽收眼底，
总有人长夜难眠。

有可能他暂时领先，
飘舞疾步一路向前，
离开灯光摇曳的妆镜，
还有炉火的温馨和暖。

窗花还是歪向一边，
想一想也无所答言，
翌日早上的轻风，
早已跑没了踪影。

10. 化冻春风

随雨来吧，呼啸的西南风！
让唱歌的来，让筑巢的来；
给雪封的花朵梦想；
让积雪的河岸蒸腾；
让黄土地掀开白装；
但无论你今晚如何安排，
请洗去我窗户的尘埃，
化开久积的雪霜；
化去玻璃，留下窗框，
那就像隐士的十字；
闯入我逼仄的隔房；
让墙上的字画飘晃；
揉皱那些纸页；
把诗行砸落地板；
把诗人赶出书房。

11. 春天的祈愿

哦，让我们瞬间得赏万花的风采；
不要让我们等待遥远的未来，
像遥不可期的禾麦；就在这里
万物都在春天里相会。

哦，让我们得赏果花的白净，
白日无与伦比，夜晚就像精灵；
让我们得赏蜜蜂的欢畅，
它们围满了绝美的树冠。

飞鸟似箭，让我们得其欢欣，
它们快速地越过蜂群，
戛然而落的流星，似线，
像花儿在空中惊人一现。

爱，这是唯一，其余皆无，
特别奉献给我主，
神俗之功悉由其定，
你我凡人自行使命。

12. 采花

清早一别，
晨光熹微，
君伴我行，
忍泪分手。
我在薄暮，
苍面蒙尘。
君必惊诧，
知我与否？

尽皆为我？
花颜何衰，
我何别君，
一日三秋？
花意君心，
我意君衡，
与君离别，
漫若经年。

13. 讨要玫瑰

屋中似乎并无人迹，
屋门随风开合关掩，
屋内落满玻璃泥灰，
屋外玫瑰竞绽芳颜。

我随玛丽向晚散步。
“哦，那家谁是屋主？”
“并不认识，”她脱口而出，
“要取玫瑰却需相求。”

我们挽手一同上前，
露珠浓林一片静寂，
大胆折返走向门前，
正像乞丐讨要玫瑰。

“你好，主人在哪里？”
玛丽问，表明来意。
“你好，你在吗？你好！
请给我几朵玫瑰。

“跟你讲，有个歌手——
老赫，说女孩知道
有花不摘也是掉落，
玫瑰何必枝头独俏。”

我紧挽玛丽的手
（无意她想法何如），
她慢步走过迷雾，
轻轻递玫瑰一束。

14. 玫瑰朱兰

露珠浸透了一片草场，
　　圆圆如太阳，大小如珠丸。
这么小小的一圈
　　且不够一棵树横躺；
四面八方的风挡在外面，
　　口鼻填满浓密的馨香，
这多亏花朵满园，——
　　一个炽烈的殿堂。

烈焰中我们俯首，
　　宛如膜拜太阳，
在谁也不会错过的地方
　　摘取一千朱兰；
虽然它们四处分散，
　　但每每再挖一铲
都会触碰到彩色的翼瓣，
　　把空气镶染。

我们做一个简短的祷告，
　　再离开花场，
日常的修修剪剪，
　　很快人们会忘掉它的模样；
要不是大家都把它喜欢，
　　度过如此高雅的时光，
再没人在那里割草，
　　他会迷失在花的海洋。

15. 等待

薄暮远离

无以为梦，像个鬼魅，
松软的草垛间我飘忽来去。
独自来到麦茬离离的地里，
农夫的号子已经止息。
夕照残辉，金乌西坠，
满月初升，以地为席，
枕着草垛，以月为镜，
伴我同类，幽幽而眠。

日月相照，梦乡悠悠，
月升日落，物影不留；
夜鹰在梦乡的天宇翱翔，
嬉戏浅唱似在天堂，
又似飞箭，倏尔落在远方；
蝙蝠颇为怪诞，往来悄无声息，
不声不响寻觅我藏身之地，
瞬即摆身飘舞，遥望已不可及，
又似眼神迷离，往复再次寻觅；
落单的燕子掠过，喳喳叽叽，
我的背后，气味伴着喧哗，
我走近，它静止，只待片刻
再次喧嚣它的聒噪，
我不离它不止，反复再三；
那破烂老金曲本我随身携带，
不是要念唱，却想要拿来
过滤这萎蔫甜腻的空气，

为了记忆里的人远去不归，
给她的诗行，只要她目光能及。

16. 河谷地

小时候，我家住在河谷地，
　　沼泽里薄雾蒙蒙彻夜喧嚣，
像少女披着薄纱，那情景
历历在目，她们的衣裳
　　在窗前的芦苇上轻飘。

各种花儿在湿地里盛开，
　　各有不同的模样，
还有一个声音，在我房间回荡，
隔着窗棂，回响在昏黑的窗外。
　　她们各自来到自己的地方，

踩着迷雾，她们每晚都会来临；
　　总有千言万语无所不谈，
家长里短国计民生，她们说，
孤独的人少不了要稍加关心，
　　星星已难见身影，

露珠如豆，她们才终于回返，
　　回到之前她离开的地方——
鸟儿飞翔前就在那里，
花儿长出前就在那里，
　　那时鸟儿和花儿合二为一。

如此说，那里我无所不晓，

花儿有香气，鸟儿有歌谣。
你只要问，必尽我所知相告。
不，住在那里我并非一无所获，
也不是充耳不闻直到拂晓。

17. 梦中的痛苦

我躲避在林中，吟唱
在落叶里随风飘去；
有一天你来到了林边
（我的梦中）想了想看了看，
你不肯迈入，尽管你非常渴望，
你摇头思虑良久，仿佛要说出：
“不敢，不敢随着他的足迹徜徉——
他若幡然悔悟，必然回到我身边。”

我看到了一切，在不远的近旁
树枝低垂，把我遮挡；
那甜蜜的痛苦止住了我开口呼唤
要告诉你眼前的一切依然不变。
我并不是待在一边冷眼相顾，
林木为证，你也目睹过。

18. 被忽略的人

他们漠然而别，我们也上了路，
我俩他们已然看错，
我们时时坐在路边的拐角，
似淘气似流浪似天使而笑，
努力，让大家把我们忘掉。

19. 视角

厌烦了林木我再次寻找人类，
　　我知道该赶往何方——黎明时分，
　　那一片斜坡牛羊护着草地，
野鸡在草地上酣睡，
它们看不到我，我看到分明的雪白，
　　那里有人家，更远方，
　　人们的坟地，在对面的山坡上，
活着的，亡故的，都无法释怀。

若午间我的思绪已然纷乱，
　　我只好张开双臂，看，
　　山坡阳光煦暖，我红光满面，
我的呼吸像轻风舞动蓝菊，
　　我嗅着泥土，嗅着剪草的气息，
　　还要看看堆出了小山的蚂蚁。

20. 割草

静寂的林边只有一个声音，
是我的长镰与土地低语。
到底谈论什么？我也无从得知；
可能是阳光太过炽烈，
可能是周围太过静寂——
所以它只耳语而不开口发言。
这不是梦想无所事事捡到宝，
也不是要精灵神怪送金砖：
若非真实可靠，一切都不值一提，

只想真真切切把这片草堆在一起，
还有那长着软刺的花儿
（白兰），惊吓了一条翠绿的游蛇。
农事在劳作者最甜蜜的梦里，
我的长镰轻声细语，草料晾起。

21. 取水

门口的水井已经干涸，
　　我们拿着桶桶罐罐
穿过屋后的田地
　　我们去看小溪是否有水；

难得找到理由撒欢，
　　秋天的晚上让人舒爽
（虽然寒意料峭），田野是我们的乐园，
　　我们的树林就在小溪近旁。

月亮有约我们撒腿奔跑，
　　月亮从树影里升起，缓缓，
树枝光秃秃不见一片树叶，
　　轻风无影，栖鸟亦不见。

林子中我们停住脚步
　　像一群躲着月亮的精灵，
随时准备再次藏身
　　欢笑着躲避她的身影。

我们互相手搭着肩，
　　细心倾听才探头张望，

我们倏然同时噤声，
　　听到了，听到了小河流淌。

那是发自一处的音符，
　　叮叮咚咚流水潺潺
忽见水面上粼光荡漾
　　似珠串，忽而闪动利刃银光。

22. 启发

我们藏身之处远离友伴
　　他们的呼唤讥笑抛在耳后，
那颗心紧张焦躁难以安放
　　等待有人把我们猜透。

免不了总有一些遗憾
　　（也许真是）到头来
还要把心思告诉伙伴，
　　他才真正把我们明白。

是这样，那嬉戏的孩童
　　跟远远的上天捉迷藏，
若是躲得太远无人能懂
　　只得说出自己的情状。

23. 转世的磨难

哪怕是遭到屠戮的英豪，
　　也不应该对此表示惊疑：
他们睁眼发现勇武当道，

即便天堂也与尘世无别；
他们手无利刃开疆辟壤，
那里绽放神圣的常春花，
恪尽职守为那最高奖赏，
勇敢才是勇敢者的灯塔。

天光从天而降明澈耀眼，
染缸也不能变化其模样。
这天光总要在清早显现；
山丘都披上草场的衣装；
天使结队成群尽展欢颜，
欢声笑语寻找新的乐点；——
远方的雪白束缚了脚步，
大海的浪花波澜壮阔。

崖尖上有个声音在呼喊，
将降世的魂灵聚集会商，
集会的名称“转世的苦难”，
前去尘世自此声名不彰。
摇摇晃晃站立不稳，魂灵，
顺水逆水还有在水中央，
那甜蜜的呼喊侧耳细听，
那里蕴含着美梦的模样！

有些踟蹰不定满心彷徨，
所得所失再次斟酌衡量，
总有某些甜头心中向往，
开开心心离开快乐天堂。
白花花群魂似波浪翻涌，
要走上那祭坛亲眼一看，

那诚挚的灵魂脚步匆匆，
　　都得到上帝特别的眷念。

诚心诚意者方应选而来，
　　他们听到了生命在召唤，
人世之门已打开，好或坏，
　　容不得任何猜忌或嫌疑；
上帝描绘了美好的前景，
　　轻柔细腻是生活的梦境，
但一切都未曾缩小减轻，
　　最重要的使命已经确定。

这份大事无须广而告之，
　　有个精灵勇敢走到前面，
他要充满勇气赤裸身体，
　　去忍受人世间各种考验。
一些情况世间遭到鄙视，
　　这里比阳光下更为体面。
天旋地转他却满心欢畅，
　　呼喊声送来勇敢的一员。

总是上帝做总结发言：
　　“纠结争吵中一念显现，
勇敢者要与朋友告别，
　　他会记得选择了人间；
但你已经选择纯粹命运，
　　那里记不得你左思右想。
那悲苦亦非尘世的悲苦，
　　你却做出了同意的发言。”

所以选择又重复一遍，
　　结果却依然没有改变；
周围发出敬畏的惊叹，
　　一片喝彩传来久久绵延。
上帝拿出一朵黄金花，
　　把它掰开牵出一条金线。
用神秘的丝线好好绑上，
　　灵魂肉体等待升仙来临。

生命的精华正在此处，
　　虽然精心选择依然如故，
最后时光不能牢牢记住，
　　生命的起点总充满折磨。
除了一点选择以外一无所有；
　　我们千万不可骄傲自负，
除了痛苦以外其他再无出口，
　　梦想破碎令人迷茫困惑。

24. 一丛花儿

那一天我去地里翻草，
晨露中已经有人割好。

露水洗亮了他的镰刀，
眼前草地平整露水已消。

我在林子后寻找他的身影，
循着风把磨石的声音倾听。

草已剪好，他已独自离开，

像他一样，我也无人理睬，

“大家都一样，”我暗自心想，
“近在咫尺或天各一方。”

正想着，倏然眼前飘过，
那迷茫的蝴蝶，舞姿婀娜，

夜间的梦境渐渐淡去，
昨日歇足的花儿何处再遇？

它翻飞的踪迹一圈一圈，
哪里似有花儿落地萎蔫。

它飞向我目力难及的远方，
复又振翅回到我的身旁。

我想想没有答案的疑问，
要去翻草我正欲转身；

它却先回了头，带我看清楚
小河边一丛高高的花簇，

镰刀留下了一抹余芳，
河边的芦苇却已割光。

为看周详我迈步向前，
只见山桃红花红艳艳。

大清早园丁爱之心切，

由其展颜，非为我们一瞥，

也不要我们把他记在心间，
只是早晨的愉悦荡漾心田。

蝴蝶和我不过碰巧看到，
一抹来自早晨的微笑，

让我听到早晨的鸟鸣，
听到镰刀对着大地嘤嘤。

我觉得心灵遇到了知音；
我的忙碌不再孤寂伶仃。

他的快乐好似把我感染，
疲惫的中午我寻他为伴。

与他倾心交谈是我的梦想
虽然无望了解他心中所藏。

“人总是互相陪伴，”我心想，
“近在咫尺或天各一方。”

25. 我们的潘神

那天潘神走出了树林，——
皮肤、头发、眼睛灰白一片，
就像墙上长着的苔藓，——
　　阳光下他左看右瞧，
　　丘陵、山谷皆树木繁茂。

微风中他拿着排箫，
脚下的高地上星点牧草；
自己的领地上举目四望
　　远近高低不见炊烟没有房屋。
　　这样好！他跺一跺蹄足。

他爱平静。没有人会来这里，
这一片贫瘠的草地。
偶尔有人来晾晒牛肉，
　　或者身着土布衣敲着铁桶的孩子，
　　寡见少闻不会泄密。

他使劲挥了挥排箫，
真无须教唱荒野一首新歌。
树林里蓝鸦在展歌喉，
　　老鹰贴着太阳正在叙说，
　　这就是他的音乐别无所求。

时代不再是过去的模样：
排箫已没有足够的力量，
搡动杜松果子满满当当，
　　柔弱的矢车菊聚成一团，
　　倒是轻柔的风儿到处乱钻。

排箫是异端的行乐，
凡间已经找到新的喜悦。
太阳已经把地上晒热，
　　草地上他细细观赏花朵——
　　演奏？演奏？再也无须演奏！

26. 神明的嘲笑

林子里的景象一成不变；
　　我满心欢喜踩着魔神的踪迹，
我知道追随的不是真正上帝。
　　亮光渐渐暗淡，
我忽然听到了期望的声响：
它在我心中已经驻留多年。

声音在我身后而非身前，
　　睡意蒙眬，还有一丝嘲讽，
俨然毫不在乎的模样。
　　魔神从泥坑里爬起大笑，
边走边抠去眼里的淤泥；
我深深明白了魔神的真意。

他的笑声在林子里回响。
　　我欲罢不能目瞪舌僵，
轻移脚步我装出一副模样
　　装着在树叶里仔细查看
（我并不懂他是否懒得看一眼）。
接着我坐下来背靠着树干。

27. 关上窗户吧

关上窗户吧，隔开田野上的声响；
　　树木不肯停歇，让它们静静摇晃；
即使还有鸟儿唱鸣，
　　这损失我只能承担。

泥沼地里还要好久才会喧嚷，
　　最早的鸟儿还要好久才会歌唱；
关上窗户吧，不要再听到风声，
　　只留风儿鼓动万物的模样。

28. 阔叶林

依然是那一片片树叶！
不再在树上挡住阳光浓烈，
落在地上一片褪色的褐黄，
像是给大地毛皮的衣装。

若要叶子再次爬上树冠，
让大树间再次充满阴凉，
得给成长的事物让出道路，
到晦暗的地方腐烂。

花儿要将它们穿透，
花儿要踩着它们跳舞。
虽然这是另外一个世界，
人类的世界与此无别。

29. 秋分，暴雨，情歌

秋分日乌云扯着乌云飞奔，
　　小路冷冷清清空无一人，
大风吹散雪白的硅石，
　　牛马的蹄印抹去了踪迹。
雨湿路边花，蜜蜂也为难，
　　落寞无助空竞芳颜。

翻过远山来我身边，
　　在雨中与我相恋。

鸟儿们更是无话可谈，
　　林中的天地摧毁稀烂，
纵使古老的精灵尚有话讲，
　　虽然他们不在近旁：
林子里的歌声都已破碎
　　像野外容易落花的玫瑰。
来吧，雨林中与我相恋；来吧，
　　风吹起，枝头雨水洒落大地。

身后有狂风追赶，
　　把我们的歌声摔落地上，
浅浅的塘洼随风荡漾
　　你要揽好裙裾衣裳。
倘若我们一直走向西方，
　　回来时雨湿鞋袜又会怎样?
飘舞的胸花会濡湿你的胸前
　　是那雨后带露的一枝花黄。

啊，愿这奔腾的东风不要澎湃，
　　它却要像大海的浪涛重回，
那曾经留下贝壳的古老土地，
　　回到遥远的蛮荒之初；
就像那时有过一丝猜疑，
　　我们的爱又迅急返回。
啊，到风雨中奔跑向前，
　　让我们在风雨中相恋。

30. 十月

啊，十月的早上平静舒爽，
你的叶在秋日里熟黄；
明天的风，如果刮得猛烈，
会把它们一扫而光。
乌鸦在林子上头呼唤；
为了远行它们明天就要结伴。
啊，十月的早上平静舒爽，
让今天的时钟变慢变慢。
愿时光不要这么短暂。
我们的心渴望迷恋，
你知道如何把我们诱惑。
天亮时落一片叶，
中午时再落一片叶；
身边树上一片，远方一片；
用薄雾留住太阳，
用紫晶让大地迷幻。
慢慢，再慢慢！
护着那葡萄，它们
叶子被冰霜染黄，
累累果实就要掉光——
护着那葡萄，沿着石墙。

31. 我的蝴蝶：挽歌

你傲雪的花亦已萎谢，
大胆射日的豪杰，他，
让你心惊胆战，已非卒即遁：
只有我还在

(你也无须悲伤!)
除了我的凄怆之外
野地再无人为你哀伤。

草色稀疏，薄雪轻掩；
小河的两岸还在彼此相望；
时光漫长——
似乎已成永远——
你那时回首相看，
奇光异彩叫人眼花心乱；
起舞翩跹，
令人心生爱恋，
跳跃，翻卷，在高处回旋，
仿佛玫瑰轻飞，天宫舞曼。

轻雾渺渺，旧日如斯，
一如我的悔恨飘落大地，
而我，为你欣喜，
为我欣喜，我心已知。

你在空中翻飞往返，并不知道，
天地造就你是为了让风儿美丽，
就在那一对无忧无虑的翅膀，
我也一无所知。

然而实情还有更多：
天帝放开巨掌让你拍动翅膀，
却担心你的光彩
让他无法把控，
又猛然把你攥住。

啊！我记得了
那时候遍地阴谋
都是对我生命的抵触——
安于闲适痴心空想；
喜怒乐忧，花花草草让我迷幻，
随风飘来了三种花香，
宝石花在枝头翩跹！

我心烦意乱
有口难言，
侧面吹来，扑在我脸上，
是鲁莽的轻风吹来
你尘染的翅膀重重抹刮！

今天那翅膀已经折断！
而你，已非人间，
那些怪异的鸟儿也这样讲。
我发现它和枯叶
坠落在廊轩。

32. 情非所愿

穿过广阔的田地和树林，
　　绕过一堵堵围墙；
我爬上了山顶可以远望，
　　看过了一遍世界，又下到了平地；
我从大路回家，
　　哎呀，大路到了尽头。

枯叶掉落在地上，
　　只有橡树的叶子还很坚强，
它们把落叶片片拆开，
　　刮擦，翻转，
落在雪地的冻皮之上，
　　其他叶子已经酣睡安然。

落叶一动不动抱成一团，
　　不再跟着寒风到处流浪；
紫菀死去落寞凄凉；
　　榛子花也已凋萎；
一颗心还在苦苦寻觅，
　　脚步却在疑问，去哪里？

啊，人的心中，
　　何时会没有罪愆之感？
他是否要跟随万物变迁，
　　高雅地接受因果无边？
他要坦然接受万物终点，
　　告别爱情迎接季节改换？

波士顿以北

33. 修墙

某种力量总是厌恶围墙，
要从墙脚下把冻土拱翻，
光天化日下把墙石掀落，
破洞之大可容二人并肩。
猎人所为又要糟蹋一番。
我跟着他们来进行修补，
石头被他们一一掀翻，
只想让野兔无处躲藏，
猎狗嗷嗷叫唤。那墙洞，
没人见过听过所来何方，
但春天修墙时赫然在目。
我告诉遥远山外的邻居；
那一天我们划下了界限，
修好高墙立在我们之间。
我们离开时记着那堵墙，
墙石在哪边该由谁管。
有溜溜长条有球的模样
念动咒语才能叫它稳当：
“别动！等等我们转过身！”
修理围墙我们手指磨烂。

哦，这也不过户外的锻炼，
我们各自一边。意义有限：
修墙的地方没墙也一样：
他种松树我种的是苹果。
我的果树不会跑到那边，
我说，去吃掉他的松圆。
他说："好邻居全靠好栅栏。"
春天总让我不安，我期望
他心里可以接受一个思想：
"何故要有好栅栏？是不是
奶牛？似乎没有奶牛闲逛。
我想问问再修这堵围墙，
墙里墙外到底分开何物，
谁会为我修墙而受伤。
总有某种力量厌恶围墙，
要把它推翻。"我只能说"有鬼"，
并没有鬼，所以我觉得，
他自言自语。他劳碌繁忙，
双手把石块牢牢紧攥，
石器时代野人的模样。
我觉得他心中晦暗毫无主张，
并非大树浓荫或林中晦暗。
他不肯思考前人的教导，
还沾沾自喜记得牢靠：
"好邻居全靠好栅栏。"

34. 雇工之死

玛丽在桌前盯着灯盏沉思，
等待沃伦。她听到了脚步声，

踮着脚走向黑暗的走廊，
要在门廊告诉他这个消息，
提示他留意。“西拉斯回来了。”
她靠着门把他挤到外面，
随手把门带上。“大方点，”她说。
她从沃伦手上拿下买回的用品，
放在走廊上，拽着他坐下，
就在她身边的木台阶上。

“我哪里对他不好？
但我真的不要他回来，”他说。
“上回晒草料时跟他说过，
要是他离开，就别再回来。
他什么本领？谁会收留他？
这样的年龄却啥也干不了！
忙也帮不了，他有什么用？
最需要他的时候却不知所踪。
‘他觉得应该得到一些报偿，
少不了要买一些烟草，
这样也用不着到处讨要感激涕零。’
‘好吧，’我说，‘我给不了
固定工资，当然我希望给。’
‘有人给。’‘那就让他给。’
我不反对他变好，
只要他真是变好。但毫无疑问，
只要他这样说话，一定有人盯上了他，
要骗走他口袋里的零钱，——
那是晒草的时节，大家都很忙。
冬天他就回来，活都干完了。”

“嘘！轻点声，他会听到的。”玛丽说。

“希望他听到：他早晚会听到。”

“他累坏了，睡在火炉边。
我从罗伊家回来看到了他，
蜷在仓库门边睡得很沉，
很可怜，也很吓人——
你不要坏笑——我没有认出他——
我也没有等着他——他变了。
马上你就知道了。”

　　　　“你说他是去了哪里？”

“他没有说。我把他拽到屋里，
让他喝水，让他抽烟。
我想让他说说外面的情况。
没用，他只是耷拉着脑袋。”

“他说了什么？他说什么了吗？”

“就一点。”

　　　　“说了啥？玛丽，告诉我。
他说过要帮我挖草地的排水沟。”

“沃伦！”

“他说了啥？我就想问问。”

"他说了的。你希望他说什么？
你一定不会怀恨这个可怜的老头，
让他卑微地掩饰一些尊严。
他还说，如果你真的想要知道，
他本来还要清理一下高处的草地。
这是不是他以前说过的话？
沃伦，我真希望你听说过，
他啥都搞砸了。我到他那里去过，
两三次——我感觉他很奇怪——
去看看他有没有说梦话。
他总念叨哈罗德·威尔森——记得吗——
你四年前晒草遇到的男孩。
他毕业了，留校当老师。
西拉斯说你应该让他回来。
他说他俩可以搭档：
他们可以平整好这片农场！
就像他应付其他事情一样。
他觉得威尔森合适，虽然有点笨，
是读书害的——他们全力以赴
顶着烈日，整个七月，
西拉斯在车上装草，
哈罗德在旁边往上抛。"

"好，我注意不让他听到。"

"的确，那几天给西拉斯添了大麻烦。
没想到这么大麻烦。事情总做不完！
哈罗德的大学生保险让他恼火。
过了这么多年，他还在寻找
他可以使用的合适理由。

同情他。我知道这是什么感觉，
想到恰当的说法却为时已晚。
哈罗德喜欢拉丁语。
他问我怎么看待哈罗德所说
他学习拉丁语就像练小提琴，
就是因为他喜欢——就这个理由！
他说无法让这孩子相信
用一根尖榛木棒子可以找到水——
这说明上学读书有多大用处。
他想要再来一遍。但这莫过于
他希望再有机会
教一教他如何装好草料——”

“我知道，这是西拉斯的本领。
每一叉草都装得稳稳当当，
还挂上标签编号以备查看，
便于卸车时查找挪下。
西拉斯做得很好。
他就像抱着大鸟巢一样抱着。
他从来也不站在草垛上
却总是动手搬，自己使劲搬。”

“他觉得要是可以教会他，他也许
就会对这世间的某个人有些用处。
他不喜欢孩子读书变傻。
可怜的西拉斯，总为别人担心，
却没有可以回顾的光彩，
没有可以期待的未来，
现在这样永远不会变化。”

半个月亮坠落西方，
广袤的天幕被扯到了山边。
月光轻轻洒在她腿上，她
拉了围裙遮上。她伸出手
抚摸那琴弦一样的晨曦，
像露珠绷紧在菜地与走廊之间，
她似乎奏响了无声的温柔旋律
打动了身边他的心弦。
“沃伦，”她说，“他回家是要个归属：
这次不用担心他会离开了。”

“回家？”他轻轻嗤笑道。

“是的，不是家是什么？
这完全在于你看‘家’是什么意思。
当然他对于我们不值一提，比不上
那只迷了路而到来的猎狗，
它在林子里走得疲惫不堪。”

“家是这么个地方，你随时要去，
家里人就得接纳。”

“我应该称其为
一个你唾手可得的东西。”

沃伦倾身往外走了一两步，
捡了一根小棍，走了回来，
把它折断，又随手丢开。
“你觉得西拉斯靠我们好，
好过他的哥哥？区区四十来里路，

路上的风刮刮就到了他的家门。
西拉斯今天肯定走了这一路。
他怎么没有去那里？他哥哥是个富翁，
有点来头——是银行管事。”

“他从来没有说过。”

“但我们知道这些。”

“他哥哥当然应该帮助。
如果有必要我会关心一下。他当然
应该接纳他，可能也愿意——
他可能比看起来更善良。
但你要对西拉斯好点。你觉得
他要是有引以为豪的亲人，
或者可以期望他哥哥照顾，
他会这么久只字不提？”

“他们之间可能有一些过节。”

“我来告诉你。
西拉斯就是这样——我们不计较——
他的亲人却忍受不了。
他也没干啥糟糕的事情。
他也弄不清自己为什么不能
跟别人一样。他确实一无是处，
却不愿意低三下四向哥哥献殷勤。”

“我记不得阿西伤害过谁。”

“没有。但他那样躺着我很难过，
满是风霜的脑袋搁在硬硬的椅背上。
又不肯让我扶他到沙发上。
你进去看看该怎么办。
我为他铺好了床。
你会吓一跳的——他已经没有人样。
可以肯定，他再也干不了活了。”

“我要看看才知道。”

“我没有随便说。你自己去看吧。
但，沃伦，你要记住一些情况：
他是来帮你挖草地排水沟的。
他已经想好了。你不要笑话他。
他可能不肯告诉你，也可能告诉你。
我就坐这里看那片浮云
会不会碰到又或者错过月亮。”

　　　　　　　　它碰到了。
这样就有了三者，排成一个模糊的队，
月亮，银色的云，还有她。

沃伦折回了——她觉得太快了，
沃伦靠着她，抓着她的手，不说话。

“沃伦？”她问道。

　　　　　　“他死了。”他答道。

35. 大山

大山的身影把小镇紧紧裹住。
我在那里住宿前看到了很多：
我发现我看不到西方的星星，
直插天空是大山巨大的身影。
它仿佛就在我面前：像一堵墙，
护着我把风阻挡。
在小镇和大山之间，我发现，
我总喜欢拂晓时出去看新鲜，
有地，有河，远处还有地。
那时河水已经消退，
卵石凌乱像经历了战争；
依然可见春潮的印痕：
草地上冲出了小沟，草地里
沙壑纵横，浮木剥去了皮。
我跨过河坎，在山脚徜徉。
有一个人正慢步向前，
白脸的牛拉着车步履沉重，
打扰他一下大概大雅无伤。

“请问，这里是什么地方？”

“这里？是伦恩堡。”

是我弄错了：我短住的地方，
在桥那边，并不与山相邻，
夜间才能感受到它黑魆魆的身影。
“您在哪个村里住？远不远？”

“并没有村子，只有零散的农场。
上届选举一共才六十个人投票。
天意并不让我们有很多人：
它占尽了地方!”他挥挥皮鞭，
所指正是山的方向。
草地铺上了山坡，
高处密密的树墙枝大叶茂;
后面是树冠和悬崖
断断续续隐藏在树叶之间。
一条干涸的小沟隐现在树枝间
延伸到草地上。

　　　　“那好像是一条路。
可以从那里爬到山顶?
不是今天早上，要另找时间:
我现在该回去吃早饭。”

“你还是不要从这边爬山。
没有路好走，有人确实
已经成功，但都是走来兹那里。
回头七八里就到了，不会走错:
去年有人爬上了高处。
我本来可以带你，但方向反了。”

“你没有爬过吗?”

　　　　“我到过山坡上，
打猎钓鱼。有一条小溪，
源头就在那里——有人这样讲
在山顶，最顶上——真是奇怪。

但要说最有意思的是，
这小溪总是冬暖夏凉。
到那里可以看到最美丽的风景：
河面上会冒热气就像牛呼气，
两岸灌丛里
一层薄雾，大树小树结满了霜——
你应该懂的，接着雾气散去阳光明媚！”

“在这里看应该四处景色不错，
在这山上四望——要是上面没有树
一直到顶上。”透过树叶的空隙
我看到大石阶的影子，
爬山时可以稍事休息——
他身后的峭壁足有数十米；
也可以回头小坐，四处看看，
胳膊会碰到岩缝里的蕨藤。

“这我也说不准。但那里有山泉，
就在山顶上，像个喷泉。
一定值得一看。”

　　　　“如果有山泉，
你怎么没见过？”

　　　　“我觉得理所当然，
山泉一定有。我却没看到。
也可能并不在最顶上：
离山顶也不会远，
高处就应该有水流下，
下来更远倒可能没人注意，

爬山的人已经爬到很高的地方。
我问过一位爬山的人，
让他告诉我山泉的样子。”

“他怎么说？”

　　　　　　“他说那里有一片湖，
在爱尔兰的一座山顶上。”

“湖归湖，山泉呢？”

“他没有爬那么高没有看到。
所以建议你不要从这边上去。
他就是走的这边。我也一直想去，
亲眼看看，但是这样的情况：
这座山你爬不爬并没有意义，
你一生都在它脚下忙碌。
我怎么办呢？穿上工装服，
拿根大棍子，就像那奶牛
到挤奶时还没有进入牛棚？
也像拿着猎枪捕猎迷路的黑熊？
为了爬山而爬山好像没有必要。”

“我要是不想爬就不爬——
也不会为了爬山而爬山。它叫啥名字？”

“我们喊它霍尔山，不知道对不对。”

“能绕着它走一圈吗？是不是太远？”

“开车一圈也还在伦恩堡，
但别的你也做不了什么，
边界线紧挨着山脚。
霍尔山就是镇区，反之亦然——
山脚下散落着几座房屋，
就像悬崖上滚落的巨石，
不过滚得远近不同。”

“你是说泉水冬暖夏凉吧？”

“估计泉水没有变吧。
大家都知道泉水是暖的，
与冷的相比，与暖的相比是冷的。
有趣与否在于你如何评说。”

“你一直住在这里吗？”

“自打霍尔山
还是一个小……”啥，我没听到。
他拉着牛向自己靠了靠，
用鞭子点了点牛鼻和右胁，
一声喝，他就出发了。

36. 一百条假领

兰卡斯特养育了他，这个小城，
却出了大人物。他并不常回来，
特别是最近几年，虽然老家还在，
也让妻子儿女到这里来，
暑假里让他们撒撒野。

有时候他也会跟他们住几天，
看看难得见面的老朋友。
他们晚上在杂货店见面，
他却拿着一份硕大的信件，
边聊天边看着印字的纸片。
朋友们有点隔阂，他却不以为然：
他虽然学问大，却同样是民主党，
即使内心有抵触，原则上却不违背。
上次到兰卡斯特，
他的火车晚点，他又误了车，
在伍兹维尔站等了四个小时，
已经过了晚上 11 点。他累坏了，
实在无法忍受这样的苦难，
想找旅馆住一夜。

“没房间了，”服务员说，“除非——”

伍兹维尔吵闹无比，灯笼粼粼四处晃荡，
喇叭呼啸车子乱撞——只有一家旅馆。

“你是说‘除非——’”

　　　　　　“除非你不介意
与别人合住一个房间。”

　　　　　　“那是谁呢？”

“一个男的。”

　　　　　　“这个当然。什么样的人呢？”

“我认识的：人不错。男人就是男人。
有两张床，当然，你懂的。”
服务员眨眨眼，逼他就范。

“那边椅子上睡觉的是谁？
是不是也无法入住？”

“他害怕被抢劫或者有人杀他。
你怎么说？”

“我得有张床睡觉。”

服务员带他上了三层楼，
又穿过一条有很多房间的走廊，
走廊尽头他敲敲门推门而入。
“拉夫，这个人要睡在你房间。”

“让他进来。我不怕。
我也没有醉到不省人事。”

服务员往地上放了一个床架。
“你睡这里吧。晚安！”说完他离开了。

“您就是拉夫？”

“是的，我是拉夫耶提。
你是第一次听说吧。你呢？”

“马谷恩。

马谷恩博士。”

“你是医生?”

“啊，我是老师。”

“你是化圆为方勉为其难教授?
等等，我好像忘记了什么，
我一直记着要问一问
我碰巧遇到的第一个人。
一会儿再问你——记得提醒我。”

博士看了一眼拉夫又移开了眼光。
人? 野蛮人吧! 腰部以上不着一丝，
坐在那里浑身油光闪闪，
一件平整的衬衫他笨拙地摆弄着纽扣。
“我要换一件大衬衫。
最近总觉得不顺，这个词还不够。
我刚刚才发现哪里出的问题:
我像苗圃的树被卡着脖子，
标签带子总要约束着树的生长。
都怪这炎热的鬼天气。
其实是我下不了决心，
不能接受自己又长了一圈。
我这是十八号的。你的几号?”

博士卡着脖子抽搐着说:
“哦——啊——十四——十四。”

“十四! 是十四?

我记得戴过十四号的。
我记得家里一定有，
不下一百个，十四号的。
丢掉太可惜了。应该给你。
就是你的，太好了；我要寄给你。
你怎么那样一条腿站着？
凯克走后你好像没有动过。
你好像很后悔来了这里。
坐坐躺躺，朋友，你让我很紧张。”

博士乖乖地扑到床上，
靠着枕头躺下。

“那样不好，穿鞋躺在凯克白净的床上。
你不能这样睡。我帮你脱掉鞋。”

“别碰我，拜托！别碰我，拜托。
我不要你搬我到床上，朋友。”

“好吧，你爱怎样就怎样吧。
你喊我‘朋友’吗？真文雅，像教授。
但说到害怕，恐怕
我的处境不如你，
希望不要出任何岔子。
谁关心你那十四号的脖子！
让我们做个演示证明一下
我们的良好用心。这里有九十美元。
你要是不害怕，过来一下。”

“我并不害怕。

我有五美元，就这么多。”

　　　　　　　　　“让我查一下？
你怎么跑了？别动。
你最好把钱压在身子底下，
像我一样睡在它上面，
只要过夜我信不过身边的人。”

“你会相信我吗？我就把它放在
桌子上——我确实信任你。”

“没有问题，朋友。——我是收款的。
这九十美元不是我的——你不知道吧。
我一次收一美元，
为《新闻周报》我走遍全国各地，
是在波乌出版的。你听说过吧？”

“我年轻时就知道。”

　　　　　　　　　“那你就知道我。
我们现在相处不错——正在交谈。
我冲在一线，算个重要人物。
我的任务就是找到人们需要什么：
人们花了钱，应该得到这些。
费尔班克斯跟我讲——他是编辑——
‘去感触人们的情绪’——他说。
话说尽了，我想了好多。
问题是我们意见相左，
政治方面，我是佛蒙特州的民主派——
死硬的民主派，你知道的；

《新闻周报》却是共和派。
费尔班克斯跟我讲：‘今年帮帮我们。’
这是指他们的选票。我拒绝了：
‘我不能也不会。你们当政太久了，
你们该回头帮帮我们了。
以后每礼拜少不了给我十美元，
这样才可能让我选比尔·塔夫特。
不知道我能不能做到。’”

“你好像影响了报纸的政策吧？”

“你看，我和大家在一起，都认识。
他们的农场我一样清楚。”

“你开车吗？这份工作一定很快乐。”

“工作而已，但确实很快乐。
我最喜欢各个千奇百怪的农场，
它们在一片片的林子中，
或者在山上，或者在拐角。
我喜欢看到春天人们走出来，
收拾院子，屋前屋后劳作。
过几天他们就在地里忙。
有时候除了库房啥都关着，
一家人都去了草地上。
那时他们会堆出一垛草。
后来都收进来。
农地整理成为草坪，那一片片园子
收拾得精光，苹果树
做成了鞭条和棍子。哪里都没有人。

但烟囱飘出袅袅炊烟。
我靠在鞍座上，并不拉紧缰绳，
除非看到有人走近，而我的毛驴
想停就停，等待我‘出发’的指令。
洁米玛都被我惯坏了。
它每个人家都要停一停，
好像在跟随着某根曲线，
并不关心我是不是有事情。
它觉得我到处都有朋友，也许是。
但除非要吃饭，我一般不会下来。
人们请我在厨房门口吃饭。
一家老小都来看我。”

“会有人觉得人们看到你开心，
而你看到他们更开心吧？”

“哦，没有，
因为我会向他们要钱吗？我可不要
他们没有的东西。我可不是逼债的。
我到了，他们爱给就给。
我不会特意去哪里：只是恰巧路过。
抱歉没有杯子给你喝茶。
我都是用瓶子喝的——你不会这样。
你要不要——？”

“不用不用不用，谢谢！”

“可不就是嘛。你自己注意一下——
我出去一会儿。
我不在你会休息得好些，可能——

躺下来——放放松，好好睡一觉。
啊，想想——我刚跟你说什么了？
那些假领——我寄往哪里？
可能我回来的时候你已经睡着了。”

“真要给我？要不得。你自己留着。”

“到我老皱巴都用不着，那就过时了。”

“但我——我的领子很多很多了。”

“我也不知道该给谁。
放在那里都发黄了。
但你确实是博士的样子。
我关灯，你不要等我：
夜生活才开始。你先睡。
我会照常敲门，在门口看一下，
这样你就知道是我回来了。
我不会像那些胆小的人怕这怕那。
我也不想要你朝我脑袋上开枪。
我还拿着这瓶子干吗？
好了好了，你睡吧。”

他关上了门。
博士靠着枕头往下滑了一点。

37. 宝儿新天

他从楼梯下看到了她，
她还没有。她正下楼，

有点担心，回头张望。
她迟疑地下了一步又缩回脚，
上楼再看了看。他开了口，
一边走过去："你看到了什么？
一直在看？——告诉我。"
听到这，她转过身，拢着裙子蹲下，
恐惧的表情变得呆板沮丧。
他赶紧问："你看到什么？"
上楼来到她身旁，她蜷在他脚边。
"别怕！——告诉我，亲爱的。"
她并不要他帮忙，
一言不发一动不动。
她让他看，不过他一定看不见，
眼神不好；过了一会儿还没看见。
但终于嗫嚅着："哦，哦！"

"是什么——是什么？"她问。

"我看到的。"

"你没有，"她气势汹汹，"看到什么？"

"奇怪，我一时没看清。
以前在这里从没见过。
可能已习以为常——就是这原因。
那里葬着我的家人！
窗框还有各种东西都非常小。
比一间卧室大不了多少，是吧？
有三块条板石碑和一块大理石碑，
就是阳光下那些上宽下窄的石板，

都在山坡上。我们不需要关心它们的。
我知道：与碑石无关，
而是孩子的坟——”

“别说了别说了别说了。”她吼道。

她从他臂弯里抽身出来，
他正扶在栏杆上。她快步下了楼梯，
又回头看他，满脸畏怯，
他无意中说了两遍：
“孩子没了就不能说了吗?”

“你说不得！哦，帽子呢？哦，不要了！
我要出去。我要喘一口气。
我不知道是不是有人可以说。”

“艾美！这时候不要找任何人。
听我说！我不会下去。”
他坐着，双拳紧紧抵着下巴。
“我要问你一些事，亲爱的。”

“你不懂怎么问。”

“那你帮我一下。”

她拉动门闩没有回答。

“我说话总要让人生气。
我不知道怎样讲话才能
让你满意。还是请你教教我吧，

我想。我不知道怎么说。
男人不能总摆个老爷样子，
只要他们身边有女人。我们安排一下，
这样我就不用染指
任何你要特别关注的事情。
我并不想关心相爱的人的那些事。
若没有，不相爱的人不可能在一起。
有那些事却不可能在一起才值得关心。"
她抽了一下门闩。"不要，不要走。
这个时候不要把它给任何人。
那是不是个人？你跟我讲讲。
你为什么伤心？我其实
与你身边的那些人没有啥两样，
孤单了我就会沮丧。给我机会吧。
但我还是觉得，你有点小题大做。
你到底怎么会觉得
你作为妈妈失去了第一个孩子
会如此悲伤——大家都爱着你。
你应该觉得对他的思念已经足够——"

"你还在讥笑我！"

"没有！我没有！
你真让人生气。我过来了。
天哪，什么女人啊！居然会这样，
男人说不得自己失去的孩子。"

"你说不得，因为你不会说。
你哪里还有一点父爱，居然挖了，
亲手挖了——怎么可能？——他的坟；

我就在那个窗口看你挖的，
碎石一锹一锹在空中飞舞，
飞舞，就那样，那样，轻轻落在地上，
从墓坑边上的土堆滚落。
我想，这个人是谁？我不认识你。
我在楼梯上爬上爬下
再看你，还在挥舞着铁锹。
后来你进来了。我听到你的嘟囔，
你在厨房里吵吵嚷嚷，我不懂何故，
但我过去看了看。
你竟然坐在那里，脚上满是泥，
你孩子坟上的新泥，
谈论着每天的柴米油盐。
你把铁锹靠在墙上
就在外面大门口，我看到了。”

“我就是要笑出我最痛苦的笑。
我被施了诅咒。天哪，怎么会这样？”

“你说的每一个字我都记得。
‘三天早雾一天骤雨，
多好的桦篱也要烂去。’
想想吧，这样的时候说这样的话！
白桦的篱笆几天烂掉
与漆黑的地下有啥关系？
你就是不关心！最亲密的朋友
可以同生共死，如果做不到
还不如不是朋友。
是的，从病到死，
人都很孤独，死了更孤独。

朋友们假惺惺地送到坟地，
土还没有埋上，他们已经背信弃义，
争先恐后回到人间的天堂，
拥抱活着的人拥抱熟悉的一切。
人间满是罪恶。我不必如此悲伤，
只是不能将它改变。不悲伤，不！”

“好了，你都说完了，也好些了。
现在不要走。还挂着眼泪。关门吧。
心已经远去，何故还要想念着它。
艾美！路上有人过来了！”

“你——哦，你觉得说说就好。我得
远离这间屋子。怎么才能让你——”

“你——真要走？”她已经把门开大了。
“你要去哪里？告诉我。
我要去把你抢回来。说到做到！——”

38. 黑棚屋

那天下午我们碰巧经过，
它正是一幅别样的图景。
周围的老樱桃树涂了沥青，
远离大路，在排排倒伏的草地里，
就是我们正在谈论的棚屋，
正面的墙上两扇窗，中间一扇门，
刚才的雨把它刷成黑丝绒的颜色。
我和牧师停住脚步观看。
他摆了个姿势，好像伸手拿着它，

又把叶子拨开好像给它安上相框。
“不错，”他说，“进去吧，没人在乎。”
小路在草丛里或隐或现，
带我们来到一扇久受风雨的窗前。
我们贴近玻璃张望。“看到吧，”他说，
“她去世之后一点没变。
屋子和家什孩子们也不肯卖，
他们说夏天要来过暑假，
这里有他们的童年。今年没有来。
他们住得太远，一个在遥远的西方——
说到做到实在很难。
但他们还是不想有人打破这里的平静。”
驼绒垫子的沙发张开着卷弯的扶手，
上面的墙上挂着一幅蜡像，
老式银版法做的蜡像。
“那是男主人参战时的模样。
只要说起战事，她反正总要
走上前来，半跪着靠在
蜡像边的沙发上，我倒是不懂
这些非常模糊的线条会不会激起
她心中的一点情愫，时间已经太久。
他在葛底斯堡或弗雷斯堡没的，
我本来是知道的——它们并不相同：
弗雷斯堡当然不是葛底斯堡。
但我没想到这样的破烂景象，
这座小茅屋竟然一直都是这样；
她比之前去得更频繁！
我说的并不全是那些生命，
从这屋子离开的生命，父亲带头，
两个儿子跟着，留下她孤苦伶仃。

（两个儿子之后她啥也不关心。
她珍惜大家疏离中的体谅，
她那么多年用心教给了他们。）
我是说满世界对它不理不睬——
就像我们今天会无意路过。
我觉得这就是一个标记，
可以衡量五十年我们走了多远。
你要是并不着急，坐坐吧！
这些步阶没有人踩踏。
地板扭翘锈蚀的钉子也已拔出，
没有人把它修整如初。
她有自己的看法，那位老人家。
她很健谈，见过加里森，
见过惠蒂埃，对他们有自己的说法。
说不了几句话你就知道她的看法，
我们的内战别有目的，
不仅为了让各个州团结一起，
不仅为了解放奴隶，虽然都已经做到。
这些目的并不足以让她认为
可以为之毫无保留牺牲一切。
她的付出多少涉及一个根本，
那就是，人生而自由平等。
她那些离奇古怪的说法
与如今人们的评价大不相同。
都是关于杰弗森的难解之谜。
他是什么意思？当然是
简便直接，认为这事不可能。
可能真是假的。我听说过。
但无所谓，那威尔士人让我们坚信
它将让我们痛苦一千年。

每一代人都要把它重新审视。
她不会听你讲西部人的说法，
不会听南方人评价她平静的心灵。
她也会听听人们的说法，却不愿
了解世界新颖的技能。
以前她只知道世上有白人。
几乎没见过黑人，黄种人未谋一面。
但他们怎么会有天壤之别？
他们在相同的地方用相同的双手劳作！
她以为这都是战争的结果。
这样的人你能怎样？
很奇怪这纯洁天真竟能自得其所。
我不会觉得奇怪，如果这个世界上
永恒不变的是武力。
你知道吗，曾经有一段时间
要取悦年轻一些的教众，
更具体地说那些教会之外的民众，
这些如今我们需要考虑的人，
我都希望修改教会的信条？
她并没有让我不要这么做，
从来也没有走到这一步；但只要想到
她放在教堂长椅上要掉落的旧呢帽，
想到她半睡半醒的样子我就受不了。
哎呀，我要是喊醒她会吓着她。
'坠落地狱'的说法，
那些自由思想的人觉得太异端。
你知道，他们遭受过沉重的打击。
好吧，如果这不是真的，又为什么
像异教徒一样说出？应该抛弃才对。
只是——旧呢帽还在长椅上。

这个说法对她没有多少意义。
但她还是可能没在教义上读到，
就像孩子忘了说晚安，
就伤心地睡着了—— *我*该怎么想？
我很高兴她让我不要关心这些，
天哪，为什么要放弃信仰？
就只是因为它不是真的？
坚守一段时间，毫无疑问，
它又会变成真的了，道理就是这样。
我们以为生活变化多端，
不过是因为人们好恶有别。
我坐在这里，也时常期待，
我可以统领一片沙漠，
我可以忠诚真挚地信仰
那些时常回味的道理。
所以得是沙漠才好，周围绕着
大山，夏天时半山腰都积着白雪，
没有人觊觎这片地，也不会觉得必要
费心劳力地迫切改变。
沙漠里片片绿洲可以住人，但大多
是柽柳拦住的沙丘
慢吞吞地被吹得滚来滚去。
沙粒沾满初生婴儿
湿漉漉的身上，沙尘暴
把我怯懦的车队笼罩在尘埃中——
这墙上有蜜蜂。”他拍了拍护墙板，
凶猛的脑袋探出来，小小的身体扭动了。
我们起身离开。晚霞照着窗子，如火。

39. 蓝莓

“路上我看到的你应该也已看到，
今天去村里，经过帕特森的牧场：
蓝莓差不多拇指大小，
蓝天一样湛蓝，沉甸甸，等待采摘，
装入第一位到来者的大桶。
全都成熟了，没有一颗半青半熟。
你一定看到了！”

“我不知道你指哪一片草地。”

“他们在那里伐了林子——我看看——
是两年前——不是！——是不是
没那么久？——第二年秋天
大火烧了一切，只有墙还在。”

“哎呀，蓝莓丛长的时间不够。
但蓝莓也就这样：
可能根本没有任何迹象，
让人看到它在松树下生长，
但砍掉松树，再烧一烧
草场，不留一条藤蔓，
不留一片草叶一根树枝，
倏忽之间，它们全长起来了，
茂盛又神奇，好比巫师的魔咒。”

“他们肯定是用木炭烤的果子。
我总是吃到烟灰的味道。
它们其实总是乌木的颜色：

蓝色不过是微风吹过的一丝痕迹，
轻轻一摸就会消失，无影无踪，
还不如摘果的人晒得那么黑。”

“帕特森知道自己有这些蓝莓？”

“可能吧，但他不在乎，让红眼鸟
帮他采收——他就是这样。
他不愿让人觉得这是他的合法财产，
借口把我们这样的外人挡在外面。”

“可能你没见到劳伦吧？”

“我恰巧看到了。你知道吗，
地里景象正美，我正好从那里走过，
跨过围篱来到路上，
这时有人过来，满满一车民主党，
是劳伦家的娃娃叽叽喳喳，
出去兜风散心，但劳伦一言不发。”

“他看到你了？什么反应？锁着眉头？”

“他只是不停点头。
你知道他总是彬彬有礼。
但有大谋划——眼神可以看出——
要是说出来，可能是这样：
‘蓝莓都在那儿，我精明地觉得，
等成熟的时间太久。都是我不好。’”

“他比我认识的一些人要节俭。”

“他好像节俭，只是不得已，
那么多小孩要张嘴吃饭！
有人说，就是用蓝莓喂养他们，
像喂鸟一样。他们要保存很多。
他们整年都吃蓝莓，剩余的
放在店里换钱买鞋。”

“他们的话谁理睬？活着就不错，
就是随遇而安听天由命，
却不要躬耕陇亩辛勤劳作。”

“你没有见过他那样哈腰低头——
也没见过那些孩子！都是一个样子，
看起来如此压抑忧虑满面愁苦。”

“我知道的不及那些娃娃一半多，
各种果子长在哪里他们一清二楚，
蔓越莓在湿地，覆盆子在高处，
在嶙峋的山头，成熟的时间了然于心。
有一天遇到过他们，都有一枝花
插在果篮里头，新鲜的果子沾着雨露；
是个奇怪的品种——还叫不上名字。”

“我跟你讲过，那时我们搬来不久，
我差点儿把可怜的劳伦逗乐，
那么多人我偏偏找他，
我问他哪些果子已经成熟
可以采摘。这个混球！他说很乐意
告诉我，如果他知道，但是年成并不好。

果子倒是有过的——但都没了。
他不说哪里长了果子。他还说
‘没错没错’——文雅又有礼。
他跟屋里太太讲：‘告诉我，
麦米，你晓得哪里有果子摘啊？’
强装着满脸的严肃。”

“他要是觉得四野的果子都属于他，
他会发现他错了。不过心血来潮，
今年我们就在帕特森的草地采摘。
我们早上去，只要是晴天，
太阳好又不冷：趁枝藤还没有干。
好久没有摘野果，都已经忘掉
以前怎么摘的野果：我们四处望一眼，
像兔子低下身子消失不见，
看不到你在哪里听不见你说话，
但你说我养了一只鸟儿，
是从它窝里掏的，我说那就是你。
‘好吧，我们有一个是。’它不高兴，飞了，
在我们身边绕了好几圈。有一段时间
我们一直在采摘，我担心你走了好远，
以为你走丢了，就大声喊，
这才发现你没有走那么远，
你应声的时候嗓音很低，
像说话一样，你就在我旁边，是吧？”

“我们不应该到这个地方玩乐——
也不大可能——劳伦家的娃娃到处都是。
他们明天早上甚至今天夜里就会过去，
不会很友好——也可能有一点礼貌——

他们觉得有些人没有权利
在他们的地盘采摘。我们却无所谓。
你见过雨中的样子吧，
雨水粘着一层层的叶子裹着野果，
就像两种宝石，正适合小偷。”

40. 下人的下人

我没法告诉你我多么高兴，
接到你在我们这里野营。
我说过要找个时间过来
看看你住得好不好，但不能确定。
一大家子需要养活，
我想你会……我好像
怎么也说不明白，
只是想提高嗓门或者
抬抬手（哦，迫不得已我会的）。
你也有过这样的感觉？希望没有。
弄成这样我也不知道
我到底高兴、难过，还是别的什么。
现在心中好像只有一个声音，
恍惚告诉我应该感觉如何，
如果没有大娄子又该如何？
你住在湖边。我左看右看。
这是一片美丽平静的湖面。
我停住脚步，大声喊了又喊
它的好处，这么修长这么纤悠，
就像一湾深水的老河
堵住了两头。这里有十几里地
才到那个山口。

我的碗盘就在那里清洗，
山风扑打着屋子，
卷起的水花泛着白沫。
我无心打理馒头炸饼，
到外面看水花映着天光，
晴朗的早上，吹吹大风，
它扫在我脸上身上，飘起我的长衣，
那就是龙窝里要起风暴。
湖面的凉意叫人发抖。
这是一片美丽优雅的水面，
我们的威洛比湖！人们怎么说？
大家应该都听说过吧。
从一本蕨类植物的书？是吧！
鸡毛蒜皮一样的事情总是
让你东奔西走。你喜欢这里吗？
看得出来。但我不能肯定！
要是有更多的人来多好，
这样生意就来了。就是这样，
雷恩修的屋子我们有时候会出租，
有时候留着。这一片水岸真好，
值一点钱，真的值，
但我不像雷恩那样依赖它。
啥事他看起来都很乐观，
他看我也乐观。他觉得我没有问题，
只要看医生。但我不是要吃药——
只有罗维医生敢这么说——
我是需要休息——看，我说过的——
我忙着为雇工烧饭，
还要抹灶洗碗——要
不停地忙啊忙，总是忙不完。

论道理，我可不要有这么许多事情
压在我肩上，但好像别无选择。
雷恩说再努力一把就成功了。
他说解决问题的最好办法是走出来，
这我赞同，起码目前
我没有看到更好的方法——
至少我是这样——这很有说服力。
并不是雷恩不为我好。
我们搬到这里是他的计划。
从那天我让你看的地方搬到这湖边，
我们以前住的地方——有三十里远。
我们搬家可不是没有付出代价，
但雷恩得到了补偿。
当然，他要干男人的活，整天忙碌，
但他干起来像我一样卖力，
却相较收益很低。
（男女没有什么不同。）
干活之外还有事情。雷恩做了很多，
镇上的很多事情他都参与。今年
要修路，有很多人
跟在他身边，全是废物。
他们占他便宜，无耻至极，
还以自己的所作所为而荣。
我们这里住了四个人，没用的饭桶，
横七竖八躺在厨房间胡侃吹牛，
而我在为他们烤肉，这他们非常关心！
为所欲为倒也罢了，
还要我滚出房间。
他们在里面走来走去不肯停歇：
我却不知道他们的姓名，更别提

他们的脾性，也不知道他们是否可靠，
在屋子里都不锁门。
我倒是不担心他们，只要他们
不担心我。他们有两个靠不住。
我的直觉：家里就是这样的氛围。
我的伯父有点不对劲。被他们
在以前的农场里锁了好多年。
我出走过——没错，出走。
去了收容所。他们欺负我；
我不会把任何亲人送去那里；
以前的看法就是这样——唯一的收容所
就是救济院，有钱的人，
怎么也不会把亲人送到这里，
而是让他们待在家里；温情还在。
但情况不是这样的：这是收容所。
他们有法子收留你，
你也不必把别人的生活搞得一团糟，
这比一无是处更糟糕，而且他们
对于你没有多少用处；你无法知道
什么是亲情，哪里有亲情，你处境如此。
这样的事情我听得太多。
我的伯父，年纪轻轻就疯了。
有人说他挨狗咬了，
因为他暴躁的时候
就用牙叼着枕头；
但更可能他是被人欺骗了感情，
有人这样讲，那是一个女孩。
反正他叽里咕噜就是感情的事。
他们很快发现他可能要惹祸，
需要仔细看管，结果是，

我父亲给他造了一个笼子，
可以算房间里面的房间，核桃木的，
就像谷仓里面的立柱，从地面到顶上，
周围是一圈小走廊。
所有的家具
都要被他拆光，连床都不能幸免。
他们只好用稻草垫上，
像个牛棚一样，安慰自己的良心。
给他吃饭也不能用碗盘。
他们想给他衣服穿上，但他跑来跑去
衣服挂在胳膊上——所有衣服都这样。
太痛苦了——是的。他们已经尽力了，
只能做到这样。他病情非常严重的时候，
我父母结婚了，妈妈住了进来，
一个新人，来帮忙照料这么个造物，
用她的青春来扶助他。
这就是她与父亲结婚的意义。
她只能听凭关爱被折腾得如此凄惨，
夜夜听他大声呼喊，不绝于耳，
除非他力气已经耗光，
他这才声嘶力竭鼓息旗偃。
那些木头他根根撑开就像拉开弓弦，
然后他突然松开，木头震荡回响，
他双手把木头磨得像牛轭锃光瓦亮。
这样玩乐他哈哈大笑，好像儿童游戏
给了他难得的快乐。但我还是听他们说，
他们有办法找一个尽头。
我那时还没有出生——我没有见过他；
但这个囚笼还在，
就在侧楼上面的房间里，

堆满了杂七杂八的家什。
我时常想到那些磨光的核桃木栅栏。
居然——真是愚蠢——我说
"该我到楼上去住牢笼了"——
习惯养成了就会心甘情愿。
我很高兴能够跑出来，这毫不意外。
我可是一直等到雷恩说出那句话。
出了岔子我可不想承担责任。
但搬出来我无比开心，
我期待快乐也得到了快乐，
像我所说，就那一阵——我却不知道！
反正那些变化像大夫的药耗尽，
它的价值不仅在窗外的风景，还有
湖畔的生活。这些便利我都不用——
要雷恩接受这些想法才行，他不会的，
我也不会求着他——不过并不确定。
估计我得顺着我的路走：
别人这样，我怎么不这样？
我以为我可以跟你一样，
什么都看开，这样活着——
可能的吧，天黑了，我不喜欢天黑，
或者，雨滴答不停。我很快手头足够，
可以享受头上有一块屋顶。
我总睡不着，想你的事，肯定，
这几天夜里比你自己更关心你。
帐篷居然没有被劫走真是奇迹，
你还住在里面躺在床上。
我可没有胆量如此冒险。
上帝啊，你误了我干活，
问题是，我就需要这样。

要做的事情太多——总是如此；
赶不上就赶不上吧。最糟糕的是，
你会让我掉队掉得更远。
这个世界我怎么也赶不上。
要不是万不得已，我希望你不要走。

41. 摘苹果之后

梯子两个尖杆插在树枝之间，
高高地对着天
地上木桶我还没有装满，
放在梯子边，三三两两
还有苹果挂在枝上。
但摘苹果的事我只想这样。
冬天的乐趣就在夜间的睡眠，
苹果幽幽飘香：我已昏昏欲眠。
我揉揉眼，依然是之前的迷茫，
那是我透过那片玻璃看到的景象，
我今天早上把薄冰从水槽里捞起，
透过它满目衰草顶着白霜。
它化了，跌在地上摔成碎片。
但我早已
幻入梦乡，没等它摔落，
我依然记得
梦境的模样。
膨大的苹果出现又消失，
果蒂，果脐，
那红褐的光斑清晰可见。
我的脚板依然疼痛，
依然忍受着梯步的挤压。

树枝轻摆梯子摇晃。
我听到地窖传来
轰轰的声响，
一车车的苹果送去储藏。
太多太多，
苹果已摘下：我已劳累太过，
虽然这好收成是我的期望。
无数的苹果要摘，
轻轻拿着轻轻放下不可掉在地上。
所有那些
一旦掉在地上，
即使没有压破没有受伤，
也要放到造酒的那一堆上，
仿佛一无所用一样。
谁都明白哪些麻烦
会打扰我睡眠，无论这睡眠是怎样。
如果还没离开，
土拨鼠会说是不是像它的一样，
长而又长，我刚刚就是这么讲，
或者说就是大家的睡眠那样。

42. 行规

河边的草地上有三个人，
他们要把草垄收起来堆成堆，
他们总要不停地注意着西方，
那里太阳为一片奇怪的云镶了边，
像一把长长的匕首黑着脸缓缓刺入，
太阳的胸膛燃起电火的轨迹。突然
有个人把草叉往地上重重一甩，

走出田间回了家。一个人留下。
城里长大的农场主非常奇怪。

“怎么啦？”

“你刚才说的话。”

“我说什么啦？”

“说我们急忙收草。”

“堆草？——因为天要下雨？
都半个钟头啦。
我是提醒我自己也是提醒你们啊。”

“你不懂。詹姆斯是个蠢货。
他以为你不满意他干的活。
一般的农场主就是这个意思。
当然詹姆斯会慢慢考虑一下的，
要不他不会动手：他刚刚就是要动手。”

“他要真是这样想就没道理了。”

“不要担心。你已经有所了解。
心灵手巧的人不要吩咐，
活就会干得又快又好——又快又好。
我也像大家一样有自己的原则：
我大可以像在别人家那样干你的活。
但我发现你并不懂我们的想法。
你总是心里想什么就说什么，

而我们在想什么呢？你总是提都不提。
给你讲个故事：
我曾经在塞雷姆那个人家里，
他叫桑德斯，四五个人一起，
帮他晒草。个个讨厌那家伙。
我们都喊他蜘蛛，
毛手毛脚哪里都不放心，
弓腰驼背像块饼干，
但干活拼命！那家伙拼命干，特别
要是拼命他就可以得到更多的活，
哪怕是在约定之外。毫无疑问
他对自己真是狠心。我还没有发现
他为自己花过一个钟点。
白天和夜晚对他都是一个样：
我听到过他整夜在仓库里舂粮。
他喜欢乖乖听话的。
不顺从的他就甩开，
赶跑，就像你，比如剪草——
跟在屁股后面，吓唬要把他们腿脚割掉。
他这些压榨的伎俩早已不足为奇
(就是压榨)。我一直在观察他。
所以，他跟我一起去牧草地
拖草，我总要注意不惹麻烦，
装好后还要压上一坨；老桑德斯
用草耙理好，说‘好了’，
我们平安无事到了仓房，
那一大摞草要卸到河湾。
谁都懂这个活不难，
一个人在上面往下丢，
草会自己滚落，

但在草地上装车比较慢。
你一定知道，这谁都不用说，
因为这就是需要出力的时候。
但这个老笨货双手紧紧抓住叉子，
从沟里扬起一张胡子脸，
大吼一声像个大将军：‘丢下来！’
我觉得奇怪，是真的吗？‘你说什么？’
我大声问，希望我不是听错了，
‘你是说，丢下来？’‘没错，下来。’
他说道，但放低了声音。
怎么也不可以那样对爷们说话，
他还把自己当回事。天，我要尽快
把他宰得片甲不留。
我堆好了草找到合适的地方。
又叉了两三叉，
稍作思量，我猛然挖下，
一架子的草全都倾倒在他身上。
尘土飞扬，我眯眼探望，
看到他像踩水一样扑腾挣扎，
使劲昂着头。‘该死的，’我说，
‘罪有应得！’他像被夹住的老鼠嗷叫。
那以后我再也没有见过他。
我整理好车架到一边纳凉。
我正在收拾领口的草籽，
也等着有人来打听情况，
一个男孩的声音问道：‘老头呢？’
‘他在谷仓那里的草垛下面。
要找他可以去把他挖出来。’
他们看我收拾领口的模样意识到
一定发生了意外的事情。

他们赶往了谷仓；我没走。
他们后来告诉我，他们先叉开草，
那么许多，都堆在地上。
一无所获。侧耳听，没有声息。
我猜他们可能以为我叉了他的头颅，
然后把他埋了，要不然这事情我做不了。
他们又继续挖。‘去拦住他老太婆，
不要让她进来。’有人从窗户往里看，
他要是不在厨房我就遭天谴，
他沉沉倒在椅子上，双脚
对着炉火，那是夏天最火热的日子。
他看起来怒火中烧，
没有人敢把他打扰，
或者告诉他有人正把他盯着。
显然我没有把他埋住
（也许是把他打倒了）；但我这样使劲
要把他埋住让他丢了脸面。
他已经去了屋里要避开我。
他一下午都离我们远远的。
我们还是帮他收草。我们看到他出去了，
到菜园里摘豆子：
他没办法停下忙碌的手脚。”

“他没有死你放心了吧？”

“没有！不过也不知道——真是难说。
我要宰了他真是非常公平。”

“你这方法很奇怪。他没赶你走？”

“赶我？没有！他知道我没错。”

43. 薪火相传

新近一位州长正式宣布，
许多人要到新罕布什尔
寻找他们对祖先的记忆。
姓斯达克的都来到了布奥，
这里遍地石块已无法耕种，
铁斧留下的树桩发了芽随处可见。
有人已经匍匐在地，找到
小路边一孔年久的墓穴，
那里是这一家的祖先。
他们从那里发源，成为庞大的族群。
镇上的家家户户
即使不能供他们住宿，
也要在果园里搭起顶顶帐篷。
他们是在布奥，但这并不足够：
他们别无所求，只要约定时间
会集在这样的一个坑口。
他们从这里走向世界，现在要探寻
自己的过去，寻找鲜为人知的历史。
但阴雨打乱了安排，一早就捉摸不定，
乌云压顶，夹杂纷纷雨丝。
年轻的人们互相打气，
到中午终于风雨止歇，
只有草地上偶尔嗖嗖风声。“要是别人
去了会怎样，”他们说，“天不会下雨。”
旁边地里有一个人
慢慢踱去了那里，并非为了寻找

别人，只是无所事事。
还有一个，还有，对的，那里有俩。
第二个在山路的拐角，
是一个女孩；她停在远处，
细细张望，终于下定了决心，
至少走过去看看他是谁，
还可以听他说说天气。
是斯达克家的人，她不认识。他点点头。
“今天不要祭祀。”他说。

“好像是。”

她看了一眼天空，转过身。
“我不过随便走走。”

“我就是随便走走。”

这样的会面有先决条件，
他们是一个家族互不相识的成员，
族谱写在一张证卡上，就像树的枝丫，
携带者的生平都细细描绘——
某位热心人士辛劳的结晶。
她突然捂了捂自己的胸衣，
好像有人握住了她的心。他们都笑了。
“斯达克？”他问，“无须证明。”

“是的。你呢？”

“斯达克。”他拿出了证卡。

“我们也许并非一家人却成了一家人：
镇上满是蔡斯家、罗伊家、巴利家，
都说自己与斯达克多多少少的联系。
我妈妈姓莱恩，但可能嫁给
任何一个人，她的孩子
仍可能姓斯达克，情况就是这样。”

“你这样对待家谱不合适，
像维奥拉那些人一样。我不赞同。”

“我只是说我妈妈姓斯达克，
姓了好几回，嫁给我父亲，
不过是让我们又回到了这个姓。”

“我们用不着颠三倒四，
只不过为了证明一个血缘关系，
我要说，你的话让我晕头转向。
我有卡片——你好像很擅长——
你看能不能确定我们是一家人。
要不在这墓墙上坐一下，
脚可以伸在这覆盆子藤里面？”

“让家族的树遮挡一下。”

“不过是为了——一些遮挡。”

“挡不住雨。好像要下雨。”

“在下雨。”

“不是雨，是雾；要客观。
你觉得雨淋着眼睛很清凉吗？”

当时是这样的情况：小路
在山脚半途偏向了外边，
又消失在不远的地方。
没有人从那里回家。仅有的屋子
离他们不远，是一座采莲棚。
一条小河呼呼奔流在树间，
让周围显得更加宁静。
他听了一会儿等她做出判断。

“从父系看，好像是——我看看——”

“不用像个专家。——你有三个卡。”

“四个，一个你的，三个我的，一一对应
都与我们斯达克家族相关。”

“你可知道，如此关注自己身世
会被认为精神失常？”

“我可能不正常。”

“好像是，下雨天还坐在这里，
跟我研究族谱，
以前却见都没见过。我们北方的，
对祖先如此自豪，会有什么结果？
我想我们都疯了。我们怎么来到这里，
来到这个墓穴所在的城镇，

就像风暴之前野鹅漂在湖面？
这个墓穴里我们看到什么，真不知道。”

“印第安人有奇科莫兹托克[1]神话，
它讲我们来自七个洞穴。
我们斯达克先人就是从这个墓穴挖出的。”

“你一定很博学。看出了这个？”

“那你看出了什么？”

“我看到什么呢？
我瞧瞧。我先看到了覆盆子藤——”

“哦，请再看一看，听一听，
我看到的那个，那个很小很小的孩子，
很苍白很微小，就像阳光下的一星火焰；
他在墓穴里摸来摸去寻找果酱，
他以为天地黑暗，然而却是满地天光。”

“他无所谓。你听。我只要这样侧过身
就能清楚地辨别斯达克老祖——
他叼着烟斗烟袋——
抱歉，不是斯达克老祖，是老太，
但就是那烟斗烟袋烟丝。
她在找果汁，这老太太，她渴了；

① 奇科莫兹托克（Chicomoztoc），后古典时期中美洲墨西哥中部地区的阿兹特克人（Aztecs）、特帕内克人（Tepanecas）和其他说纳瓦特尔语的部族（或纳瓦人）的神话起源地名称。

希望她找到果汁，安然无恙。”

“说说她的情况。我长得像她吗？”

“应该是这样的啊，你是她好几代的
后人。我觉得
你真的像她。别动！
鼻子一个样，下巴也一样——
大差不差，大差不差。”

“你这个可爱的老老老老老太太啊！”

“你知道她多么了不起吧！给她长长脸。”

“是的，很重要，虽然你觉得无所谓。
我很认真。但看我身上已经湿成这样。”

“是啊，你快走吧；我们也不能总待着。
等一下，我拉你一把。
几滴银亮的雨珠挂在你头发上，
不会妨碍你亮丽的面容。
我本来还要听听那个声音，
那小河奔涌在空空山谷的声音。
我们冥想它的模样——现在要听声音。
当年坐火车一定已经学会了这个，
那时我还小。我学这咆哮的声音
压住里面发出的声音，
像喊的，像唱的，像乐队演奏的。
可能你听得懂我说的什么吧。
我从来没有在这样的嘈杂中倾听

这山地里溪流的声音。
它的神谕应该更加纯洁。”

“好比一幅图片投射在屏幕上：
其意思完全在于你的解读；
声音中你想听到什么就听到什么。”

“很奇怪，是他们想给什么就是什么。”

“这样我就不明白了。非常奇怪。
会不会是你的假想。
你觉得今天想听到的是什么呢？”

“就从我们今天遇见对方——
为什么要考虑我想听到什么呢？
我要告诉你那声音真正是什么。
依你的情况你也能做到，
只是时间要长一点。不要急急忙忙，
要不就无法集中注意。”

“你是进入了神迷吗？”

“要非常安静，不能说话。”

“我屏住呼吸。”

“那声音好像在说——”

“我在等待。”

　　　　“别！那声音好像说，
叫她瑙西卡，不害怕
冒险结交陌生朋友的人。”

“可以让你这么说——认真的。”

“我不懂你可以做什么。
你想要真相。我只会用声音言说。
他们知道我还不懂你的名字，
虽然名字对你我意味着什么——”

“我怀疑——”

　　　　“别说话。有声音在说，
喊她瑙西卡，拿墓穴里一块木料，
它已经炭化烧焦，
在那藤蔓之间，把它砍砍刨刨
做一个门槛或者一件小家什，
放在这古老土地上一座新的村舍里。
这土地上尚存一丝生机。
夏天到这里来小住一番，
她可能就会过来，还是无所畏惧，
就在敞开的门边坐在你面前，
腿上放着花儿直到它们凋零，
但不会越过那神圣的门槛来到里面——”

“听不懂你的神谕要说什么。
你知道其中有一些差错，
要不然它应该使用方言。谁的声音
是它要模仿的？不是老祖，

当然也不是老太。请一位过来。
他们最应该在这里得到倾听。”

“你好像对老太很偏爱
（她与你毫不相干。说错了请纠正。）
你可能认为什么都是神圣的，
只要是她说的。告诉你，
她们当年的人都说平白的话语。
你觉得这个时候适合让她过来？”

“我们随时可以让她停住。”

“好吧，老太太在说话：‘我弄好了！
可能我的理解不对。
谁都跟以前不一样，
我觉得以后也都不会一样。
不应该对后代要求太高，
但太多的人贪图享乐。
我应该可以放心一些，只是想看到
应该得到照顾的人得到更多的照顾。
孩子，听话！你拿那块木料——
它像当初做出来的时候一样完好——
从头开始——’好，她还是停住。
你还是可以明白老太为什么为难。
但你可不要以为我们有时候过度利用
以前的储备。重要的是信念，
有点信念的人都安安静静。”

“我觉得我们将成为好朋友。”

“这‘将’说得不错。你刚刚说过，
天将要下雨。”

　　　　“是的，刚刚是在下雨。
随便你怎么说，我要走了。”

“随便我说？真的？
这样的情况我们怎么告别？”

“怎么告别？”

　　　　“你可以让我走吗？”

“不行，不相信你的眼睛。你说了很多。
请你抬抬手。——帮我摘下那朵花。”

“我们下次在哪儿见面？”

　　　　“只能在这里，
必须先在这里见过。”

　　　　“也是下雨天？”

“应该是下雨天。等天下雨的时候。
要是明天下雨，就明天，好吗？
但如果不得已，晴天也好。”她走了。

44. 管家

我从厨房门进了屋子。

“你来啦，” 她说，“我起不来。请原谅
没有为你开门。我宁可
让人出去而不是让他们进来，
我这样的年纪这样的块头，我告诉他们，
我差不多只能动动手指头
算是一点安慰，可以做点针线活，
串串小珠子。”

“那双珠子舞鞋真是漂亮。
给谁做的啊？”

“真的吗？是给一个小姑娘的。
人家的姑娘我都记不住。
天哪，我要是能够梦见到每个人！
我梳妆打扮穿着他们的舞鞋跳舞！”

“约翰在家吗？”

“你没看到他？奇怪竟然跑岔了？
你来这里他却找你去了。
你们应该不会跑岔的啊。我知道了：
他一定是改主意去佳兰家了。
不会太久。你可以等一等。
你真是好人，别人——
太久了。你听说没有？艾斯特尔走了。”

“听说了，什么事情？走了多久？”

“两个礼拜了。”

　　　　　　　　“她好像很着急。”

“她肯定不回来，躲起来了。
我不知道，约翰以为我知道。
他觉得我只要说说，
她就会回来。天哪，我是她妈妈——
我无法与她交谈，天哪，说不上话！”

“约翰为难了。他怎么办？
他找不到人可以取代她。”

“哦，说到这个，他怎么办？
他只能随便吃吃饭，
跟我一起，我什么都告诉他，
要什么，要多少，在哪里。
但我走的时候——我当然不能久留：
艾斯特尔安顿下来就会带我走。
我和他只会互相干扰。
但我说他们没法子把我弄出这扇门：
我已经像教堂的风琴生了根。
我们在这里已经待了十五年。”

　　　　　　　　“这么久
住在一起又分开。
你走的时候看到他还待着会怎么想？
你俩都出去这屋子就空了。”

“我看他住不了多少年，
除了家具外什么也不留下就走了。

我不喜欢走的时候还想着老地方，
院子外面奔涌着小河，
老母鸡乱飞但没有人。
他要是把这地卖了就好，但做不到：
谁都不会再住这里了。
太破烂了。这就是它的末日。
我觉得他会听任这些东西毁掉。
他会成天骂骂咧咧。他太可怜了！
没见过哪个爷们会让家里的困难
这么严重地影响到他的活动。
他实际上放弃了一切，像个孩子。
我认为这是他妈妈抚育的错。
他把草垛弄翻了三次还都淋了雨。
昨天为了我他总算拿了一下锄头：
我以为打理一下田禾对他好，
出了问题。我看他扔掉了锄头，
双手用力扔到了天上，现在还看到——
来——你看——那苹果树上。
他这个年纪的人这样做不合适：
都快五十五了，你知道的。”

“你怕他吗？你还有把枪？”

“哦，养鸡的时候打老鹰的。
约翰让我感动！不像他朋友们那样。
我就这样夸他，约翰不会大惊小怪，
不像某些男人那样。他不会吓着谁；
任何人都不会，他下定决心不再忍受
他要忍受的苦难。”

　　　　　　　　“艾斯特尔在哪里？
都找不到她吗？她有什么话？
你说不知道她在哪里。”

　　　　　　　　“我也不想关心！
她觉得要是跟他住一起不愉快，
那么离开他就理所当然。”

　　　　　　　　　“这话不对！”

“正确，但他应该娶她。”

　　　　　　　　　“我知道。”

“多年这样的劳累她难以忍受：
我找不到别的话说。
对于男人，起码对于约翰来说不一样：
他知道他比那些男人要善良。
无论是否结婚，
都应该一样好——他常这样讲。
我知道他怎么想——但也就这样！”

“他怎么不娶她，
结束这一切。”

　　　“来不及了：她不肯接受他。
他给了她机会想别的事。
这是个错误。这宝贝知道我尽量
维护这个事情的美满。
这是个美满的家：我没有其他期待。

但只要我说：‘他们怎么不结婚？’
他会说：‘为什么要结婚？’没有别的。”

“是啊，为什么？约翰没有错，
我是这么看。他的就总是她的。
财产没有争议。”

“根本没有财产，这合情合理。
一两个朋友实际上是农场的主人，
情况就是这样，抵押的价值都没有。”

“我是说艾斯特尔总是掌管着钱包。”

“这个情况更加费解。
我想，是我和艾斯特尔在挣钱。
是我们给他钱，而不是反过来。
约翰可不会干农活。倒不是我说他。
年复一年，他挣不了啥。
我们过来是要营造一个家，你知道，
艾斯特尔帮我们安排起居，
我俩。但结果是什么：
她好像忙了家务，还
忙了地里一半的活，虽然好像
他会说她是喜欢才做的。
你看，我们漂亮的东西都在外面。
我们的鸡我们的牛我们的猪，
样样好过左右邻居。
周围的人怎么发财
都没有这样的。我们的农场配不上。
有一件事忍不住要说约翰好，

他喜欢善事——有人说是太喜欢了。
但艾斯特尔没有不满：她喜欢他这样。
她要我们的鸡在当地长得最好。
不指给你看你是看不到这个鸡舍的，
满满瘦弱的颤抖的淹得半死的鸡雏，
装在一个个笼子里，正在长毛。
想想阵阵热浪中羽毛湿漉漉的气味！
你说过与约翰住一起不可靠。
你不知道我们有多友善文雅：
我们不会伤害一只鸡！你应该看到过
我们把鸡群搬迁到其他地方。
我们不会把鸡倒着提起，
本来只要抓着它们的腿就可以。
一次两只是我们的规矩，一手一只，
不管要走多远要往返几回
我们都会坚持。”

“你说这是约翰的主意啦。”

“我们还坚持不懈；我不知道
哪种孩子气的事情约翰会轻易放弃。
他可算威风凛凛，
这是他的农场，他是老板，而那些鸡：
篱笆里面围着花，老母鸡在那里闲逛。
好东西都是它们的。皇天不负有心人。
约翰爱吹嘘他得到的报价，
这公鸡二十，那只二十五。
他从来也没有拿到钱。要是鸡卖了，
值那么多钱，养着它们也值那么多。
天哪，都是花钱。帮我一下，

碗橱里的那个小锡盒，
上面格子里，那个锡盒。就是它。
给你看看，给。”

“这是什么？”

“账单——
一只狼山公鸡五十——
给了钱。鸡在院子里。”

“那就不放在玻璃箱子里啦？”

“要个高点的箱子才行：
站在地上能啄到桶里的食。
倒是在玻璃箱子里面待过，就像你所说，
那是伦敦水晶宫，进口货。
约翰买来的，账单用珠子付的——
我们叫贝壳串珠。呀，我们不会怨天怨地。
看到吧，我们把它照料得好好的。”

“也很喜欢它。这就更加糟糕了。”

“好像是。不过还有：他无能为力了。
我也不能告诉你是怎么回事。
他有时候像着了魔一样记账，
要弄明白钱怎么花得这么快。
你知道男人可笑的模样。
但看看男人心慌意乱也很好玩——
他现在乱七八糟，将来怎样呢？”

"情况更加糟糕。你只能视而不见。"

"艾斯特尔才对。你不必跟我讲。"

"你我不能说说根本的问题吗？
"真正的麻烦是什么？她怎么才满意？"

"就是我说的：她拒绝了他，就这样。"

"到底为什么？她有钱了？是邻居吗？
见不到朋友吗？"

　　　　　　"我们有朋友。
原因不是这个。周围的人我们也来往。"

"这事她放心不下。你是委曲求全，
你毕竟是她妈妈。"

　　　　　　"说不上委曲求全。
起初我就不喜欢。
但后来习惯了。而且——
约翰说我这么大年纪不要孙子了。
都已经过去了，再说有什么用呢？
她不肯回来——还要糟——无法回来。"

"怎么会这么说？你了解什么情况？
你说的什么？——她自讨苦吃？"

"我是说她已经结婚了——跟别的人。"

"哦——哦——!"

"你不相信我。"

"我相信你，
非常相信。我知道肯定有事情!
这样就明白了。她不好，就这些!"

"遇到中意的人就结婚不好?"

"瞎说！看她做的事！是谁啊，谁——"

"谁在这样乱七八糟的时候娶了她?
直接说出来——当着她妈妈也无所谓。
找到了。我还是不要说出他的名字。
约翰也想不到是谁。"

"那么就这样了。我得走了。
你要等等约翰。艾斯特尔真是可怜;
我觉得她值得同情。
你应该在那厨房
把这个事情告诉他。你可能应该。"

"你不要着急走。
约翰马上就到了。我看到有人
从瑞英山下来了。应该是他。
他到了。这个盒子！收起来。
还有这个单子。"

"不要着急！他还要解下马缰。"

"不会的。他只会把缰绳丢掉，
让朵儿去草场，马鞍什么都在身上。
朵儿走不了多远，车轮
就会挂住——没有问题。看，他到了！
天哪，他好像已经听到了！"

约翰搡开门却没有进来。
"你好，邻居！正要找你。
是不是见了鬼，"他说，"我想知道。
要跟我说话就出来吧。
老太婆，我等等再跟你说。
我有一些也许不新鲜的消息。
他们要把我怎么啊，这两个人？"

"一定要跟着他，不要让他喊叫。"
她朝正在关上的门口大喊：
"谁要听你的消息，你——大蠢货？"

45. 恐惧

谷仓深处一缕灯笼的光，
照在门口一男一女身上，
他们斜斜的身影落在屋上，
他们身边，一排黑魆魆的窗。
马儿在空空的地板上踢了踢蹄，
他们身边的马车车尾
往里挪了一点。男人握住了车轮，
女人突然说道："吁——别动！
我看到了，白盘子一样醒目。"

她说："当时挡板上的灯光照在
路边的灌木丛上——那是人脸。
你一定也看到了。"

"我没看到。
你肯定看到了？"

"是的，千真万确！"

"人脸？"

"约尔，我要看一下。我不能进屋，
不行，这样的事情必须处理妥当。
锁了门关了窗也必须这样。
以前回家我总是觉得反常，
我们离开这么久屋里一片黑暗，
钥匙哗啦哗啦作响，
好像要告诉里面的人赶紧走开，
我们从一扇门进他从另一扇出。
万一我说对了，有人一直——
不要拽着我！"

"我觉得是一个过路的人。"

"说得好像这条路上有人走一样。
你忘记我们在哪里了吧。而且，
那个人随便哪里来哪里去，
怎么在这么晚的时间，还是步行？
他干吗要站在草丛里一动不动？"

“倒不是很晚——但天黑了。
这事不是你说的这么简单。
他是不是像——?”

“看起来就是一般的人。
要是不弄清楚我今晚就睡不着。
灯笼给我。”

“你不用拿灯笼。”

她推开他，自己拿了灯笼。

“你不用来，”她说，“这事我管。
如果该面对这件事，就是我
叫它恢复正常。他没有胆量——
听！他踢了一块石头。听，你听！
他向这里来了。约尔，进屋吧。
听！——听不见了。你进屋吧。”

“起码你不能让我相信这是——”

“是个人——或者有人叫他来观察。
该让他现现身了，
我们已经确定知道他在哪里。
要是让他走脱，他将神出鬼没，
阴魂不散，树丛灌木都可以藏身，
最后我将不敢走出屋外一步。
我受不了。约尔，让我去!”

“没必要把他太当回事。”

“你是说，他不当回事？
哦，你看，他好像还要——
约尔，我不会的——不会——我答应。
不要说狠话。你也不可以。”

“要是必须有人去，就应该是我！
但你这样拿着灯笼却帮了他的忙。
我们站在这里他什么都做得出！
如果他只是想看看，那
他已经看清楚走了。”

他好像忘记了之前的态度，
反而跟着她走过了草地。

“你要干吗？”她对着黑暗处喊。
她挺得笔直循着光亮观看，
双手提着灯笼贴在身上滚烫滚烫。

“没有人，你看错了。”他说。

“有人——
你要干嘛？”她喊道，她自己
倒是被吓了，真的传来了声音。

“没事。”声音来自远远的路上。

她伸出一只手扶住了约尔：
毛衣被烤着的味道让她发晕。

“深更半夜你怎么在这里转来转去?”

“没啥事。”停了一下:好像是无话可说。

那声音又说道:“你好像吓着了。
我看到了你打马的样子。
我到你们亮处来
让你们看一下。”

“好,过来——约尔,回去!”

脚步声响,她站好了身子,
但还是有点发抖。

“你看。”那声音说。

“好。”她细细看。

“你没看到——我这手里还拉着孩子。
强盗不会带着孩子打劫的。”

“黑乎乎的夜里,孩子来干什么——?”

“散散步。每个孩子都应该有一段记忆,
记得自己曾在该就寝时间之后走过很远。
怎么啦,孩子?”

“那我想你会找
别的地方散步——”

　　　　“有时候是公路上——
我们隔周去一次迪恩家那里。”

“但要是这样——约尔——你看——
你不会觉得有什么。你懂的？
你明白我们得小心。
这是个非常非常偏僻的地方。
约尔！”她说着话好像已经转不了身。
灯笼摇摇晃晃垂落地上，
抖抖索索，滚了几转，灭了。

46. 藏巧于拙

威利斯，今天你本不用过来：
“律师代表公司会来。
我要卖了我的灵魂，就是，双脚。
一双五百美元，你知道的。”

“在你身上双脚差不多就是灵魂；
如果你要把它们卖给魔鬼，
我要看你卖掉。他什么时候来？”

“我怀疑你是懂的，过来另有目的，
要帮我谈一个更好的价钱。”

“好吧，也许是的！你的双脚非同寻常。
律师并不知道他买的什么：
本可以走那么远却不走了。
你种下的兰花还没有看完。
他会怎么看？——这天佑的双脚好吧？

医生肯定你可以再起来走路?”

“他说我会瘸。双腿双脚都有问题。”

“那一定很可怕吧——那样子。”

“我还没有敢解开看。
隔着毯子我在想,
那应该是海星僵硬的模样。”

“头上没有受伤真是谢天谢地。”

“我都说不清楚具体情况。
看到杆子卡住了我脖子,
我很快就让开了,
或者是笨拙地用刀子割开了,
我抓住了杆子把它往外推——
这时维斯关了轮箱里面的水。
没有丢掉脑袋大概就是这个缘故。
但我的腿撞上了上面的顶。”

“可怕。他们怎么不拆掉皮带
却去清理轮箱?”

“他们说已经费了时间拆皮带——
老旧的条纹皮——它恨我,
因为我用栗凿把它揍得冒火,
就像当年富兰克林风筝线的电火。
肯定是这样。总有一天它待不住。
那一天给它个女人也劝不住。

它正咬着自己的尾巴在转圈圈，
被银光闪闪的滑轮左右使唤。
我虽然不在但情况如常。
还可以听到锯子轻轻的嗡鸣，大锯子
响彻村子周围的山地，
是它们在撕咬着树林。这是我们的乐曲。
每个好村民都应该喜欢。
毫无疑问这是发财的声音，
这就是我们的生活。”

“是啊，只要我们还活着。”

“你好像说不是这样的，
哪件事不是？生也如斯死也如斯。
我的律师到哪里啦？他的火车到了。
我要把这事处理好，我又热又累。”

“你要做一件蠢事。”

“留意他，好不好，威尔？让他进来。
科尔宾太太最好不要知道；
这里我住得太久，她自以为我的主人。
不听她的话可不行。”

“我只会做得更糟而不会更好。
你得告诉我事情发展到了哪一步：
说好了多少钱吗？”

“五百。
五百——五——五！一二三四五。

盯我干什么？”

“我才不相信。”

“我说过，威利斯，你进来时就说了。
不要让我太为难。我必须拿到
能得到的。看，他们让我失去了双脚，
谈判中他们占有先机。
无论如何我的脚也回不来了。”

“但你的花呢，伙计，你在出卖那些花。”

“是的，是一个问题——所有的花，
各种各样的，任何地方的
未来四十个春夏——且说四十吧。
但我不是卖，是白送，
它们一分钱也没有让我挣到：
金钱无法补偿我失去它们的悲痛。
是的，那五百美元他们要用来
支付医生的费用让我熬过这一段。
要不就争吵，我不想争吵——
我只想安安静静过好日子，
将来就是这样，我要知道最糟的，
或者最好的——不会那么糟糕。厂里
答应了给我所有我要的木料。”

“但山谷里你的那些花草怎么办？”

“可把我问住了。但——你以为
那些对于我没有价值吗？我还是觉得

这样半途而废不是我的性格，
它本来还要给我带来几个朋友。还有，
我有巴勒斯的信——告诉你了？——
他说到我的杓兰；
他说在这样远的北方还没有见过。
来了！门铃。他在按铃，你去
带他上来，不要让科尔宾太太来——
哦，好吧，很快就过去了。我累了。”

威利斯带来了波士顿律师，
还有一个赤脚的女孩，吵闹一片，
脚步踩着房子老旧的梁架，
律师低沉的男中音，
她悄然无声地站了一会儿，双手
羞涩地背在身后。

“哦，先生怎么样——”

律师已经在摸他的小包，
好像在找那写了名字的材料，
他好像忘记了。“请原谅，
我去了一趟作坊里，耽误了。”

“去看看的吧，我猜。”威利斯说。

　　　　　　“是的，
啊，是的。”

“听到什么可能有用的信息吗？”

受伤的人看到了安妮。“啊，安妮来了。
要什么呢，宝贝？来，到床边来；
告诉我？”安妮只是扯扯衣裙
双手别在身后。“你猜。”她说。

“哦，猜哪个手？天哪天哪！偶尔
我总能找到法子可以猜准，
我只要看看耳朵。但我忘了。
呃，我想想——我选右。
即便不对也情有可原。
来，给我看。别换手。——是羊角兰！
羊角兰！那，左手是什么呢，
我要是选了左手会怎样呢？伸左手来。
还是羊角兰！是哪里找到的？
山毛榉树下，还是土拨鼠窝边？”

安妮看了看身边的大块头律师，
知道自己是不可能这样乱跑的。

“别的没有了吗？”

　　　　　　“有四五个。
我晓得您不肯让我都摘掉。”

“不肯，是的，不肯。真是个好姑娘！
看看，安妮可是用心听话了呢。”

“我觉得还应该为明年留一些。”

“当然是。要留一些做种，

林里的土拨鼠也要一些。真是个好姑娘！
一只土拨鼠一个荚，
好像是这个样。好过农夫的豆子，
总有些人的嘴巴挑三拣四，
虽然羊角兰也是少见，
谈不上要升斗来装——根本到不了市场。
但是，安妮，你是不是还有什么要说？
你藏着什么吧？这跟撒谎一样不好。
你要这位律师帮忙。这并不安全，
律师会发现你的秘密。
有些人面前什么都藏不住，安妮。
你还没告诉我在哪儿找到的羊角兰，
那里你有没有看到黄花杓兰？
我说过什么？啥？我会脸红，我会的。
你可不要强词夺理。如果当时还在那里，
现在呢，黄花杓兰哪里去了？”

“好，别急——这很平常——很平常。”

“平常？
紫花杓兰更加不足为奇。”

“我没有带紫花杓兰
给你——没有带——都太常见了。”

正在看卷宗的律师笑了，
好像对她说的话有看法。

“我让安妮不要再做花束了。
这对孩子不公平。但也是不得已：

不得已帮忙意味着不得已放弃自己。
我会努力跟她说好——她会知道的。
她要在地里帮我搜寻，
石壁上面，沿着林子
还有河边寻找水生的花，
是荇菜花，心形的小叶子，
水下凹陷的地方仿佛一只小拳头
手指头朝下，有一只例外，
那一只对着阳光下的花朵，
好像在说：‘你啊！你就是心的期待。’
安妮对花儿真是别具慧眼，总能补回
失去的那些：她一条腿蹲下
托着花儿靠近她自己的脸，
念念它们的名字又把它们放下。”

律师有一块表，表盒
设计非常精巧，用力关上时
“啪”一声就像微型手枪，
他这时候正好关了一下。

“好吧，安妮，去吧。我们等等再说。
律师正想着他的火车。
他要给我好多好多钱
然后才会离开，这是因为我受了伤，
我不知道他需要多少时间。
先把我们的花放到水里。威尔，帮帮她：
水坛太满了。没有杯子吗？
把它们挂在水坛里的钩子上。
快点——文件拿出来！明白吗，
我要让安妮学好。

我想到了最重要的事情真是不错。
我现在的处境怨不着我。
谁会关心我的柴米油盐，
除了我自己以外？”

“打扰一下，”
律师说，“真抱歉，但我的火车——
条件都已经谈好，非常幸运。
你签个名就好，就在——这里。”

“威尔，做什么鬼脸？这里来，
做不成了吧？你要什么？
你跟安妮一起出去。你不乖就出去。”

“你不会看都不看就签名吧？”

“你帮忙读读吧，读一下。
这东西我以前没见过吗？”

“你见过的。让你朋友看看。”

“可以，但太费时间，我也像你一样，
想要快点干完。
读一下，读一下！没错，拉起窗帘：
我都不懂是什么给我制造了麻烦——
威尔，你怎么说？你可不要犯傻，
不要把人家的法律文件弄坏。
如果你真的反对那就算了。”

“五百美元！”

"你觉得啥数字才好?"

"一千一点也不多;
律师先生,你是清楚的。问题是
接受什么条件都不好,他还不知道
能不能再站起来走路。
我觉得这好像是个欺骗的伎俩。"

"我想,呃,从我今天听到的判断——
也有看到的——有人出了坏主意——"

"你听到什么了,讲讲吧?"威利斯说。

"发生意外的那地方——"

受伤的人在床上蜷着身子。
"这显然是你俩之间的事情。
我想知道的并不很多。
你俩好像一对斗鸡。
打架到外面去。别碰着我。
回来我就签字。
铅笔?啊,用你的钢笔吧。
你们哪位托一下我的头。"

威利斯一跃跑开。"我洗洗手——
我不是对手——不是,也不装——"

律师闷闷不乐地盖上了笔帽。
"你做得很明智,不会后悔的。

我们非常抱歉。”

威利斯冷笑道：
“‘我们’指谁？波士顿的股东？
我要出去逛逛，不想回来。”

“威利斯，你回来时叫安妮一起回来。
感谢关照。不要计较威尔：他是个野蛮人。
他以为你应该花钱买我的花。
你不知道我说的花是什么意思。
你现在也不要猜。你会错过火车的。
再见。”他双手捂住了脸。

47. 柴堆

天色阴郁，这片冰冻的湿地里，
我停住脚步自言自语：“回去吧！
不，我要继续往前——我们将会明白。”
积雪厚重挡住去路，还是有一些缺口
一只脚可以踩过。眼前一个个线条，
是瘦瘦高高的树挺拔笔直，
都是相同模样没有任何标记，
让我无法记住自己来过这里，
或那里：家，已经离我太远。
小鸟从我面前飞过，小心地
落在我前面再前面的树上，
怎么也不肯告诉我它是谁，
而我还在笨笨地想着它所想。
它觉得我跟着它想要一根羽毛——
它尾巴上白色的一支，就像有个人，

总要把听到的话都记在心上。
它飞偏一点就可以打消疑惑。
旁边有一堆柴火，
让我把它忘记，它满心疑惑，
飞去了心仪的方向，
没有道一声离别的晚安，
它自去寻找过夜的地方。
那是一堆枫枝，砍下劈好，
码放整齐，四四方方。
其他再没有这样的一方。
雪地里也没有人的足迹。
明显它不是今年新砍的柴火，
甚至比去年前年都还要久远。
柴火已经灰白，树皮已经剥落，
柴堆有点塌落。铁线莲
绕了一圈一圈好像打了捆。
柴堆的一边抵着树，
枝繁叶茂，另一边树桩支撑，
摇摇晃晃。我觉得只有
堆柴的人去忙碌其他事情，
他才可能忘记他双手的劳动，
劳累过自己，挥动过铁斧，
这样才会丢在这无人的地方，
大不了只能挡挡湿地寒风，
让它在无火无尘的慢燃中衰颓。

48. 美好时光

寂寂冬晚我独行——
凄然落寞恋吊影。

茅舍连壁自成行，
雪映灯影照寒窗。

舍中当有邻人住：
抚琴弄竹品诗书；
帘卷门掩方得见，
佳人如花才子贤。

斯人为伴何所愁，
信步来至田居头。
茕茕孑立悔意生，
回首不见一窗明。

屐齿无情踏雪痕，
吱呀声中惊梦人。
可惜往日君离别，
寒夜亥时恨复切。

山 间

49. 人迹罕至的路

棕黄的树林里大路分向两边，
我无法走两条路把盛景观看。
我只是孤独的行者，良久站立，
我顺着一条路看往远方，
灌木丛那里它变了方向。

我走向了旁边，并无反常，
甚至觉得道理更加明朗，
这路上杂草丛生罕有人迹，
我的踩踏虽然留下脚印两行，
依然不会让人觉得多少异样。

那天早上两条路一样蜿蜒，
没人把一路落叶踩得稀烂。
呀，那一条我要换个日子，
然而哪条路不会通向远方？
我何故用虚空把自己捆绑！

未来我总要长叹细讲，
多少年飞逝岁月流觞，

林子里两条路各奔东西，我
走过的路人迹稀罕，
因而所见迥异判若天渊。

50. 圣诞树

圣诞通函

城市关上了大门，
乡村重归寂静；
阵风卷起白雪，
落叶还在天上翻舞，
陌生的马车进了院子，城里人，
却是乡里的打扮，
站在那里等到我们出来，
裹着棉袄打听他的来意。
他确实来自城里，
来寻找城里没有的物品，
没有它圣诞节也不能欢心。
他问我卖不卖圣诞树；
我林子里氤氲的枞香，
周围的屋子变成尖顶的教堂。
我从没想过把它们用于圣诞。
我不知道是不是受到迷惑，
要把它们齐根砍掉装上小车，
让屋后的山坡变得光光秃秃，
反正那阳光都不比月光温暖。
我不愿它们知道我心中的念想。
除非别人也不肯卖出他们的树，
否则我更不愿把它们留在地里，
很快就会错过盈利的最佳时期，

反正一切都要经历市场的考验。
卖树的决定让我久久犹豫，
我不知道会不会显得失礼，
一言不发他以为我是哑巴，
又期待他可以给我好的报价，
“没几棵值钱的吧。”我说。

“可以很快数一数几棵可以砍，
你让我看一看。”

　　　　　　“你可以看看。
但不要指望我卖给你。”
它们长在草地里，有些紧靠在一起
互相磨光了侧枝，也有不少
超然独立，枝丫粗壮
层层叠叠。他一会儿点头欣赏，
一会儿在一些好看的枝头下停住，
用商人的语气喃喃：“这个不错。”
我也是这样想，但就是不肯这样说。
我们从南坡攀上了草地，翻过山头，
从北边下了坡。

　　　　　　他说：“一千。”

“一千棵圣诞树吗？一棵多少钱？”

他觉得要跟我缓和一下语气：
“三十美元一千棵。”

我终于确定我根本没有

要卖给他的意思。这不足为奇!
但三十美元真是太少,
我要清除那么大一片地,三分钱
(那就是他们算出来的单价),
三分钱真是太少,城里的朋友,
很快就会收到我的信,
这样的树他们会花一美元,
主日学校的墙上
会被它们挂满。
我居然不知道自己拥有一千棵圣诞树!
送人比卖了还要多得三分钱,
掰掰指头就可以明白。
真难过不能在信封里面夹上一棵。
我真希望可以送你,
我把祝福放在信里,愿你圣诞快乐!

51. 寒夜孤老

屋外万物阴森地看着里面的他,
薄薄的霜花,像散落的星星,
结满空荡荡房间的窗玻璃。
他无法给窗外回馈一个眼神,
他手上的油灯歪斜着挡在眼前。
他已然忘记待在这里的原因,
家什吱呀作响,他已白发垂垂。
他脚下满是瓶瓶罐罐,满心迷茫。
脚下的地窖震得轰隆作响,
那是他走去的脚步,又轰隆作响,
是他返回,——夜空也被震撼,
熟悉的声音在回荡,噼里啪啦,

似大树连根拔起枝干折断，并不罕见，
唯有这才像榔头敲打木箱。
他只是一盏灯光把自己照亮，
他静静地坐着，自己才知道心中所想，
静静的灯光，甚至连这也算不上。
他托付使命给月亮，眼前的月亮，
升得这么晚还残缺不全，
但总还强过太阳，
让她把自己照亮。屋面积着雪霜，
冰凌排开屋檐；
他转身睡去。木柴炸裂，
炉火正旺，惊了他的梦，他翻过身，
沉重的呼吸变得平缓，还是睡着。
老人——独居——守不了一座房，
一片地，一片乡；要说守得住，
那是寒冬的夜晚。

52. 掉落的鸟巢

你总喜欢玩新的游戏，
那天我看到你手脚并用，
在草地上摆弄新割的饲草，
可能你想要把草立在地上。
我要示范一下如何让它立着，
你不就是要这样吗？尽管有风，
你要是说了，我还会装着
让它像生了根新长出来一样。
但今天你不是我以为的那样，
那小草你也并不真正关心，
你手里攥着一把蔫蔫的

蕨藤、禾草，黑魆魆的苜蓿头。
地上是一只鸟巢，满是小鸟，
割刀刚刚从草地上呼啸而过，
很神奇没有碰伤一点皮毛。
骄阳似火，它们孤立无助。
你是要给它们帮个忙，
遮挡刺伤它们眼睛的光亮，
阳光过分耀眼——它们也该隐藏。
我们每动一动满满的鸟巢，
雏鸟们就会站起好像妈妈归来，
妈妈已经好久没有回来了，
我不禁要问，妈妈还会回来吗？
还会照顾它们吗？它家遭遇了巨变，
我们多此一举会不会让它更加害怕？
这问题我们迫不及待想要看清。
我们已经明白做好事要冒的风险，
但又不敢不竭尽所能，
而这免不了损伤；我们造好了屏障，
给它们应得的那份阴凉。
这一切都要证明我们的好意。我们
怎么会无话可讲？我们接着忙其他事情。
我没记得，不知道你是不是记得，
我们后来是不是回去过那里，
看那些雏鸟有没有活过那天的夜晚，
它们有没有学会拍动它们的翅膀？

53. 一抹积雪

墙角一抹积雪，
　　我误以为

风吹来的报纸，
　　被雨水沾湿。

上面落满斑点，仿佛
　　印满了消息，
那天的新闻我已然忘记——
　　纵然读过也不能想起。

54. 屋里屋外

厨房的水槽边，她望着
油污斑驳的窗外，
那里的草郁郁葱葱。
她披着斗篷，帽子拿在手里。
她身后的房间里凌乱不堪，
桌椅堆叠乱放，像人坐着
一堆挤着一堆，还有——
屋里所有的房间——客厅、卧室，
还有餐厅、厨房，所有家具全都如此。
不时有一张脏污阴沉的脸庞，
从她背后的门缝往里看，对她的背影
说话。她从来也不回头看一眼。

“桃木橱放哪里，夫人？”

“放那堆东西上面，
再往上堆，”她笑道，“哦，今晚上
爱放哪就放哪，你可以走了，天快黑了；
你得赶紧回城里。”

又一张黑乎乎的脸探进来张望，
微笑着，看她不回头，轻轻说道：
“你在看窗外什么呢，夫人？”

“从来也不曾有人封我为夫人。
我被别人称为夫人好多好多遍，
是不是足以证明我是夫人，
并得到法律的认可？”

“我就想问问，
您是在看窗外的什么，夫人？”

“我未来的岁月里将要看到的
那些东西，就像我在这里
用抹布反反复复擦洗碗盘。”

“说什么呀？总是拒人千里。”

“这些蒿草比某些女人
更喜欢这水槽的水，乔伊；
你有了那里的一小块草坪；
没有多远，后面是林子，
其他没有了。没有多少东西，
不值一看。”

“但你还是喜欢，亲爱的？”

“这就是你迫切想知道的！你希望
我喜欢这样，那些宏图伟愿都滚蛋，
从楼上烟消云散，

大人物的脚步
会把这小屋子摇晃。只要没有别人，
你我都要轻手轻脚，
无论上下楼梯还是穿过房间，
除了突然夺去我们伟愿的风以外
才会猛然把门撞上。”

　　　　　　“也许你看到的
超过了你的期望，都在那窗外。”

“不对；除了告诉过你的那些以外，
我只看到岁月流逝，春去秋来，
草长草枯，大地青黄，
叶落树绿。”

“什么样的岁月？”

　　　　　“呀，最近的岁月——
与以往不同的岁月。”

　　　　　“我也看到了岁月流逝。
你有没有数一数多少岁月？”

　　　　　　“没有，岁月久远
一去不返，我没有想着去数一数。
那个数字的大小，
我们也并不关心，我们都已经老了。
去的‘呼啦’一声去了。
就像人从高处掉落，
每个声响都意味着又一个再不回头，

不回我们也熟悉的城市明亮的街道，
我们选择了乡村的黑暗。”

“你在窗户那里想得太多，回来吧，
来这里看看一切生机勃勃。
那些都去了。看这个因纽特人
踩着车轮爬上了高高的座位，
点上烟斗，歪着头往下看，
他吸着烟斗，火苗一闪一闪。”

“火苗照亮了他半个鼻子，说明
天色很黑。你知道什么时间了吗？
就看他的鼻子，或者看月亮，那轮月牙！
在他哪边的肩膀上？没有。
她像银丝编成，像我们一样，
一切都很新颖。她的亮光不会持续很久。
但要知道，我们会得到她的陪伴，
一晚复一晚，越来越明亮，
照亮我们的头两个礼拜。但是乔伊，
那炉子！不要等他们走！敲窗喊一喊；
让他们帮你扶起来。
我们不要在这里空想。快让他们回来！”

“他们没走呢。”

“我们少不了炉子。
还要其他东西。还要一盏灯。
蜡烛我们有吗？万一灯盏
灯油都找不到怎么办？”

屋子里再一次
充满了脚步声，那些黑乎乎
站满了门口的人挤进来，抓住了炉子。
墙上有一个炮眼样子的洞，
他们对准了装上去；接着
他们把炉管接上，
轻巧得像吹气一样，他们力气真大，
炉管像气球一样被举到高处，
被他们笨手笨脚地接到天花板上。
“正好！”有人在炉托上砸了一拳。
“你刚刚搬家就有好运气，
这炉管装得这么好。很好，
乡下不错，安好家，
生活就开始啦！你会很快乐。”
乔伊说：“你们这些大块头得找块地，
开开心心种上，让别的人
干城里的活。这里的活
不够给大家干的。”
“天哪！”一个人大声喊，没有人说话，
“这话要跟吉米说。他在找地。”
吉米却扭了扭下巴，
活像个傻瓜，翻了翻眼睛，好像说
自己就是个农场主。有一个法国小伙子
认认真真地开了腔，逗得他们哈哈大笑：
“哥们，你可不知道你问的是什么。”
他脱下帽子，双手拿着
横放在胸前，好像俯首致意：
“我们正在把种地的机会送给你。”
他们扭头而去，脚步声“咚咚咚咚”，
推推搡搡出了屋子。

“祝他们好运！觉得我们莫名其妙，以为
我不懂他们留下让我们看到的东西，
就这些：那片草坡好像
哪个农场的背阴；你那片树林
从你水槽边的窗户一直向北延伸。
水槽随时要绊我们一脚，只等
我们心有旁骛稍有疏忽，
这就像孩子们玩‘十步走’的游戏。”

“小伙子好像不错，让他们爱上城市吧。
他们只会说‘天哪！’来回应你的提议，
你要他们去做生活充实的农民。”

“他们是不是让你觉得寂寞？
这些人应该不会让你——我们
为买到的东西后悔，但让我们觉得
我们是听天由命，就像无法理喻的蠢货。
他们让*我*不安。”

“太多太多，
我们都想要得到，我承认
有时好像也觉得不好，有时好像
更加糟糕，诸如此类诸如此类。
都没什么，只是天黑时让他们离开。
有人离开我总是觉得不舒服。
客人走后的第一个晚上，屋里
好像闹鬼或者没有了围墙。我总是
要到处锁好关好，
这才睡觉，但这奇怪的感觉很快消失。”

他从门后拿出一个脏兮兮的油灯。
“这些我们没有丢掉！还有这些！”
他掏出了几根火柴，“可以做饭——
一日三餐没有人可以拿走。
我期待世间一切
都像我们吃过的饭一样不变。我期待
我们未来的三餐也是一样。
有什么你觉得可以着手做了？”

“我们从那家商店买的面包。
黄油也要找出来。”

“我们把面包掰开吧。
我点个灯陪你，
别的也没人陪你，
除非礼拜天艾德
来看我们，告诉我们
哪些要修剪、贴补或碎开。
他要是我们，会知道该做什么，
非常简单。他会给我们规划，也会
帮助我们，但这可不容易。
好吧，你把面包放桌子上吧。
你找到面包吗？我来生火。
我喜欢把椅子叠起来，
只要没有女士坐着——”

“又来了，乔伊！
你累坏了吧。”

“我莫名其妙累坏了，

我说的话你都不要生气。忙了一天
搬空了一屋子的东西，
又搬到五十里开外装进另外一座屋子，
虽然你不过是把它们卸下来。”

“我们被卸在天堂里非常开心啊。”

“我总是想要很多很多，
没想到你也是这样。”

“你不想问问吗？”

　　　　　　“我想知道，
如果这都是你要的，那有多少
是因为我而要的。”

　　　　　“你有点不安！
如果我不知道，你不会要我说的。”

“无从得知的我不想知道。
但谁先说过来的呢？”

　　　　　　　“亲爱的，
是谁最先想到的？乔伊，你在寻找
那不存在的东西；我是指诸事的起点。
终点和起点，都是不存在的。
只有过程。”

　　　　　　　“这是什么？”

“这种生活吗？
我们一起坐在灯光下
在以前家里的破烂家具之中？
油灯不是新的，这你不会否定。
炉子不是，你对于我也不是，
我对于你也不是。”

“可能你从来都不是？”

“我永远都会说，
在找到自我的地方一切都不是新的。
新鲜是城里的笨拙用词，他们以为
衣服的款式和人们的想法最终
总要有个归属。我听你说过很多。
但这并不是起点。”

“那就是终点？”

“终点是一个悲伤的词。”

“是不是太晚了？
还可以带你去看看
小山上的老桃树，借着星光去摸摸
草地上最后一颗落桃，
邻居们也许没有理所当然地拿走，
反正当时屋里没人住？我一直在找：
不知道他们留下了几颗葡萄。
我们先不要收拾屋子，
早上第一件事就要出去走走
去看看苹果、樱桃、木桃，

看松树、赤杨、草场、草坪、水井和小河。
农场就是这些。”

“我要这样：
我要把你送到你床上，当然先要
让你理一下床。来，照一下。”

厨房里油灯熄灭的时候，
炉火从缝隙里探出火头
在顶板上扭动着黄黄的影子，
自由随意，像一直就在那里跳舞。

55. 电话

“能走多远我就走了多远
就从这里，就在今天，
有一个钟点
一切寂静，
我头倚着一株花
听到了你说话。
别说我没有听到，我听到了你说——
你在窗台的花那里说的——
还记得你说了什么吗?”

“先告诉我你觉得听到了什么。”

“看到了这株花，赶走了一只蜜蜂，
我倚着头，
拿着花柄，
我仔细听，我觉得听到了要点——

是什么？你有没有喊我名字？
要不你是说——
有人说‘过来’——我弯腰时听到了。”

“我可能也想到这些了，没有说出来。”

“呀，所以我过来了。”

56. 相遇相别

顺着墙垣走下山，
正靠着山门把风景观看，
刚回头你正好到了近前，
正在上山。我们相遇，但
那天混在一起，大小不一，
是夏日尘土里我们的足迹，
好像少于两，交织在一起，
又似乎大于一。你手里，
伞尖重重划去所有的差别。
我们一边说话你一边在看，
泥地上似有东西讨你喜欢。
（哦，这对我并没有影响！）
后来，我走过你来时的方向，
你，走过我走过的地方。

57. 海拉河

六月的小河再无欢歌奔流，
虽然多次寻觅，它要不
已经悄悄潜入地下

（带走了所有的青蛙，
它们月前还在薄雾里聒噪，
像雪地精灵钻进雪橇铜铃）——
要不在茂密的珍珠草中喧嚣，
它软软的叶子在风中折弯，
逆着身体里水流的方向。
河床像褪色的纸片，
燥热把枯叶贴在一起，牢牢地——
要知道这条小河的记性很好。
这条河显然大有不同，
其他的河都记录在歌中。
我们所爱都是其本来模样。

58. 灶巢鸟

有一位歌手无人不晓，
仲夏林中吵闹的小鸟，
它把结实的树干再次敲响。
它说树叶已老，对于花儿
仲夏不及春天十之一分。
它说早先的落花已成过往，
那时梨花桃花纷纷飘落，
朗朗晴日暴雨倾盆而下；
秋天的到来据此证实。
它说路上的尘土铺天盖地。
它像其他鸟儿停住鸣唱，
但它知道如何假唱充数。
它没有说话却提出问题，
怎么看待万物的凋敝。

59. 枷锁与自由

关爱牢牢地抓住大地，
用群山和相拥的手臂——
一层层高墙把惊恐隔离。
理智却觉得这些无所谓，
它无畏的翅膀自由翻飞。

无论雪地、沙滩和草地，
我看到爱留下片片足迹，
满世界拥抱紧紧相随。
这就是爱，心中充满欢喜。
理智却挣脱锁链解放双腿。

理智劈开愁绪飞舞漫天
在天狼的狂欢中通宵达旦，
只等到天明才停止飞翔，
片片羽毛上烟火味沾满，
越过太阳回到尘世的房间。

他一切所获尽在天国。
有人说爱尽管受着拘束，
原地不动却独揽美好全部，
理智总要经历奔波劳苦
才发现美在另一个星球。

60. 摇白桦的孩童

我看到白桦左右摇摆
与后面挺直的树成排，

总想问摇动它们的是哪个小孩。
但摇晃并不能让它们真正弯腰，
除非一场冰暴。你一定时常看到，
冬日早晨它们扛着一身冰霜，
雨后总是这样。它们互相碰撞，
微风渐起，变换颜色万千，
它们的珐琅被震裂击碎。
太阳升起，它们又披上水晶外衣，
轰隆轰隆砸落在雪地上面——
一堆一堆琉璃碎裂堆积，
你误以为天穹掉落人间。
重负把白桦拽向萎蔫的蕨草，
它们不会折断，虽然曾经弯腰
如此日久，从来也不努力站直：
林子里看到它们弯曲的枝干，
多年都是一样，叶子垂落地上，
就像女孩俯身长发垂下，
等待太阳将其晒干。
我却希望真相不要很快揭晓，
不要说造就一切的都是冰暴。
我希望是哪家小孩把它们掰弯，
因为他来来往往牵着奶牛。
他不能在城里溜冰打球，
只能拿找到的东西玩耍，
秋去冬来，他找不到伙伴。
他一一征服了爸爸的白桦，
把它们一次又一次压弯，
它们再也不会那么坚挺，
每棵都软软地垂下，每棵
都屈服于他。他渐渐明白，

自己不可以操之过急，
以免把白桦压断
俯伏地上。他总是手脚麻利，
爬在高高的枝头，小心翼翼，
就像你倒满一杯酒
满溢到杯边，甚至还要高出。
他又敏捷地跳下，双脚并用，
空中迈步落在地上。
我也曾经这样摇晃过白桦，
我梦想着再回到过去。
我已经厌倦了明争暗斗，
生活的林子中人径全无，
蜘蛛网抹在脸上灼痛奇痒，
一只眼睛正淌着泪水，
一根树枝不巧把它刮伤。
我想要暂时离开这个世间，
回来时重新回到起点。
命运不要再随意把我误解，
遂我一半心愿再把我带走，
一去不回。世间是真爱的领地，
其他再无美丽的乐土。
我想爬上白桦离开，
顺着雪白的主干爬上黑黑的枝头，
直通天境，等那枝头不能将我托住，
就会弯腰把我放在地上。
这样的往返其乐融融，
谁都比不过摇白桦的孩童。

61. 豆苗柴枝

做完礼拜我独自出去，
　　那里约翰正在砍树，
我要看看那白桦枝条，
　　搭好架子长上豆苗。

阳光透过新砍下的树隙，
　　五月之初已将人烤炙，
和着树汁的味道令人窒息，
　　切口还在流淌生命的浆汁。

无数青蛙语万声千，
　　低湿的池塘里随处可见，
脚步声传来，它们戛然寂静，
　　陌生的身影让它们瞠目心惊。

白桦枝一堆又一堆——
　　刚砍下的树枝无不新鲜硬实。
等待有人驾着双匹马车，
　　把它们从野花的背上搬离。

园子里的藤蔓正好相宜，
　　它们的卷须细弱柔纤，
就像翻绳游戏的棉线，
　　攀着树枝离开了土地。

野生的花草得到小小的恩惠，
　　柴堆已经把无数延龄草压颓，
草芽在树枝堆上前早已萌发，
　　堆垛下面它们只能重新攀爬。

62. 春播

傍晚你到地里来喊我，
晚餐已经上桌，看我
可否不再翻掩那雪白
又柔软的苹果花瓣
（噢，柔软却生机依然，
和着圆扁豆皱豌豆）
跟你回去，以免你忘记
自己的目的，还会像我，
甘为春日土地的奴隶。
播种时多少爱意萌动，
翘首期待新生命到来。
那时土地上绿草初荣，
壮实的幼芽弓着腰背，
擎一肩泥土萌发大地。

63. 闲聊

一位朋友在路上喊我，
马儿满含深意放慢脚步，
我没站起来左盼右顾，
脚下是等待锄耙的山坡。
我大声问他有什么事，
不，我不要以忙为借口。
我把锄柄插入松软地头，
锄头朝上像人一样耸立。
我踩着软泥走向石壁，
只为与朋友聊聊天气。

64. 奶牛与落果

那头奶牛近来有点兴奋，
好好的砖墙它当作大门，
还觉得砌墙的真是蠢笨。
它一脸碎渣，嘴角在淌渗，
苹果甜汁。苹果满了胃腹，
草场枯蔫它懒得侧目。
它在树林里撒欢奔跑，
地上的落果摔破虫咬，
梦想腾飞，它只咬一口。
它在土丘上对天喘息，
乳房干瘪再也没有乳汁。

65. 邂逅

那天的平静中酝酿着风暴，
暑热在云翳中消退，阳光
也自觉地不再让人烦躁，
我一路挤一路闯，
经过茂密的雪松林。松油呛嗓，
草灰眯眼，疲惫不堪，
真后悔离开了熟悉的路，
我停住脚步歇息，枝丫
勾住了衣裳，我不妨坐坐。
我的目光无处安放，
只好抬头看天上一片湛蓝，
那里有一棵栩栩如生的树，
一时沉下一时浮起——
像无声的幽灵停住了脚步，

好像害怕会踩着我的头。
我看到他的手动作反常——
高高举起放在肩上，扯着
一缕黄丝线，连着人与人。
“来了?”我问，“去了哪里?
有没有带来什么消息?
你去哪里了呢？——蒙特利尔?
我？我哪里都没有去。
只是有时候离开人多的路，
顺便找找兰花女神卡吕普索。”

66. 射程之内

子弹撕裂挂满宝石的蛛网，
花儿垂落走鹃的巢旁。
这才沾染了某个人的胸膛。
花儿拦腰折断挂在一边，
鸟儿依然将其雏子照看。
蝴蝶被抽去了立足之地，
半空中再寻花儿栖息，
拍动翅膀轻轻站立。
高地空旷，夜间张开一面，
是毛蕊花之间丝线的轮网，
根根丝线串着晶莹的晨露。
子弹飞过振落颗颗珍珠，
惊醒的蜘蛛急忙捕捉猎物，
又悻悻然回到它的里屋。

67. 有妻在山

孤独

（她的话）

谁也不需要像你我，
　　要为这么多事情发愁，
鸟儿又停在了屋檐
　　似乎在与我们再见；

谁都不在乎它们来年，
　　会唱着哪首歌回返；
实际情况就是，
　　有些事我们特别心怡，

也有些事太让我们悲伤——
　　花鸟鱼虫装在心上，
却忘了自己还有对方，
　　还有垒造或占有的巢房。

空屋忧惧

这种情况他们已经熟悉——
总是在晚上他们归来之时，
遥远的归途，孤单的茅屋，
黑灯瞎火，冰冷的灶炉。
他们摇动锁钥叮当作响，
屋里有无生灵寻觅口粮，
它们闻声应该撒腿跑远：
喜欢外面而非屋里的黑暗，
他们总要大开屋门，
直到点亮屋里的油灯。

微笑

（她的话）

我不喜欢他那样离开。
他的微笑不是因为欢快。
看到他的笑？可以肯定！
可能我们给了他仅有的面包，
这穷货知道了我们多么清贫。
可能因为他接受了我们的施舍，
而不是本来可以实施的抢夺。
可能他在嘲笑我们的婚姻，
也可能欺负我们年轻（很开心，
可以预见我们衰老我们归天）。
不知道他在路上已经走了多远，
是否还躲在林子里把我们窥探。

时常重复的梦

她絮絮叨叨不停诅咒，
　　为的是那黑魆魆的松树，
它总是摆弄着窗锁，
　　那房间放着他们的卧铺。

树一再伸手却总是枉然，
　　它每次徒劳的往返，
都使它的身影像只小鸟，
　　奇幻地映在窗前！

它从未进入房间，
　　他俩也只有一个
被那不停重复的梦境熬煎，
　　不知道那棵树所欲为何。

冲动

日子让她觉得十分孤单，
　　加之地处莽荒，
身边再无别人就他俩，
　　没有儿女相伴。

屋里没有多少家务，
　　她也无须忙碌；
跟着他到地里耕垄，
　　或者看他伐木。

她坐在圆木上抛洒
　　那新砍的木花，
暗地里哼着自己的歌，
　　私语窃窃没人说话。

那一刻她跑去折一根枝条，
　　是黑乎乎的赤杨。
她跑得太远再也不能听到
　　他久久的呼唤——

没有回应没有呼喊，
　　也没有回头。
她停住，她奔跑，她躲藏，
　　藏在那草窝。

他没有找着，虽然他
　　四处觅寻，

还去她妈妈家里访查
　　打听她的音讯。

一切都缥缈快速又突然，
　　真相大白水落石出，
他知道了无可挽回的结局，
　　泪眼婆娑一抔墓土。

68. 篝火

“啊，去山顶来一把惊天动地，
用我们的胆量成为人群中的豪杰，
去把我们堆好的柴垛点一把火，
虽然为雨雪天准备。
哦，我们不要等到下雨把它淋湿。
我们的柴垛我们一根根捡拾，
在松林里绕路很远。
今晚上我们不用小心翼翼。
分开？不必！堆一起点燃，
原样不变。让我们成为谈资，
用亮光把人们吸引到窗前，
在他们的墙布上燃起一堆火光。
叫他们起来，无论清闲或是奔忙，
无论他们嗷叫着要拿我们怎样，
总要等我们把这件事干完。
我们要点燃这座死火山，
它已经沉寂得太久太久——
让我们体验恐惧，烧一把，就——”

“你也会恐惧?!”大家齐声问。

"怎么不会？一把火
拔地而起烟雾熏天，而且我
知道结果！我忏悔时也许会想起，
但眼前不会：喷薄而出的，
是木油，但后来只能等到
大火燃尽时才能灭掉，
烈火熊熊，没有尽绝，
冲天怒号，火花漫天，
冲天火光点燃烈火的利剑，
树木阴沉围成一圈欠身在旁——
干了这么多，我还不知道，
我若能管束，哪些不能让它做到。
哦，它可不要在爆发中带来
天涯海角百折不挠的风，
像那年四月我领教过的一样。
冬日渐远，轻风浪费了时光，
好像忘记了地上的知更鸟，
更别提它们疲弱的翅膀寻找的栖枝。
我的火苗昂起头直冲天际，
而我正在旁边把它照看。
但正如谚语所云——野外的风。
忽然刮起一阵狂风。你总以为大树
摇摆着制造了风，你从来也不知道
风自己吹，而你只看到大树摇动。
暗中总有事物吹起了强风，
风折弯了火苗抚摸地上的小草，
它们刚刚熬过严冬。火苗轻抚草叶
像你轻舔手中咸甜的食品。
它触及哪里，哪里就会焦黑。

天亮时这黑色没有消失，
这黑色和轻轻的余烟——
还有一抹余火细如苔藓，
血红的根，如紫萝，即将长成。
但这片黑就像黑死病涂满大地，
天空好像被乌云压成一片乌黑，
就像寒冬和夜幕一同降临。
太多的问题值得留心。
土地一直向北方延伸，
落日隐身在海拉河，我都觉得
与火苗相关，毫不犹豫，那靠近
小路之处，也是这样，虽然我担心
火苗会继续燃起，灌丛已经枯萎，
草叶很长，一枝黄花已干黄，
赤杨扯着葡萄藤
想躲过这烟熏火燎的末日。而我
到旁边找到遮挡。我跪在地上
扭过脸把手伸向前方。
我搓着手与火焰对抗，不是拍打。
要是有块木板，那是最好的武器。
我却有件棉袄。哦，明白，明白，
我大声喊道，我忍不住这样的窒息
这样的燥热；但一想到是我烧掉了
整个林子整个市镇，全镇的人
都跑出来为我奋战——我很着迷。
我相信小河的屏障，却担心
那小路挡不住；路对面，火堆
一阵噼里啪啦熄灭了——
比引火的草堆还要剧烈很多——
这让我站了起来要把它挽回。

我倚着身，好像马缰
拴在我脖子上，我正在犁地。
我成功了！肯定没人做到我这么多，
没有我做的一成，
我把一片漆黑洒满了角角落落，
很短的时间。镇上赶来的邻居
无法相信这里一片乌黑，
他们刚刚离开，原来根本没有，
他们才走了个把钟头，
但从他们的方向看不到这里的情况。
他们四下里寻找肇事者，
一个也找不着，我已在远处逍遥，
倦意已消，我不懂其中的缘故，
鞋子非常沉重，我脚步却异常轻松，
尽管过节般的喜悦灼烧我的心。
想到这些我怎么会不害怕呢？”

“如果你害怕，我们又如何？”

“害怕。但要是你们总是躲避，
发生了战争怎么办？
这些我有理由知道——
你能不能给我满意的答案？”

“呀，打仗是大人的事，我们还小。”

“啊，我们的讨论真是入木三分。
哥儿们，都是这么想，都是这么想。
你们的错也是大家的错。有没有听说，
战争爆发时轮船已经停泊

在海上，战争爆发的城市
半夜里火光冲天，惊人心魄，
遮天蔽月，直逼云霄，——
船上的孩子，城里的儿童？
你们有没有听说？
并无新鲜事——有些道理已经忘记：
战争是大家的，也是儿童的。
这我不想说也不能说。
最好是现在跟我上山
放火，体验大笑和恐惧。”

69. 女孩的菜园

村里的那位邻居
　　总说那年春天，
当年她还是村里的孩子，做了
　　幼稚的事情一件。

那天她跟爸爸说
　　她要一块菜地
她种她管她自己收，
　　爸爸说：“当然可以！”

他四处找找，
　　想到了一块不用的角落，
隔着围墙曾经有个商店。
　　爸爸说：“这样差不多。”

他说：“这可以让你
　　拥有一个一人农场，

也可以把力量送给
　　你细弱的臂膀。”

这算不上是一块菜地，
　　犁都派不上用处；
一切只能动手，
　　她却毫不在乎。

她用小车运来肥料，
　　小路上颠颠簸簸；
但她健步如飞，
　　哪怕运不了许多。

她要躲避路上的行人，
　　还要讨要菜种。
她说每样都要一颗，
　　只是杂草不用。

马铃薯有一堆，
　　萝卜、莴苣和豌豆，
番茄、甜菜、南瓜、玉米，
　　果树种子也要有。

是啊，难以置信，
　　那棵挂果的苹果树
从今属于她，
　　起码可以这样希求。

她种了一个大混合，
　　那是汗水的浇灌，

每样都不空缺，
　　哪样都是一点。

如今她在村里
　　看到瓜豆麦禾，
一切有序井然，
　　她说："没什么！

与我以前种地时一样——"
　　从来也没人吩咐！
她从来也不吹嘘犯错
　　把相同的事对相同的人重复。

70. 关在门外

告诉孩子的话

当我们晚上锁好了门窗，
我们就把花儿关在了外面，
它们再也见不着屋里的亮光。
睡梦中有人想要开门，
袖口的扣子碰擦着门框，
花儿们就在外面与盗贼为伴。
却没有人把它们轻轻抚摸！
我们倒是捡到了一枝金莲，
落在台阶上枝干已被咬断。
这也许是我的过错：
我总以为它就是
我独坐时观看的那朵
傍晚陪我看月儿早早西落。

71. 蓝鸟的留言

告诉孩子的话

我出门的时候乌鸦
压低了嗓子说：“呀，
我到处找你，
你去了哪里？
我只是要让你
告诉雷斯利（好不好？）
她的小蓝鸟
有件事相告，
昨晚的北风，
擦亮了满天星星，
用冰面铺满了河沟，
害得他差点咳嗽，
尾羽都几乎脱落。
他依然要展翅高飞！
还要向她告别，
要照顾好自己，
红风帽也不要忘记，
留意臭鼬的足迹，
带把斧头走在雪地里——
事事都要小心！
也许到春天来临，
他会回来再送歌声。”

72. “没了，没了——”

盘踞时而咆哮时而低吟，
尘末漫天截下合适的柴火，

微风飘荡着缕缕甜香。
从那里抬眼而望，
五座山脉重峦叠嶂，
夕阳下向佛蒙特绵延远远。
盘锯咆哮低吟，低吟咆哮，
时而急，时而缓。
万事平安：一日时光还未耗完。
我期待有人喊出“下工”，
孩子才能得到那半个钟头，
不要干活的闲暇享受快乐。
姐姐围着围裙来到一旁，
说道：“吃饭。”这话一说，盘锯，
好像要证明自己的族类听得明白，
一下蹦到孩子手上，好像蹦了——
他一定伸了手。不管如何，
它们走到了一起。那是手啊！
孩子爆发出一声懊悔万分的惨笑，
抬着手猛然转向他们，
一半是请求，一半好像为了
挽留性命流失。孩子看明白了——
已经是一个大孩子，大孩子，
内心是个孩子，却干着大人的活计——
一切都完了。“不要砍我的手，
要是医生来了，不要砍，姐姐！”
晚了。手已经断开。
医生的乙醚让他坠入黑暗。
他躺着，鼓起双唇喘息。
有人摸摸脉搏，猛然一惊。
谁都不敢相信。听他的心跳，
微弱——丝弱——消失——没了。

所有的指望都没了。而他们，他们
并不是死去的人，各忙各的事情。

73. 布朗下山
连滚带爬

布朗的农场在山上，
　　几里之外就可以看到，
他忙碌时点亮的马灯，
　　哪怕冬天三四点的清早。

许多人都曾看到
　　那晚上他急扑而下，
越过梯田、屋墙和一切屏障，
　　人们看到了光影的变化。

屋子谷仓之间狂风大作，
　　鼓动了他身上的衣物，
他被扯到冰冷的外面，
　　一片冰天雪地，猝然飘忽。

墙没了顶，树木也差不多：
　　他无法立足，除非
用脚后跟跺一个窟窿。
　　但尽管他竭尽全力，

喃喃自语，跺跺跺，
　　偶尔冰面好像跺破，
他站立不住，无可奈何，
　　一段一段滑下了冰坡。

他有时候张开双臂，
　　像翅膀在雪地里翻转，
身体是他的转轴，
　　飘摆中风度翩翩。

他有时急有时缓，
　　有时坐有时站，
全靠他对危险的判断，
　　是要保住脖子还是衣裳，

马灯他抓得牢牢，
　　有人在远处吃惊呼喊，
马灯的信号让他迷惑：
　　“那些信号到底是哪一款，

深更半夜布朗要说什么？
　　他一定在庆祝一件大事，
他是不是卖掉了农场，
　　抑或成为农协的主理？”

他跌跌撞撞滚滚爬爬，
　　马灯噼里啪啦，一跤一跤，
（灯火却倒是没有熄灭。）
　　趔趔趄趄他冲到半腰，

他无法相信自己的霉运。
　　慢慢地他选择顺其自然，
放弃了一切努力，
　　像孩子滑雪溜到下边。

“算了，我还是……” 他说。
　　他已经站在河岸上，
他回首溜滑的长坡，
　　遥看五六里外自己的窝房。

我算得上是个汽车业行家，
　　有人会向我问话，
我们的股市是不是已经耗竭，
　　我要严肃地如此作答：

北方佬还是过去那样，
　　不要以为布朗放弃了希望，
他还要回到自己的屋子，
　　尽管滑溜的坡头难以爬上；

不要以为他会在那里傻站，
　　一直等到雪化的春天，
消去雪地滑溜的表面。
　　他优雅体面地屈从了自然，

他用双脚绕开了它的管束，
　　这就像股价起起伏伏；
他不大在乎有些人
　　在这种时候的解读，

别人看起来的艰难，
　　他却仿佛走上了坦途，
这与他的目标完全不同——
　　用不着他人担心忧愁，

要不然不能成就一个汉子——
　　就好比政客时运不济。
我要让布朗在冷风中站立，
　　让我慢慢教会他理智；

但他忽然吧嗒吧嗒眼睛，
　　嘟嘟囔囔，晃晃马灯，说：
“就这样！”他选了那条远路，
　　一条十来里的小径。

74. 胶农

有人赶上我，带我
走上了他清早下山的路，
一起走了十几里，
远远好过他捎我一程。
他背了一个袋子晃悠晃悠，
半个袋子他拽在手头。
我们的聊天像在吵架，
路边的流水哗啦哗啦。
我告诉他我去过的地方，
还告诉他我家在那边山上，
现在正要往回赶，
他只肯回复只言片语。
他刚刚在高处的山口，
小河源头的水流
就在块块山石中汇集——
乍看之下怎么也成不了气候，
渗入土壤也滋养不了草地。

（那样的水流苔藓正好合适。）
他在那里悄悄地造了一座木屋。
那必须是悄悄造起的木屋，
因为燃起的火堆和消失的木材
会让伐木工人无法入眠：
他们会看到处处熏得乌黑，
太阳被蒙上了黑烟。
他们到城里马上就可以认出，
他们车座下带着果子，
或者脚下放着鸡蛋；
这个人的布袋子里装着
树胶，山上云杉的树胶。
他让我看那微香的胶块，
就像未加工的宝石，晦暗粗糙。
等带到市场它就变成棕褐，
但在唇齿间又变成粉红。

我说这是一份愉快的生活，
让自己的身体贴近树皮，
自己的脚下一片灰蒙，
用一把小刀伸到高处，
割好树胶把它取下，
又开开心心送到市集。

75. 架线工

一帮架线工开疆辟土，
连砍带伐糟蹋了一片林木。
栽下枯木是他们的职业，而枯木
他们又用神奇的线连在一起。

他们架起的设备直冲蓝天，
打的字说的话都可以
在一念之间传递。
但他们架线不能一蹴而就，而要
大声呼喊要把线缆抻直，
紧紧抓住，绑扎牢实，
他们才得闲暇。笑声中，
立下誓言，把旷野的距离归零，
他们把电话电报送到我们身边。

76. 最后的红种人

据说他是阿克顿最后的红种人，
据说磨坊主笑了——
那不是笑的声音吗？
但他讨厌有人发笑，
他忽然沉下脸好像说：
“怪谁呢——我吗？
怪谁呢——为什么要在仓库说？——
我只不过是要做完一份工作。”
谁也无法回到当时看清他的想法，
情节复杂难以回顾。
要住在那里待在那里才能明白，
这样就不会想当然地以为
是谁引起了种族间的话题。

一声粗哑的惊呼，
红种人正在把磨头捣鼓，
那下面是沉重的磨石，
磨坊主鄙夷厌恶：

谁给你权利狼嚎鬼哭?
“来吧，约翰，” 他说，“看看轮槽?”

带着他看那隆隆的板子下面，
底下的洞口可容一人进出，
下面的水流像疯狂的大鱼，
像大马哈，像巨鲟，拍打着尾巴。
然后他关上了洞口的门，拧紧，
关门声压过了所有的声音，
他独自爬了上来——哈哈大笑，
跟拿着饭盒的人说了一句话，
那个人没有听明白——当时没有。
哦，是啊！他告诉了约翰轮槽完好。

77. 夜雪

他们仨站着，又一阵
大风，猛烈地撞在屋上，
砸下一阵雪，再退去——科尔夫妇
穿好了衣服，刚刚起床头发凌乱，
他们无暇顾及穿着皮袍的梅泽夫。

梅泽夫开了口。他指指身后，
手里挥动着烟斗，说:
“从屋顶那边就可以看到
暴雪卷成一卷冲向天空，
很长，足可写下大家的名字。——
我还是先打电话告诉太太
我已经赶到这里，很快出发。
我轻点，她要是有点聪明，

已经睡了的话，就不必接电话。”
有三次他只是振响了铃，再听。
“莱迪，没睡吗？我在科尔家。晚了，
跟你说一声晚安，
晚点到那边跟你说早安。——
我会的——我会的——我知道
可以的，有什么意义？以后不会
太糟糕的。一个钟点——哦，哦，
三个小时到这里！都是上山，
后面要下山。——怎么不？不是打滚：
他们很冷静，花了时间，
很用心，他俩都是。他们在库房里。
亲爱的，我反正会回来的。我打电话
不是要你喊我回家。——”
她不说话，他在等着，
他只好自己说了：“晚安。”
没有回复，他挂断了电话。
他们仨站在桌边，有盏灯。
他们低着头，过了一会儿，他说：
“我看看马怎么样了。”

　　　　　“好的，看吧。”
科尔夫妇齐声说。科尔太太又说：
“看过了您就更清楚了。——
弗雷德，到我这里来，让他待这里，
梅泽夫兄弟。您认识
去棚子外面的路吧。”

　　　　　　　“估计我认识路，
估计我知道哪里可以找到我的名字，

刻在棚子算作标记，
虽然它可能无法告诉我的所在。我曾经
做过——”

“你把自己的马喂好回来。
弗雷德·科尔，让他去！”

“哦，你不想让他去吗？
你自己做得到吗？”

“我喊他兄弟。
这是为什么？”

“没什么。
这里的人都这样喊他。
他好像没有教名了。”

“我要是有这样个名字就够教徒的味了。
他没有在意吧？起码
我那样喊他可不是因为喜欢，
天知道。想到他就讨厌，
十个孩子全都不满十岁。
我不喜欢那可怜兮兮的乞丐帮，
我都听说过，算不了什么。
不用说了——弗雷德，十二点了，
是吧？他来半小时了。
他说九点从村里的商店出发。
三小时走了四英里——每小时一英里
多不了多少。难道
男人走路会像蚂蚁爬吗？

想想这么多时间他干了什么。
还有三英里要走！”

“不要让他走。
缠住他，海伦。跟他说话。
他那种人一辈子都是直筒子
他自己说的话是这样，
别人的话他总是充耳不闻。
但我还是觉得你可以让他信你。”

“这样的夜晚他在外面干什么？
他怎么不待在家里？”

“他要传教。”

“这样的晚上不适合出去。”

“他可能不是大人物，
可能心眼好，但一定很有决心。”

“发霉的烟也抽得凶。”

“他会熬过去的。”

“说起来容易。路上没有人家，
也没有窝棚可以让他躲躲。
我要再给他太太打电话。”

“等等，可能他会打。看他怎么办。
看看他会不会再想到太太，

但我不知道他有没有想到自己。
他根本不当回事。”

“他不应该走——哎！”

“这是夜里，亲爱的。”

“记住：他可没把上帝扯进来。”

“他觉得这不是上帝的事情。”

“你觉得是上帝的事？你不懂这个人。
他正在考虑着创造奇迹。
私下里——此时，他在想着
如果成功，他就出名了，
否则就默不作声。”

“别说了。
他必定会死翘翘的。”

“这么大的麻烦！
但我有充分的理由不理睬，
随他怎么样，假如这一切
只是装模作样的欺骗，
南方混混假装虔诚的把戏。”

“胡说！你不会希望他出问题！”

“你喜欢这个小矮子。”

"你不也是吗?"

"好吧,
我不喜欢他所作所为,你却
相反,正是这个原因。"

"哦,喜欢他吗?
你像大家一样爱热闹;
不过你们女士要装模作样
来吸引男士注意,让我们愧为男儿,
看到两个男儿的激斗
就想要阻拦。
让他听你说说话,嗨,——
他来了。你来陪陪他吧。进屋
救救他。——好吧,梅泽夫,进来吧。
坐下坐下。那些马儿怎么样?"

"很好,很好。"

"还要再看一些吗?我太太
说不要看了。你就不要看了。"

"您会听我的吗?求您!我求您。
梅泽夫先生,听您太太决定。
您太太打电话说什么了?"

梅泽夫似乎只关心那盏灯,
也可能是灯脚下桌上的东西。
他伸直了一根食指,
指着那所在的地方,

他的手像膝盖上一只老朽的蜘蛛：
“你书上那页纸！它动了，
刚刚动了。它立在那里，
立在桌子上，我进来时就这样，
有时往前有时往后，
我想弄明白它要往哪里；
如果往前，说明朋友失去耐心——
我是明白的——要让你忙碌起来，
它要看看你的能耐；要是往后，
那是因为你错过了某样东西，
你没有看到它的好处。没事，
事情总要来到我们眼前，
再而三地来——我也说不上多少遍——
依情况而不同——我们暂时不明白。
有人撒谎说一切都不会
在我们面前出现两次。
要真是这样我们怎么办？
我们的生活依赖一切东西
反复出现我们才能做出回应，
上千次才能展示其美——那页纸！
它哪边也去不了，要有风帮助才行。
它要是自己动的，风就没有动它。
它是自己动的，这里并没有风。
它动不了这个东西，它这么敏感
立在那里。风不能凑近灯盏，
从火焰那里吸一口黑烟，
也不能在牧羊犬身上吹起涟漪。
你圈住了一小块方形的空气，
又暖又轻又静，虽然周围
那么黑那么冷，暴风肆虐，

却给了我们灯光、边牧，
还有书页，在身边平和静谧；
也许大家都会觉得，平静
非常难得，但你还是给予了他人。
没有的就不能给予，这是谬论；
人们常说的话正确，这是谬论。
谁也不去碰那张纸，我来。
它不躺下来，让它立着吧，管他呢。”

“我不会催你的，梅泽夫，
您是要走吗？您还是留下，好吧？
我拉一下窗帘看看外面，
外面雪堆了多高，你多难走！
有窗花，您看到外面的白雪了吗？
问问海伦雪加高了多少，
我们刚刚量过的。”

“好像
一样白色的东西压得扁平，
它闭着的眼睛饱含渴望，
它要看明白人们为什么
热衷他人的事情，却又昏昏入睡
对自己的蠢笨视而不见，
或者折断了蘑菇一样的白色脖子，
死在了窗玻璃上。”

“梅泽夫兄弟，小心，别吓着自己，
别吓着我们，别说这些可怕的话。
别吓着自己，是您
要一个人出行。”

“听他说，海伦，可能他就不走了。”

“不要放窗帘——我想起了：
你记得有个小孩来过吗，
那年冬天，来歇一下脚——有房子，
在埃弗里？哦，那早上天晴，
刚刚下过鹅毛大雪，他经过这里，
看到我在屋子边堆雪。
我堆得很深，可以挡风，
一直堆到窗框以上。
他注意到堆在窗前的雪。
‘嗨，这个主意不错，’他说，
‘想到外面雪有六英尺深，
你坐在里面，暖暖的，读点书。
即使冬天也不寒冷。’
这就是他的话。他回家不顾一切
把埃弗里窗外堆满雪挡住了天光。
如今我们用不着这样。
但也可以肯定，
我们仨坐在这里也不错，
谈谈心，看看雪花飞舞，
飘过窗前。那
雪地里有一个通道
像是个通道而不是坑，一路下去
在它的尽头，你看到一阵骚动纷扰，
就像水筏磨坏的边缘，
在风浪中向前。我喜欢这样，喜欢。
好啦，我走了，再见。”

　　　　“慢点，梅泽夫，
我们以为你不要走的——
你说这里很舒服
留在这里，不要走。”

“我知道下这样的雪应该很冷。
这屋子也冷得掉冰凌，除了
你们这个房间之外。如果你们觉得风声
比较遥远，那不是因为风小了，
而是雪更深了——就是这样——
感觉不太强烈了。听见呼呼的冰粒
敲打着烟囱、屋檐，
与我们作对。我喜欢待在屋里
而不是外面。但马儿
已经歇息，该告别啦，
应该让你们休息啦。晚安，
抱歉打扰了你们休息。”

“谢谢您过来。谢谢您，
但您让我们进退两难。
您要是这样一位非常尊重女士的男士，
您听听我的建议，
为了您家人的幸福，请您留下。
但我这样唠唠叨叨有什么用？
您所做的已经超过
您的能力——现在。您知道外面危险，
还要走。”

　　　　“我们的暴风雪一般来说
都不是杀人的恶魔，虽然

我情愿成为一头野兽钻到
雪底下睡觉，风雪紧紧关上大门，
也不愿拼死拼活站在上面，
但那小鸟宁可在枝头也不卧巢，
我竟然会不如它们？
它们在水里会被冻成石头，
这样的情形夜里只要一瞬间，但明天
它们就会在树枝间手舞足蹈，
梳理它们的羽毛，开心鸣叫，
仿佛根本没有你说的风暴。”

“大家都让您留下您为什么要走？
您太太——让您不要走。我们不要，
您自己不要。还要问其他人吗？”

“除了我们几个被女士问得哑口无言的以外，
好吧，还有”——她后来告诉弗雷德，
他犹豫的时候，她以为那可怕的话
就要脱口而出：“天哪。”没有，他只说：
“好吧，还有风暴。它说我一定要走。
它召唤着我，像战争爆发一样。
男子汉都会感同身受。”

这句话好像另有意图，
要让她目瞪口呆看他走出门外。
他让科尔送他到仓库那里。
科尔返回时太太还站在那里，
身边的桌子上放着书，
并不在读。

　　　　　　“哎，你觉得他这个人
是个什么样的人?”她问。

　　　　　　“他聪明，
会说话，伶牙俐齿，是不是?”

“他算个模范吗?”

“要是不考虑人们的日常问题——
啥？这一小时我们对他的了解
超过了我们在路上遇到他
一千次。如果这就是他的教义！
你没有想着留他啊。
哦，我不是说你。他也没想
听你的，我也很高兴
他没有在这里过夜。要不然睡不了啦，
幸好他没有待下。微不足道的事情。
现在安安静静，就像他不在教堂。”

“但我们这样就没事了吗?
我们还是要等他安全到家的消息。”

“对，我觉得你应该等，我不要。
他明白自己该做的事情，否则……
睡觉吧，休息一下。
他不会回来的，要是打电话，
也要一两小时之后。”

　　　　　　　“好吧。
我们坐这里也没有用处，

只能空想他在雪地里挣扎的情景。”

黑暗中科尔在打电话。
科尔太太从里屋问他：
“她打的还是你打的？”

　　　　　　“她打的。
你还是穿好衣服：你睡不了啦。
睡着了自己不知道，已经三点多了。”

“她打电话很久了吗？我穿下外套。
我要跟她说话。”

　　　　　“她说，
他没有到家，问他有没有出发。”

“她知道他出发了，真着急，两小时了。”

“他有把铁锹，可以应急。”

“我为什么要让他走呢？”

“别说了，你已经尽力了，
留不住他——不过也许你没有，
隐藏自己鼓励他大胆出发的愿望，
你希望他反对你。他太太可谢谢你！”

“弗雷德，我说，你除了这个之外，
竟然没有其他办法。
她的话里有没有隐晦地说

她恨我?”

　　　　“我告诉她‘走了’，她说
‘好吧’，又说‘好吧’，好像有仇。
后来她哑着嗓子缓缓说:‘哦，你们，
你们为什么让他走?’”

　　　　　　“问我们为什么?
这提醒我了。我要问她为什么让他走。
他在这里的时候她可不敢说。
他们的号码——21? 打不通。
不知道谁的听筒坏了。电话线乱了。
这个糟糕的东西，就像扯着手臂!
是他们的坏了。她丢下听筒走了。”

“不要停，喊她!”

　　　　　　“喂! 喂!”

“听到什么?”

　　　　　　“好像没人——
好像——你知道。啊，我听到——
好像有钟声，还有窗户哗啦哗啦。
没有脚步声。要是她在，她一定坐着。”

“大声喊，让她听到。”

　　　　　　“喊有什么用?”

“那就不要停，继续说话。”

“喂！喂！喂！
你不会以为……她不会出去吧？”

“恐怕她会。”

“把孩子们留在家里？”

“等一下再打。
能不能听到她出去，
门没有关，风吹灭了灯，
炉火熄了，屋子里又黑又冷？”

“要不她可能睡了，
也可能出去了。”

“这么说他俩都迷路了。
你知道她的模样吗？见过她吗？
很奇怪她不跟我们说话。”

“弗雷德，你听听，来。”

“可能是钟声。”

“还有别的吗？”

“没有说话声。”

“没有。”

“啊，有了！我听到了，是什么声音?”

“你说是什么?”

　　　　　　“孩子在哭！
哇哇大哭，好像捂着，有点远。
妈妈不会让孩子那样哭的，
只要她在。”

　　　　　　“你怎么看?”

“只有一种可能，
那就是——她出去了。
也可能没有。”他们都坐下了，
束手无策。“到早上我们才有办法。”

“弗雷德，你可不要出去。”

“别说话。”电话机的双铃响了。
他们一跃而起。弗雷德接了电话。
“喂，梅泽夫。你到家了吗！你太太?
好的！我打电话了，她没接。
他说她到仓库那里接他去了。
我们就放心了。哦，别说了，伙计。
顺路的时候来看看。”

　　　　　　“好吧，
她接到他了，但我还是不懂她为什么
要他回去。”

　　　　“可能不是她自己的原因。
可能要他带孩子。”

“这一切好像没什么道理。
我们一晚的折腾对他来说只是游戏。
他来干什么的？说说话，看一看？
我觉得他只是来告诉我们在下雪。
他可能是要把我们这里当作
不知道从哪里回家的驿站——”

“我觉得你可能认为自己杞人忧天。”

“你以为自己没有担心吗？”

“如果你是说他不顾我们
让我们深更半夜不得安宁，
又把我们的建议当作耳边风，
对，我赞同。但我们还是不要计较，
我们分享了他生命中的一个夜晚。
你敢不敢打赌他还会再来？”

78. 树木的声音

我有时候不明白这些树，
我们怎么会愿意忍受
它们的吵闹带来的痛苦，
其他杂音却不能忍受，
而且就在自己卧铺之侧？
我们白天不得安宁，

日常的生活失去节奏，
规律再不陪伴我们的快乐，
还要装模作样侧耳细听。
它们总是要谈论着出发，
却怎么也不肯迈开脚步；
它们滔滔不绝无所不懂，
年龄越长越足智多谋，
现在要在这里停留不走。
我的双脚在地上粘牢，
我的头在肩膀以上摇晃，
有时候我观看树木摇摆，
就在我的窗前或者门边。
我要前往无名的地方，
这个决定有些轻率，
只等哪天它们发声呼喊，
它们上下摆荡
要把头上的白云驱赶。
我将一言不发，
默默前往远方。

新罕布什尔

79. 新罕布什尔

我遇到一位南方的女士，她说
（你可能不信，但确实出自其口）：
“我家人从不劳作，也不
做什么买卖。”我觉得工作
并非大事。我看你也许可以工作。
我经历过时世艰难，必须劳作。
不得已要从事买卖，是
家、国、个人的耻辱。

我遇到一位阿肯色州的游人，
美丽的故土让他自豪，
到处有钻石有苹果。“钻石
苹果都够卖的吧？”
我小心地问他。“哦，当然。”
他也小心翼翼。那是傍晚，在火车上。
“我看到服务员整理了你的床。”我说。

我遇到一位加利福尼亚人，他的
加利福尼亚得到上帝的眷顾，
气候宜人，没有人会

自然死亡，保安委员会
只好把坟地卖掉，
努力保护当地的民众。
“斯蒂芬森历险的样子，”我低语，
“那是英属极地。好气候的
地方市场就是这样。”

我遇到另一个州的诗人，
总是别出心裁的热心人，
因为他的想法变幻莫测，
推销的本领却倒数第一，
他愤怒地要我写一篇抗议
（要我写诗）反对禁酒法令。
他连茶都不请我喝一口，
还要等我提出才明白。
这就是所谓有想法说服别人。

这在新罕布什尔不可能发生。

唯一被买卖急坏的人，
我以前在新罕布什尔遇到过。
那时他刚刚回来，气急败坏，
就是因为在加利福尼亚做买卖。
他造了带球的高雅芒萨尔屋顶
就像君士坦丁堡的角楼，远在
树林里，离火车站三十来里，
好像要彻底打消，正如所云，
任何被别人接受的期望。
那天傍晚我看到他站在
仓房大门里面，

像独角的演员站在阴森的舞台——
我在那铁灰的夜色中认出了他，
那铁灰一直把他们包围到双眼，
就像我儿时的朋友，帮我
一路赶着牛去布莱顿。
他的农场就是一片地，没有作物；
他屋子在一片窝棚之中，
与市场里中介的棚子没有两样。
他发了财，我依然在飘荡。
我忍不住要失礼地问他，
去过了哪里？忙了些啥？
怎么会如此？（“发财”不用讲）
也不过是在旧金山买卖破旧。
谁也说不清有多糟糕。
我们也曾一起在废墟里打闹。
现在新罕布什尔可为数不多，
每样只有一个，就像橱窗里一样，
她当然不会把这些卖掉。

州里有个长官（叫作皮夹子，
无论好歹且这样称呼。
他给你一个机会与州作对）。
州里有个丹尼尔·韦伯斯特，集
韦伯斯特过去未来的能耐于一身。
州里达特茅斯是他的出生地。

她老了。州里有一户人家，
他们住在这里有充分的理由，
可以追溯到殖民时期，
甚至更早的大探险。

约翰·史密斯路过时提过他们，
他们抖晃着小腿在码头钓鱼，
那里是一片浅滩。他很高兴发现
他们不是印第安红种人，却真是
白种人的祖先，最早的人类，
亚当的子孙与他们族人结成连理；
当初他们想出无数并不高尚的办法
才在历史上这么早来到这里。
而他们可能还要更早一百年。
他竟然没有探问他们的目的，
那么早的时间就造好了码头，
也没记录他们的名称，他们告诉了我——
如今在诺丁汉鼎鼎大名。
除了钓鱼他们还会干什么——
也许他们并不像清教徒，
为善的时日还未到来，
人类还没有迎来上帝的安息日。
它探寻的足迹走得深远，
却又未曾对别人太多干涉。

你可能认识他，新罕布什尔有
真正的改革派，要改变时局，
让两派的人士都可以接受：
入行不久的艺术派，
还没有为人们认可，
和刚刚大学毕业的少壮派。
都让人觉得是不小的考验。

还有一位我不知道如何称呼，
每年都从费城来到这里，

带着一大群很罕见的鸡，
要给它们一番培训，
让它们得到野外生存的本领，
天上闪动着鹰雕的眼睛——
乔叟称它们杜金鸡，
赫里克称它们苏塞克斯鸡。

她还有金的印迹。新罕布什尔金——
你也许听说过。过去我有一片农场，
才拿到手不久，靠近柏林路，
上面有一座矿出产黄金，
但并不足够商业之用。
只够做订婚戒指，
或者结婚戒指，供农场主人使用。
还有哪里的黄金比这个更加纯洁？
我的一个孩子在山石中游玩，
最近从安杜佛或迦南拿回来
一块绿柱石，上面有一丝
镭的光泽。说起镭，
这一抹光泽
无法跨越商业的门槛。
请相信新罕布什尔没有多少
镭或者任何东西可以销售。

什么都有一点，我说过。
州里有个老传统的巫婆，在科尔河谷。
[我还遇到过另外一位巫婆，
在波士顿，坐在玻璃桌上吃饭。
桌上四个人，点了四支蜡烛。
那巫婆很年轻很美丽（属于新风格），

一点不保守。她无拘无束地解说
她阅读箱子中那些文字的能力，
说清楚箱子的材料，
铁的比木头好得多。
世界变得如此神秘。
心理研究协会研究的是
认知。她的先生身家百万。
可能在哈佛大学有不少股份。]

新罕布什尔过去在塞勒姆地区，
有一家公司叫作白细胞，
他们的职责是夜里随时
披毯子戴纸帽冲出去，一旦嗅到
一点点可疑的气息，就要
提供一份艾瑞森船长①式的送客便利。

什么东西都有一点，就像橱窗。
土地太多只放样品又不合适，
不是你说的那样，而是有
其他东西护着她自己。
这里的物品数量少却品质优。
新罕布什尔的农场很少转让。
我在山里的农场造了屋子，

---

① 本杰明·“风暴”·艾瑞森（Benjamin“Flood”Ireson，1775—？1808），美国水手，“贝蒂斯”帆船船长。1808 年，在一场大风中，“贝蒂斯”帆船正在归港，途中发现了另一艘船被击毁进水。艾瑞森试图营救，但手下坚持放弃。返回母港后，船员将责任推卸给船长艾瑞森。作为惩罚，艾瑞森被涂上了柏油，插上了羽毛。美国诗人惠蒂埃（John Greenleaf Whittierr）受此启发，作诗“Skipper Ireson's Ride”纪念。

农场我不是买而是靠抢。
我在外面遇到主人，
冬日刚过他正耙地。我说：
“我要你离开，这片农场归我了。”
“你要我去哪里？路上流浪？”
“我要你去旁边的农场。”
“你怎么不去那里？”
“这个更好。”真的更好。

苹果？新罕布什尔有，不洒农药，
从蒂到脐都没有农药，
没有用过矾也没有铅砷，
酿苹果酒正好合适。
葡萄藤没有修剪，像一圈圈套绳，
挂在白桦上，伸手也够不着。

我们州出产贵金属，宝石，
还有文学作品；可能没有哪个，
除了量大质优的宝贵文学以外，
会让生产者头疼不已，
难以割舍。你知道吗，
从市场角度看，这里出产的
诗歌比其他东西都多？
难怪诗人们有时候像商人，
甚至比商人还要敬业。
他们的产品真是难以处置。

她是联邦中最好的两个州之一。
另外一个州是佛蒙特。她俩
打内心深处志同道合，

由来已久。她们就像楔子，
大头对小头正好一对，
她们就像强大的大脑
和强大的臂膀组合在一起，
以强补弱，互相搀扶。
新罕布什尔滋养了康涅狄格，
源头是加拿大附近的鲑鱼繁殖地，
但没多远这条河流入佛蒙特。
两个都是令人快乐的州，城镇不大
却很奇特——莱欣、班奇、摩迪、
葛城、安静角落（此名可不是因为
这里整天安安静静，也不是因为
她的什么蒸酒器——而是因为
她本来想要成为城市，却依然
是林子里岔路口的一个角落）。
还记得有一个地名出现在
电影中的一个片段，
是法兰克尼亚选举日的晚上，
一切对共和党都是利好，
民主党的心情非常糟糕：
民主党赢得了伊斯顿，威尔逊取得胜利，
休斯败北。大家向绝望沮丧的人
发出响亮的笑声，强者笑话弱者。
纽约（五百万人）笑话曼彻斯特，
曼彻斯特（六七万人）笑话
利特尔顿（四千人），利特尔顿
笑话法兰克尼亚（七百人），而
法兰克尼亚笑话，恐怕真的笑话了
伊斯顿。伊斯顿还有谁可以笑话？
可以让它像女演员一样喊“哦天哪”？

有班奇，班奇可以去找那些小城镇，
起了名字却没有人的小城镇。

我对新罕布什尔的说法，
佛蒙特差不多都合适，
不过她们的山地有些不同。
佛蒙特的山笔直绵长，
新罕布什尔则弯成一团。

过去我常来新罕布什尔山里。
如今我在这里有什么可说？
我的第一个话题有点让人难堪。
爱默生说："上帝造了新罕布什尔，
却用瘦小的男人轻慢高雅的土地。"
还有马萨诸塞诗人说：
"来到新罕布什尔我不再四处消夏。
都柏林我已经放弃。"
我问起新罕布什尔的烦恼，
她说受不了里面的人，
瘦小的男人（马萨诸塞的说法）。
我问起人民的烦恼，
她说："自己到书里去找答案。"
我还是坦承自己就是作者，
写了好几本书与大千世界抗争。
说那些书对某个州或者
某个民族不好可不是我的意图。
我是人们所说的敏感者，
或者说我关心环保。
我不想改变一点点，
适应热变冷，湿

变干，贫变富，或者相反。
我品味万物的痛苦，
差不多我身边的一切。
抑或说，我知道自己的处境，
身为一个文学的造物，
使我清醒的是源源不断的苦楚。
马洛教会了我祈祷：
“哦，这里是地狱，我身在其中。”
我埋怨萨摩亚、俄罗斯、爱尔兰，
不比英格兰、法国、意大利少。
我在新罕布什尔写作
并不证明我为新罕布什尔而写。

多年前我离开了马萨诸塞，
深夜里远行，我来到
新罕布什尔，而非康涅狄格、
罗德岛、纽约、佛蒙特，是因为：
我居住的地方离新罕布什尔最近，
很快可以穿越最近的边界。
我的文件包里并没有装满幻想，
要在那里遇到善良的人们，
比过去更加友善。我觉得他们不会，
也不可能。但他们就是这样。
在马萨诸塞我肯定没有这样的朋友，
像温德姆的霍尔、阿特金森的盖伊、
雷蒙（现科罗拉多）的巴特雷特、
德里的哈里斯、伯利恒的林奇。

马萨诸塞那些了不起的诗人，似乎
要把新罕布什尔的居民重新改造。

他们刻画瘦小人物轻慢这高雅的土地。
我真不知道怎么评价这些人。
为了艺术差不多要让他们交霉运
而不是要他们好。想想该如何
在美国写出俄国的小说，
要是这里的生活如此顺利如意？
某个紧急时分催生了我们的呐喊，
有史以来的文学就来自这个地方。
我们那些微小的苦难，
正来自找不到苦难的痛苦。
整个作家协会都觉得烦恼，
人们要他们都是陀思妥耶夫斯基，
然而生活却安定富足无忧无虑。
但这不是哀愁，而是缥缈的烟雾，
俄国人也发现了同样的问题，
这个新政权之下被严格禁止。
倘若真是俄国的模样，那就放心
说出，要不然就会被摁在墙上
一枪命绝。闭眼寻乐要不自断生路。
这，就是人们说起的新自由，
非常合理的新自由。谁也不能构建
一种文学，既稳固可靠
又催人泪下，却以福佑为基础。

我们的智力大体
这样：华伦那里有一位农夫，
他的马刚把他拉到大路上，
是我这个陌生人牵着。他说
（有点窘但
说不出搭讪的话）：

“你听到莫西劳克山上的狗叫吗？
呀，我想起了我们听到的、反对
维多利亚王朝中期民众的呼喊，
我们一直都没有正确理解，直到后来
布莱恩退出政坛一同发声呼喊。
维多利亚中期民众的问题好像
与一位约翰 · L. 达尔文有关。”
“继续，”我说，他催了一下马。

我认识一个人，地种得不好，
烧了屋子骗取了火灾保险，
用这笔钱买了望远镜，
他一生都有个好奇心，
要了解无垠的宇宙里我们的位置，
这对彼岸世界又有何意义？

要问我会颂扬哪一样——
那里的人们还是那高雅的山峦？
我要选择那高雅的山峦。
我觉得老新罕布什尔唯一的不足，
在于那些山全都高度不够。
以前我不是这种看法，后来慢慢学会。
我真难过，怎么会在这样的高度
指手画脚地俯视
群山？我哪来的信心
对新罕布什尔的群山或其他山脉，
评头品足？这一份胆量是不是
来自我背后感觉到的激烈地震
一直把山脉顶向那闪亮的晨星？
是不是爬了国外的阿尔卑斯山？

或者是不是花了一点时间见识过
那线条清晰的云朵的顶峰
映衬着令人悲哀的现实，
就是林肯、拉斐特，还有自由？
又或者是不是有一点意识，
水嘴应该配得上水盆？
没有，哪个理由都没有让我
发自内心深处的不满，
但一次意外的事件我看到了
老地图上我们的山峰，
居然是它们实际的双倍——
高一万英尺而非五千——
这出乎意料，令人难受。
五千真的算不上高啊。
过去我从来也没有一丁点想法
要改善普世民众的状况，
现在我才思如涌泉，
夜以继日不辞劳苦规划计算
夏天雪线的高度，
它要上及天宇还要扔下
一地冷霜落在山谷，
就像上天抹一把星辰洒在谷底。

我变得越来越敏感，
越来越想把野性送归我的群山，
像满身筋肉的筏工喜欢拥挤的圆木。
他打开锁栓，木排开始流动，
他躲开了那根手臂一样的圆木，
支向天空要打断他的脊背，
他翻舞着，跳跃着，用他的生命

跨越那混乱咆哮，他吼叫的话语
伴随着他弯弯曲曲的旅途，
毫无疑问与他靠近我们时
所说的一样：“真是太好了，
真是太好了！”

她的山不高，
艺术方面她的人民却并非无所作为，
不愧为新罕布什尔，让人平静的土地。

不久前遇到纽约的一个倔头，
谈起男性研究的新学派，
我被逼到一个死角，
不得已要做可笑的选择。
“你是要一本正经，还是极度厌恶，
在公众的怀抱里嘤嘤呕吐。”
“我心在深山，无须站队挑选。”
“但要是不得已，你会选择哪个？”
我不要一本正经畏惧本性。
我听说有一个人提着双头斧，
独自进入了山林里，
但突然心生畏惧丢掉斧头，飞跑着
寻找躲避之地，口中念着阿诺德的名言：
“大自然很残酷，人们厌恶血腥；
到处可以躲藏我却无处藏身。
记住勃南森林！林子一直在变动！”
他说，他对变动充满了恐惧，
变动却与他的大树恐惧症共存。
难得的好树去了锯木房，
锯成了一片片木板。

他很清楚人世间如何认识
人类活动和自然领地的边界，
从不僭越，除非他在睡梦里。
他身处边界线安全的这一边，
谈说着马修·阿诺德的话语，
信奉的人认为自己“失败又
踯躅不前”，还“灰心丧气地坐上
智性生活的宝座”。
不得已接受如今林子里这些
临时搭起随处可见的神坛，
就像当年亚哈斯犯下罪孽
在野外的绿树下祭拜。
每每走上一小段路就会碰到一个，
黑皮的石头和雨水冲刷的烧火棍。
林子可以说是上帝最早的庙宇，
离亚哈斯的罪孽这么贴近难得平安。
不是手工修造的物品都不神圣。
但这并不是圣俗的问题，
而是怎么面对怎么逃离。
我不想成为自然的逃兵，
也不想哀啼嘤嘤，
全然不顾群体中自己的行为，
在束手无策之时借用
花言巧语，下作地让自己的言辞
胜过行为，有时候还如愿成功。
这个时代好像只有这为难的选择。
比如，做一个善良的希腊人如何？
他们说，这门课程今年没有。
“喂，选择——厌恶还是一本正经？”
哦，一定要做个非此即彼的选择的话，

那我愿成为普通的新罕布什尔农民，
可以挣一千左右的现金
（也许纽约的出版商会给）。
我心定神安终于做出了决定，
想想新罕布什尔就让人舒爽宁静。
而我，现在住在佛蒙特。

80. 运石橇上的流星

致林肯·麦克维格

别说一颗流星都没有捡起，
它们昨夜溜出天堂轻轻落地，
而与别的石头一起砌在墙里。

工人发现它颜色淡去若霜冰冷，
却沉甸甸似乎上天有宝物馈赠，
才把它拔出不管它砌得妥当安稳。

原来这是块平淡无奇的石头。
他处理黑乎乎的流星并不称手，
它们一动不动刚从天穹掉落。

那平整的黑炭他没有认出，
没有牢靠的印痕意志坚定不屈
誓要把我们挣扎其中的大气穿透。

他不知这与奔忙的金日多么相像，
它普照万物，虽有巨大的翅膀，
却不足以在天上划一个圆环。

它长着天堂鸟长长的尾翼
（虽然只要静止栖息，
它都会像蜗牛一样收起）；

可以从那里带走他也不知——
损失无法弥补；流星落地冲击，
土地变得热炽，

火焰里生出花朵而非谷物生长，
花火熊熊，暴雨不能扑灭，
他徒劳的祈祷淋落花火之上。

他用铁棒使劲把它撬扛，
再装到一架老旧的运石橇上，
你原以为他会用飞行的车辆，

即便诗人也只能如此预料，
车比天马珀伽索斯更为可靠，
只是想让流星重回轨道。

他拽着流星走在松软的地里，
那一场赛事他模糊想起，
茫茫星空中块块石头推推挤挤。

它成了一块砌墙的石头，
我仿佛得到梦中召唤不停追索，
要纠正这个意外的错误。

然而要问它可能去了哪里，
我无法停住不能相告：

他也许还是把它留在原地。

循着墙我不会抬眼四望，
除非夜间我要瞭望天上，
流星雨飞过，天际划亮。

有人知道学校教堂的目标，
也知道为什么在那里寻找，
而我要沿着石墙处处细瞧；

当然这颗星不能决定死生，
难以在价值方面比较权衡，
火星地球都是生命的风景；

当然这颗星不能决定罪罚，
但只要顺着中轴推它一下，
它会顺着俗世的本色出发，

它会在我结茧的掌心缠绕，
与我的手臂形成奇妙的三角，
就像游鱼把钓线第一次触碰。

它就这样承诺了我的奖励，
那是一个世界无边无际，
我追求探索，随他人说东道西。

81. 人口调查员

傍晚云朵飘飘，为了差事我来到
这座棚屋，黑油纸糊着石板墙，

一间房，一道门，一扇窗，
荒野之中孤独无伴，
山地百余里，只此一间，
茅封草长，空无一人。
（当然从来也没有住过女人，
我还要悲悲戚戚是什么原因？）
我来到这片废墟
是要统计人口，却不见人影，
百余里没有，屋子里没有，
我最后才到这里，也没抱着希望，
我已经在悬崖上久久寻望，
块块山石荒野横陈。
谁都不敢在这里露面，
一览无余，无处藏身。
秋天，但谁又能
判断时间，每棵树
本来都可以枝繁叶茂，
留下的却只有树桩，
年轮里渗淌黏黏的胶质；
每一棵站立的树都是腐朽的树干，
没有留一片叶子迎接秋日，
也没有光秃秃的枝丫迎风呼啸。
秋日的风里，没有了
树的呼吸，也许述说着时间、
季节、时日，就像推开了门，
拉开了闩，像鲁莽的人
鱼贯而入乱闯乱撞
一次次推开关上。
我迟疑着数到九
（我只是心不在焉随便数了数）

迈步跨过了门槛。
有我的晚餐？大家的晚餐？
灯熄火灭，桌上空空。
坑灰灶冷，烟囱掉落一旁——
炉架折了腿歪在一边。
那些吵嚷出入的人们
只可耳闻不为双眼所见。
他们没有支着胳膊坐在桌上，
也没有躺在架子床上呼呼大睡。
没有人，没有一丝气息。
我要尽力提防他们，
手里握着斧头油黑的把手，
草灰在地上铺了一层。
没有丝毫动静，窗户吱呀作响。
门一动不动因为我把它扶着，
我在想着接下来怎么办——
这屋子——那些不在的人。
屋子才一年已破败不堪，
让我充满忧伤，胜过那些
一万年才毁坏的屋子，在那
欧亚非三大洲互相挤压的地方。
四下里看不到哪里可以插手，
只看到屋里空无一人，
我对着悬崖呼喊等待回音：
“这是一片荒漠，让那潜伏着
一动不动的，如果他觉得哀伤，
现在发出呼喊，或者沉默到永远。
要是不可以，说说为何不能这样。”
统计人数让人万分伤感，
他们逐年减少，

直到最后消失不见。
我一定是要维系生命的期望。

82. 星星分割器

“都知道猎户座总是从天边升起。
他一条腿跨过群山般的围栏，
伸出双手，向里面窥探，
我点着灯笼正在外面忙碌，
这件事本来应该在白天做完，
地已经冻上，我不应该
等到结冰。一阵风刮来
一把败叶，掉在烟熏的灯笼上，
嘲笑我那干活的模样，
或者猎户星发现了我的囧相。
难道，人没有某些权利
阻控这些神秘的力量？”
布拉德·麦克劳林如此念叨
天上的星辰，还有烦琐的农活，
烦琐的农活走向了绝收，
他烧毁了屋子骗取了保险，
拿保险金买了一架望远镜，
他要满足自己一生的好奇心，
把我们在天宇中的位置找寻。

“那不祥的东西你怎么处理？”
事前很久我问他，“你有一个！”
“不要说不祥；没有什么比它
更加无辜，在人类的争斗中，
什么都是暴力的武器。”他说。

“要是卖了农场就可以买一个。”
他要耕作的地满是石块，
那些石块他无法挪开，
少有农场能够转手；好几年
他要卖掉却始终没有成功，
他烧掉了屋子取得了保险金，
拿这笔钱买了望远镜。
好多人听他说过：
“世间最美好莫过于眼睛看清；
帮助我们看清的最强大工具
是望远镜。每个市镇都应该有人
有义务拥有一台。
在利特尔顿这里应该是我。”
如此闲谈表明某些事情不足为奇，
他做了想做的一切。

那一天轻蔑的笑声回荡在镇上，
告诉他没有占到我们便宜，
他可以等——且到明天再看他。
但次日早晨我们首先想到
我们要是逐一计数当地的居民，
看看谁没有犯错，也不要太久，
那意味着我们再也无人可以相处。
所谓群居就是学会原谅。
纵使窃贼偷了我们的东西，
也不会阻拦他接受教堂施舍，
只不过少掉的物品要向他讨还。
他也及时归还，当然是只要他
还没有吃掉、用掉或丢掉。
没必要对布拉德没完没了，追究

他的望远镜。以他的年纪
已经不会再有人给他圣诞礼物，
他总要想一个最好的法子，
给自己一份。我们只是说，
他搞到个奇怪的东西来捣蛋。
那屋子得到我们不少同情，
它身上记录了久长的历史，
但毕竟屋子没有感情，它
没有任何感觉。要是它有，
当作一个祭品也未尝不可，
它是烈火中的一个古老祭品，
而非拍卖会上的新款。

没有了屋子，没有了农场，
那（火柴的）一划，让布拉德
只好到康科德铁路上谋生，
在车站做售票员，
不卖票时他会沿着铁轨来回，
眼前再也不是农场里的作物，
而是星星，夜空的星星，
它们有红有绿异彩纷呈。

他用六百美元买到一块好镜片。
他的工作给了他观星的空闲。
他时常喊我去看，
那是黄铜做的圆筒，里面漆黑一团，
那一头有星星闪烁。
我记得那天晚上飘着片片云朵，
脚下的雪化成了冰，
风吹吹又成了淤泥。

我和布拉德福德拿出了望远镜。
我们张开双腿，再架好它的三条腿，
照我们的想法定好方向，
在那里站到天明，
谈论了一些我们最喜欢的事情。
那望远镜起个圣名叫星星分割器，
因为它真的什么都不会，
除了把星星劈成两瓣三瓣，
就像你手心里的水银，
被你一下按在中央。
要是有个星星分割器，非它莫属，
而且它也有些用处，要是分割星星
可以与劈柴相提并论。

我们看啊看，但到底在哪里？
我们有没有弄清我们的所在，
它又怎么横亘在这个夜晚
和一个提着烟黑油灯的男人之间？
它耸立在那里有没有变过模样？

83. 马普尔

她老师说一定是马布尔
马普尔这才注意到自己的名字。
她问爸爸，他说："是马普尔——
对的，就是马普尔。"

　　　　　　"但老师说学校里
没有这个名字。"

“老师们不懂这些，
爸爸们才懂，你告诉老师。
你告诉她，就是马－普－尔。
你告诉老师就是糖枫树的名字。
噢，你就是取那种树的名字。
你妈妈起的。你和她
在楼上的房间互相见了一面，
一个向这个方向降生，一个
向相反方向离去——你晓得？
你大概对她没有印象。
她长长地看了你一眼。
伸出手指使劲按在你脸上，
那一定按出了你的酒窝。她说：
‘马普尔。’我说：‘好，这名字。’
她点点头，这样可以放心了。
我不知道她为什么要取这个名字，
但好像她要用这个词鼓励你
做个好孩子，就像马普尔糖枫。
我们多么期望着像糖枫一样啊！
小姑娘也难猜到！
不是眼前——我现在不想耗费脑力。
慢慢我都会告诉你，
树是不一样的，还要告诉你
妈妈的事情，可能对你有好处。”
这些是唤醒自我意识的危险话语。
所幸她这时候想要理解自己的名字
不过是为了第二天驳斥老师，
让老师知道她爸爸不好欺负。
别的事情告诉她也是白费，
他现在想要少些自责。

她会忘掉的。她都会忘掉。
他告诉她的话已经沉睡太久，
在那黑暗的岁月里差不多忘记了，
再次苏醒的时候，
花儿都已经不再是祖辈的模样。
那天在镜子前迷迷糊糊地唤醒，
她站在那里反复念着自己的名字，
低垂着眼神轻轻写画，
让它与她的容颜更加相称。
她的名字有什么特别？就在于
其意义太过丰富。别人的名字，
莱斯利、卡罗、伊马、莫巧丽，
都没有所指。罗斯也许有意义，
但有时候没有。（她认识一位罗斯。）
这个与其他名字不同，
会吸引别人的注意——注意到她。
（可能会注意，也可能看错。）
她就是要弄明白
这模样打扮的女孩怎么是这个名字。
如果她对妈妈有点印象——
她所想到的都非常美好。
这里是妈妈儿时的家；
屋子前面一层后面三层，
对着大路。
（这布局让房间里充满阳光。）
妈妈的房间早先是爷爷的，
房间里她看到妈妈褪色的照片。
她有一次在《圣经》书里看到一枚书签，
她觉得一定是放在那里的枫叶，
等候她到来。她细细阅读

书签前后两页的每一个字，
就像妈妈在跟自己说话。
合上《圣经》的时候却忘了夹在原处，
再也找不到原处可以再次阅读，
虽然她确定那里并没有什么特别。

所以她开始寻找自我，像每个人
一样，少不了都是从外部努力。
她寻找的过程，虽然断断续续，
可能让她读一些书
思考一些问题，还在城里上学。
她学了速记，就是那种多少
有点关系的速记——她有点迷惑。
所以，她要找个陌生的地方，
弄明白她名字马普尔的缘由，
她在便笺本上记录，
在她抬眼的瞬间，
看看十九楼的窗外，
有飞艇飘忽不定不像个船艇，
河面沉闷的轰隆令人心神不定，
响彻手工砌成的高城外面。
有人随便这样说一句话，
她几乎要在膝头的便笺本上写下：
“你知道你让我想起一种树——
糖枫树?”

“因为我的名字马普尔?”

“不是马布尔？我以为是马布尔。”

"你肯定听到有人喊我马布尔，
人们怎么喊我随他们。"

他竟然发现了她名字的神秘，
他俩都怦然心动。
好像有一些细节
她自己都没有注意。他们结了婚，
把这份神秘带回了家里。

一天他们在父亲的屋里继续探寻
（前面一层的屋子，
旁边是临路的三层），
他们要看看是否有哪棵特别的树
被她忽视。然而一棵也没有，
连遮挡阳光的树也没有，
更不要说有产糖的枫林。
她告诉他那片枫叶书签，
曾经夹在大《圣经》里；她记忆中
书签那里的内容——"摇祭，
是有关摇祭的事情。"

"你根本没有问过你爸爸，是吧？"

"问过，可能是他没有告诉我。"
（她的记忆已经模糊，
父亲好像故意没有说。）

"虽然没有说，但应该是
你爸爸妈妈之间的秘密，
不想让我们知道。"

　　　　　　"不想让我知道？
那到底是为什么
要给我一生使用的名字，我却
一点也不懂其真意？"

　　　　　　"也可能是
一些爸爸不能告诉女儿的事情
只能由妈妈说。再者
这也可能是他们一时糊涂
不应让他以后想起来觉得难过，
不应在他年老的时候说起。
你爸爸发觉我们在他周围寻找，
莫名其妙排斥我们，
好像根本不知道任何细微的线索
可以让我们有所发现。
这是他最私密的事情，
就像你谈及你妈妈一样，
要是她还活着，她也不会
再次选择生来承担痛苦。"

"把你想到的事情再检查一下，
我放弃了"，并没有新发现。
虽然他们不再寻找，
他们没有放弃在对方身上
得到的灵感。真的有所发现。
他们不再考虑那糖枫
一样挂着采糖的木桶，糖厂上面，
糖浆的蒸汽像团团的雪雾。
他们给她起这个名字的时候，

秋日的野火刚刚烧过，
烧光像皮革的叶子，树皮
安然无恙，虽然经历了烟熏火燎。
他们总是在秋日休假。
他们那天在空地看到一棵枫树，
光滑的臂膀伸向空中，
曾经给它披上绿装的片片叶子，
猩红淡红散落在脚下。
但它的年龄让他们无须考虑。
二十五年前给马普尔起名的时候，
它应该只是刚刚萌出两片叶芽，
牛儿舔一舔就会拔掉。
还会有别的同样的枫树？
他们继续寻找依然没有发现，
所有含义丰富的物品他们悉数看到，
却不能坚定地相信一样东西
不同时间对不同的人有同样意义。
可能对于父母的谦敬使他们无法
相信这个东西竟然与婚姻相关。
反正对马普尔来说为时已晚。
她双手捂住双眼。
“我们要是现在明白就再不是秘密：
我们不找了。”

这样，妈妈辞世时起的名字含义丰富，
成就了女儿的婚姻主宰了她的生活。
虽然其意义依然模糊。
有意义的名字会带大孩子，
把孩子从父母的怀抱中夺走。
还不如一个随便的名字，我说，

一切听凭自然和快乐的命运。
给孩子们随便起名，你再看看结果。

84. 斧柄

之前一根横斜的赤杨枝
从我身后挡住了斧头。
林子中它拦住我的手，
不让砍那棵赤杨树根，
那，就是一根赤杨枝而已。
巴普提斯特那天悄悄站在
我身后院子里的雪地上，
我正在木墩上挥动斧头，
其实也并不想砍掉什么。
我举起斧头时他灵巧地抓住，
我使出的力气正好方便了他，
他抓住斧头停了片刻，让我缓缓，
再拿下了斧头——我松了手。
我跟他并不相熟，
并不了解任何缘由。可能他
有些心里话要说给糟糕的邻居听，
他希望交谈时不要拿着武器。
他操着法式英语要说出他的想法
——不是说我，而是斧头；
我只是对斧头特别上心。
谁卖的斧柄这么糟糕——
“机制的，”他说，抚摸着纹理，
他厚厚的指甲顺着纹理游移，
就像长长的蛇，
也像美元符号上面的两条线。

“你使劲一挥，她就折断了。
你的斧头就在空中飞掉啦！”
是的；然而，这与他有啥关系？

“到我家来，我给你一个
很耐用——山桃木，有点弯，
刚刚长好我就砍了——很结实！”

他要卖木柄吗？好像不是。

“你说你什么时候来？不要钱。
今晚来？”

今晚也好，随便。

厨房的火炉散发着暖暖的热气，
迎接我与迎接别人并没有区别。
巴普提斯特知道我的来意。
只要他留着话不说，
我就不会很在乎他那么开心，
（希望他真的开心）因为我来了，
我得看看他对斧头的了解，
那并非人人都懂的学问，
在评价邻居时会不会一无用处。
法国人虽然与北方人一起打拼，
要是没有合法地位，真的很难！

巴普太太进了屋，她那椅子
摇来晃去动作复杂超出想象：
忽前忽后，魅影摇荡，

她无法固定在一个地方；又左摇
右摆，差不多要把她扔到炉火上，
幸亏她及时发现了危险，
搬上椅子，飞快立起，
然后又回到原来的地方。
“她说不了几句英语——真糟糕。”

我有点担心，她先看看我，
又看看巴普提斯特，她好像懂
我们在说什么，只是装糊涂。
巴普提斯特为她着急；应该说是
为自己着急，这样的处境他好像
难以履行早上的诺言，
难以消除我怀疑他
从来没有履行的意思。

他很快就拿出了那些斧柄，
满满一袋子随便挑选。他要我
拿最好的，或者是他可以送我的——
不等我询问，他拿出的任何一个
只要很漂亮，就会告诉我，
确保我不会白费了这份美丽。
他喜欢做得比较细小就像鞭杆，
没有一个树结，弹力
就像在膝头掰弯刀剑。
他想告诉我一根好斧柄的线条
是它柔顺的纹理而非
刀凿雕刻，其弯曲也出自自然
而非外加，其坚韧就在这里
适合高强度工作。那修长的杆身

都经过他粗糙的手上下打磨。
他在斧眼处试一试。
“啊，”他说，“拿不下来了。”
巴普提斯特总有办法磨洋工，
他喜欢这样，不算是浪费时间。

你可知道我们谈论着学问？
巴普提斯特认为自己没错，孩子们
没有送去上学，他尽量不送——
无论什么学校哪个孩子，我们有关
随意养育的疑问都与
他斧柄的曲线有联系，也让他
自以为是地把我带到他家里，
让我里里外外看得清楚明白。
我在这份好意里，是不是
要确认，这个质疑教育的权利
是不是应该取决于
质疑教育的人自己受过的教育？

他掸了掸膝头的木屑，
把斧子一头立在地上，
直直地，在那里摇晃，就像
伊甸园里那只准备行恶的蛇——
头重脚轻，他用又粗又短的手
轻轻拦住，铁青的下巴扣得紧紧，
有一点法国的味道。
巴普提斯特眯眼后仰，很开心，
“看她昂着头那样子！”

85. 磨刀机

长着一个轮子还有四条腿，
那愚笨的磨刀机从来也没有
让自己走出一步，据我所知。
许多手搬动过它，甚至带它奔跑；
它完成了那么多动作，
以为自己曾经走过很远的路，
却都没有让它离开起点一步。
它还是倚着那棵老苹果树。
苹果树在它身上投下淡淡的树影，
雪深深埋住它的腿。
别的农具都到了屋里，
有一些根本没有轮子没有腿，
比不上磨刀机可以为自己鼓或吹。
(我想到的是那小推车。)
它几个月都没有尝到铁屑的滋味，
顺着磨刀水流入水盆。
但站在外面挨饿受冻并非罪过，
除非是镇上的夜里。
怎么说，它在院子里站着，
靠着一棵气息奄奄的苹果树，
这我却无须在意，
我只记得好久以前，
那年夏天，我摇了它一整天，
还有一个伙伴用力骑在上面，
我们一起磨了一把刀。

我把它摇了一下，
倒上水（也可能是眼泪）；

水在跳跃流淌，
一位父亲年龄的人踩在其上，
他的镰刀他的老花镜闪闪发光。
他使足力气磨得很重，
我一时慢下——突然慢下，
就好像火车忽然到站。
我换换手满心绝望。
我不懂这么老旧的机械
怎么会代表了人类进步。
我只知道它可能磨过长矛，
可能还有箭头。多年的磨耗
已经磨圆了它的棱角，
圆圆滚滚跌跌撞撞蹦蹦跳跳，
好像要把我的仇恨用仇恨回报；
（但我已经轻轻地原谅了它，
就像我原谅儿时的对手，
他的傲慢让他一无所获）。
我不懂那人以为是谁在磨刀——
是压紧砂轮的人还是那
正在拼命让它转动的人？
难得他真会觉得这很公平，
刀磨好时他到底会怎样讲？
我痛苦的脑瓜正在这样想。

我倒不是为了自己如此担心。
哦当然不是！——我当然能找到
更好的法子消磨午后的光阴，
用不着这样在磨石上颠颠簸簸，
像单调的鸣虫执迷不悟。
眼前的人也不能让我认真关注。

砂轮一下子差点蹦出轴承，
他差点手滑飞出
被自己的刀刃砍伤。我毫不在乎，
心里大笑，加快了摇动的速度
（好像里面放了胶水而非机油）；
任何不大不小的事故我都欢迎，
只要它可能准确地延缓
什么结论都不能得出的事情。
有件事让我越来越紧张，
刀已经非常锋利我们却不知道，
我们只是在消耗珍贵的刀刃。
他拿起滴水的刀片，
细心地触摸那吓人的刀锋，
从眼镜上方眯眼细看，
令人悲伤地决定
再磨一遍，我可能要泪眼汪汪，
会不会有多磨一遍的危险？
刀刃会不会更糟而非变好？
我还是希望他磨好。
最好的结果无法得到又能怎样？
只有他满意我才能舒畅。

86. 保罗之妻

要让保罗走出伐木工棚，
只消问一句：
“你老婆在哪里？”他马上跑掉。
有人说这是因为他没有老婆，
讨厌有人开这样的玩笑。
有人说他曾经有过，一日夫妻，

却被他抛弃。
还有人说他曾经有过，还不错，
丢下他跟了别人。
还有人说他现在就有，
只是时常需要别人提醒——
他马上就会去照顾她：
要飞跑着去找她，
好像在说："是啊，她呢？
可不要乱捣蛋惹祸。"
谁也不要赶走保罗。
他已经主宰山里的帐篷很久，
就要告诉人们，他剥去了
一整棵松树的皮，
就像小孩剥光杨柳枝，
是四月的那个礼拜天，
在干涸的小河边吹起柳哨。
人们的打听好像就要赶他走：
"你老婆呢，保罗？"他总会走开。
他从来也不会责备
任何询问的人，只是走开——
去往没人知道的方向，
但往往也不会太远，
人们很快听说他另外搭了帐篷，
还是那个保罗还在忙碌着伐木。
哪里的人们都会疑问，为什么保罗
会这么厌恶一个平常的问题——
本来什么话都可以跟他说，
只要不是挑衅，都会得到回复。
还是有一个问题对保罗不好：
保罗娶了配不上他的老婆，

觉得难为情。要配得上英雄，
女人得是不寻常的女人；
她却是个混血的印第安主妇。
但要是墨菲的故事不假，
她也不是个不堪的老婆。

保罗是个神奇的人。大家都曾听说，
那天他坐在车上鞭打他的马匹，
车子一动不动，虽然它们已经把
生皮的马轭绷成弓弦。
保罗告诉主人货物没有问题：
“太阳就可以解决。”——没错，
太阳晒干生皮缩成了它自然的长度。
这真是不可思议。但有一个故事
说他跳了起来，
双脚同时踢到顶板
又未曾发生意外，
安全落地，可能差不多是事实。
哦，这只是奇谈。保罗的老婆
是松木里面锯到的。墨菲也在，
正如你想说，他看到这姑娘到来。
伐木场上保罗干活来者不拒。
他搬板子不遗余力，
那位锯工——我忘了——想试试
他能不能在保罗肩头堆上木料
而让保罗低头认输。
他们刚从木料根部裁下一块厚板，
锯木工推回了架木车，
调整锯机再锯一片。
要是以他们的举止评判他们，

想想他们看到的木料的遭遇，
他们一定别有用心，
那样乱抛乱砸是要驱赶鬼魂。
一条宽大的黑油渍
留在新锯开的木料一边
差不多到了两头。
保罗伸手抓到那油渍，
发现并非油渍，而是长长的洞口。
木料空的。这是一棵松树。
“从没见过空的松树。
正好保罗在这里。
把它扔了吧。”锯工说。
大家都前来观看，
告诉保罗应该怎么办。
（好像是他的一样。）“用折刀，
把口子劈开，抠一个洞
可以做钓鱼小船。”保罗觉得
那个空洞很结实干净清爽，
可能住过鸟儿、野兽或者蜜蜂。
但没有开口可以进入。
好像是个新的空洞，
还是拿把折刀再说。
那天晚上下工后他回到这里，
劈开一点让亮光照进里面，
空的吗？他发现里面
一条修长的树髓，好像是树髓？
可能是蛇的蜕皮
那样直直地立在里面
这棵树一定已经长了上百年，
再削开一点他拿在了手里，

看看它再看看旁边的水塘，
保罗不知道它在水里会怎样。
没有一丝风，空气很清爽，
他慢慢走向水畔，
它差点从他手里掉落摔破。
他把它放在水边让它喝到水。
刚喝一口它扭动身体变得绵软。
再喝一口它没有了踪影。
保罗伸手在水边摸索，
以为它已经融化不见。
接着对面，蚊蝇模糊的那边，
在水车的吊杆那里，
慢慢站起了一个人，一个姑娘，
她水湿的头发像铠甲披在身上，
她靠着圆木回看保罗。
保罗也回看身后，
以为后面有人，
那个人她正在看着。
墨菲一直在那里观看，
但在树影里他俩都没看到。
姑娘的降世有一段时间，
她好像浸满了水难以存活，
过了一会儿她才吸了一口气
发出笑声，然后慢慢站起。
她自言自语，或者在跟保罗说话，
走在那鳄鱼背一样的木料上，
保罗跟着她走在水边。

次日晚上墨菲和其他工友
喝醉了酒，在卡塔山找到了他俩，

光秃秃的山顶上景色不错，
水壶峡对面是绵绵群山。
天色已晚，墨菲说，
他们看到保罗和他的宝贝造了屋子。
这就是墨菲之后
人们最后一次看到他们，
他们那次在微光的湖畔坠入爱河。
他们在荒野几里地之外，
在半壁悬崖那里坐在一起，
那里是一个龛洞，姑娘
满身光彩，仿佛闪亮的星星，
保罗黑乎乎，像她的身影。亮光
都是来自那姑娘，而非星光，
接下来的故事也就是这样。
所有的无赖扯起了喉咙，
大呼小叫丢了一个瓶子，
以此表示对美人的致意。
瓶子没有飞得很远，他们的喊叫
却到了姑娘身边灭了她的光彩，
她就像萤火虫熄灭，一切归无。

所以有人证明保罗已经结婚，
对谁也不用感觉羞愧。
大家对保罗的说法全都错误。
墨菲告诉我保罗那样无视一切，
都是因为想念他的老婆。
保罗就是所谓可怕的占有者。
他的妻子就是他拥有的财富。
她与别人都没有关系，
不要别人夸奖，不要说三道四，

他感谢别人把她忘记。
墨菲觉得保罗这样的人，
不能与之谈及他的妻子，
即使你想好了千万理由。

87. 野葡萄

什么树上长不出无花果？
白桦树上是不是没有葡萄？
葡萄和白桦你只了解这么多。
我就是白桦树上采下的姑娘，
那年秋天，我与葡萄一样的分量，
我知道葡萄是哪种树的果。
我想我生来就像所有人一样，
却长成一个小子一样的姑娘，
哥哥不能总把我放在家里。
但惊惧中我们开辟了新的起点，
就在我跟葡萄挂在一起的那天，
像欧里狄克一样被追赶回来
被从高处轻轻地取下；
我正在享受着另一个生命，
我愿意为谁付出都是我的心愿。
要是你看到我过两个生日，
告诉你我有两个年龄，
一个要比我的样子小五岁——

那天哥哥带我来到一片空地，
他知道那里有棵独生的白桦，
尖尖的叶子为它披上薄薄的头巾，
它身后垂下稠密的发丝，

披在它肩上，是葡萄做的饰品。
葡萄，去年见过之后我认识了葡萄，
那是一串葡萄；后来，
我身边有了许多，挂在白桦树上，
就像它们长满幸运丽芙的德国；
但我伸出手去总够不着，
就像我小时候的月亮，
要爬到高处才能摘到。
哥哥爬树。他先摘下几颗，
丢在我身上四散各处，
要在甜蕨和绣线菊里寻找，
他却有时间自己大吃大嚼，
依然不能满足他这个男孩的贪婪。
为了让我可以自己摘到葡萄，
他爬到更高，把树枝压到地面，
我伸手就可以自己摘葡萄。
“来，抓住枝头，我再压一个。
使劲抓住，我要放开啦。”
我说我抓住了，却事与愿违，
正好相反，树要了我。
我刚刚独自把它抓住，
它就像钓鱼一样把我弹起，
树枝成了鱼竿。这一幕
被哥哥看到，他大喊：“放开！
你个笨女娃，放开！”
但我打小学会的抓牢
是祖先在这样的树上学会的本领，
那时母亲比如今最野气的更野气，
她们让孩子抓住树枝挂在树上，
洗澡吹风晒太阳，不知道哪样

（这得问进化论）——
是我无怨无悔保命的坚守。
哥哥想逗我发笑帮我解困：
“你躲葡萄里面干什么？
没事，就那几个伤不了你。
喂，你不摘葡萄它们就不会钓起你。”
我要摘什么都不安全！
这时我总算学会了
抓住和松开的哲学。
“这下你知道滋味了，”哥哥说，
“人们叫它狐狸葡萄，
它以为躲过了狐狸的魔爪，
长在不该它长的白桦树上，
狐狸怎么也想不到往这里看，
即使看了，也摘不到——
偏偏这时候我们来摘葡萄。
只有你占了葡萄的便宜，
你要是再抓住一根枝，
摘葡萄的农夫也无可奈何。”

帽子掉了，鞋子掉了，
我依然抓着不放。我脑袋后仰，
闭着眼睛躲着太阳，耳朵也不听
哥哥的胡言乱语；“松手，”他说，
“我接着你。不高。”
（听他说话可能真的不高。）
“松手，要不然我把你晃下来。”
我滑下时周围一片死寂，
小胳膊拉得笔直像班卓弦。
“呀，别这么认真啊！

抓抓好让我想想怎么办。
我把树弯下来放开你。”
我不知道怎么落了地，
但我穿着袜子的脚一触地，
世界在我眼前呼呼旋转，
我长看一眼蜷曲的手指，
再慢慢伸直撢去树皮。
哥哥说：“你没分量吗？
长得重一点，下一次
不要被桦树钓到天上。”

这倒不是我多重的事，
而是我根本什么都不懂——
哥哥刚刚靠得很近。
知识的殿堂里我还没有迈出一步；
我以前没有学会松开双手，
至今都没有用心学会，
也不想用心学会——没有必要，
我非常明白。思想并不是内心。
我还会活下去，像别人那样，
期待可以放开我的思想——
放开晚上睡眠中的忧虑；但
谁也没告诉我学会放开内心。

88. 为第三个留块地方

所有那些婚事都无可厚非！
她三场，他三场，
他们平手，三对三。
说到生死她非常挂念：

她想到葬礼上排队的孩子们，
三个孩子在葬礼的行列里很悲伤。
男人的三个女人在葬礼的行列里
让她对这个男人产生厌恶。
她对拉班说："你做得
相当不错，最后一件事不要做错。
不要让我跟那两个女人躺在一起。"

拉班说，不会，不会让她躺在那里
旁边还有别人，除非她愿意，
当然她愿意这样就这样，他说。
她离开了。但拉班
发现了艾丽莎心中的犹豫，
着急想尽量弄清楚，
又想起来一些自己的事情，
期望着超过自己的承诺，
要处理好葬礼，虽然死者不会感激。
若这是她的期待，他不停提醒自己。
情急中他首先想到了坟地，
墓园里她自己买下的坟地，
他不在乎肩上压上的巨大石头：
他要卖两头牛才付得起。
也没有特别的墓园花，
要是被悲哀催长，悲哀可以平息；
悲哀会在花上滞留，
谁也不会漠视，不会被漠视？
理智的悲伤不会排斥这样的帮助。
他想到常绿不衰的那些。
后来又有了比这些好很多的想法。
那男孩的墓一定在某个地方，

娶了她是作为玩伴而非互相照应，
有时候对他们之间的事情满不在乎。
她怎么会愿意与他长眠？
哪里是他的墓？拉班知道他的名字？

他又找了一两个市镇才找到墓地，
碑石刻着“约翰，挚爱的丈夫”，
旁边有预留的地方，一位姐妹的说法，
那位丈夫从未结婚的姐妹，
无论艾丽莎会不会受欢迎。
逝者总是不说话：问这姐妹。
拉班见了这姐妹，并没有说起
艾丽莎不愿意长眠在哪里，
又是谁想到让她与她的初恋在一起，
只是请求得到这墓地。姐妹的脸
皱满了尽心尽职的皱纹。
她不想搞错，需要思考。
拉班又老又穷，但非常用心；
她又老又穷，也非常用心。
他们坐下。她老花的眼无聊地打量他，
接着打发他去忙乎别的，
也许他在村里还有其他事情，
让她再想想她多么用心——
而拉班又有多么用心——为什么，
（她精明的目光投向他的来处。）
她又查找了一遍艾丽莎，
这个在二婚丈夫墓边的孀妇，
给了她一个临时安身的家，
这才关心这可怜男人的孀妇，
为下一位走出婚姻围城的男人守护。

她与艾丽莎一起经历了一切。
这世间的婚姻她如何可以评说?
婚姻建议的信条如此混乱!
这姐妹还没有见到这位拉班;
久经磨难的高贵造物,
她不应该让他久等。时间
在死亡和葬礼之间步步紧逼。
她看到他从街上走来,
立即做好了决定,
在大门口告诉了他答案。
拉班早已知道了结果,
她那老态的口形已经说出,
正如她说,要做正确的事情。

她隔着纱门告诉了他答案:
“不行,不能与约翰一起,不合理。
艾丽莎还有太多男人。”

拉班只得回归原来的计划,
要给艾丽莎另外买地让她独守:
这给了他自己辞世躺下时
许多选择。

89. 两个女巫

之一

库斯人的女巫

那晚上我在农场借宿,
山背住着一对母子,
两位旧信徒。他们一直说话。

母亲：人们说女巫有养熟的鬼魂
可以召唤来度过冬晚，
却不来，就应该挂木桩上烧死。
召鬼魂不是游戏时的“扣子，扣子，
谁拿到了扣子”，我要直接喊他们。

儿子：妈妈可以让常见的桌子立起，
两腿踢打像兵驴。

母亲：我这样做有什么好处？
不要跟你玩桌子，我想告诉你
苏人掌控者拉勒告诉我的事情。
他说死者有灵魂，我问他
怎么可能——我以为死者就是灵魂，
他打破了我的迷蒙。难道你不怀疑
死者藏着秘密？
对，死者总有些秘密。

儿子：你不会告诉他我们
阁楼上的东西吧，妈妈？

母亲：骨头——骨架。

儿子：但妈妈的床头板
抵着阁楼门——门钉死了。
它伤不了人。夜里妈妈听到它
无可奈何地被挡在外面，
有门有床头板。它想要
回到它原来呆的地下室。

母亲：不会让它走的，是吧，儿子！

儿子：它离开地下室已经四十年，
伸手像托着一叠盘子，
从地下室上到厨房，
又从厨房上到卧室，
再从卧室到阁楼，
正好走过爸爸妈妈身边，都没拦它。
爸爸去了楼上，妈妈在楼下。
我还小，不知道什么情况。

母亲：我丈夫发现我唯一的毛病——
等不到上床就已经睡着，
特别是冬天晚上，床上
一片冰凉，衣服也像霜雪一样。
晚上那些骨头从下面上来
托弗尔独自睡去了，我一个人，
门开着让房间透透气，
可以让我醒醒。
我刚刚醒过来
不知道怎么会这么冷，
我听到托弗尔在楼上卧室，
我以为他在楼下地下室。
那里铺了隔水的木板，
春天地下室会有水
木板撞击着坚实的地面。这时有人
上楼，一步两个台阶，
就像独腿的人拄着拐杖
也像个孩子，上来了。不是托弗尔——

不像任何一个可能在那里的人。
隔板的双层门上了两把锁，
涨得紧紧埋在雪下。
地下室的窗户被木屑淹没，
涨得紧紧埋在雪下。
是那些骨殖。我晓得——毫无疑问。
我首先想去抓住门把
抵住门。但骨殖没有推门；
它在门阶处不得已停住，
等待着有利的事情发生。
那淡淡的不安四处弥漫。
我要做的事情本来做不成，
但我的愿望非常强烈，
着急看它们怎样上的楼梯。
我猜想着它们拼在一起的样子，
不像人，而像枝形吊灯。
我猛然把门拉开。
它大吃一惊晃了晃，
差点颓然倒地。（一条火舌
冒出来，舔了舔上牙。
烟雾在它眼眶里翻滚。）
接着它伸出一只手向我扑来，
这是它活着的样子，但这次
我把它的手砸碎在地，
向后仰倒让过了它。
它手指骨四处飞溅。
（我什么时候见过这碎片？
我的扣子盒呢？一定在那里。）
我坐起身，大喊："托弗尔，
找你去了。"它可以走门那里过

去地下室或客厅里。
它去了客厅，那里新鲜好玩，
行动不快却动作敏捷，
每个关节都伸屈自然干净利落，
真是快如闪电行云流水，
我刚刚给它的一掌没有影响。
我听它快要爬上楼梯，
它从客厅跑到唯一装修好的房间，
而我还在原地；
我猛然爬起来大喊："关房门，
托弗尔，天哪！""有人？"他说，
"我可不想起来，暖暖的被窝。"
我勉强扶着扶手
爬到楼上，灯亮着
（厨房刚刚暗的），我得承认
啥也没有。"托弗尔，哪去了？
在我们房间里……那堆骨殖。"
"什么骨头？""墓地的——地下室的。"
他猛然踢开被子光着双腿下了床
到我身边抱住我。
我想熄了灯再看
能不能看到它，或者在房间里摸，
我们齐膝的高度能不能摸到它，
把这一堆白骨砸翻。"告诉你——
它还在找别的门。
这样难得一见的积雪让他想起
自己的老歌——《蛮荒开拓仔》，
他走在那泥路上时总是唱起。
他要寻找一扇敞开的门出去。
我们开门骗他把他堵在阁楼上。"

托弗尔说好。不出所料，
刚刚给他打开门，
传来了上阁楼的脚步声。
我听到了，托弗尔好像没有。
“快！”我猛然关上门抓住把手。
“托弗尔，钉子。”我让他把门钉上，
再拉床头板顶住。
我们想一想有没有东西
放在阁楼上还会用到。
阁楼并没有地下室那么重要。
如果那堆骨头喜欢阁楼，随它去吧。
让它们待在那里。要是它们有时候
夜里走下了楼梯一脸迷茫
站在门和床头板后面，
用白灰的手指抚摸白灰的头颅，
刷刷作响就像那干涩的百叶窗，
我在黑暗中会坐起来这样讲——
托弗尔去世后跟谁也没说过。
既然它们去了，就让它们待在那里。
我答应托弗尔不会心慈手软，
因为它们对他凶狠毒辣。

儿子：我们觉得它们的坟墓在地下室。

母亲：我们知道它们的坟墓在地下室。

儿子：我们一直不明白是谁的骨头。

母亲：很快就可以，孩子，说句实话，
他爸爸因为我杀了那个人。

我说他杀了那个人而不是我。
我最起码可以帮着挖它们的坟墓。
我们在地下室陪过它一晚。
儿子知道这件事：但并不要他
说真话，即使时机已到。
儿子看到我说出实情好像很惊讶，
因为我们已经隐瞒很久心照不宣
等待时机告诉外人。
但今晚上说谎我可不在乎——
我也不知道以前为什么在乎。
即使托弗尔在，我也不相信
他会告诉你他自己为什么在乎……

她没有找到想找的手指骨，
扣子倒满了她的围裙。
次日早上我得知了名字：托弗尔。
外面的信箱上写着托弗尔·拉维。

之二
格拉夫顿的苦命女巫

他们终于确定好我属于谁，
我要说一些话他们不爱听：
他们搞错了而且我可以证明。
两个市镇为我争斗我受宠若惊，
双方都要把我作为礼物送给对方。
它们要把我抛弃可省不了麻烦，
谁都省不了。除了麻烦还是麻烦，
是巫师不变的信条。
它们的麻烦我再加倍——等着瞧。
它们会发现自己要重蹈覆辙，

难道它们就是对事实毫不在乎？
许多事情它们可以确定（不是吗？）
因为阿瑟·阿弥曾经来过
在华伦的三月集会上支持霍格·力福。
这一年我其实随时可以告诉他们
跟我结婚的这个阿瑟·阿弥，
不可能是他们说的那个，
不可能出现在华伦的三月集会，
他们说到的时间他才十五岁。
跟我结婚的这个阿瑟·阿弥
参加了他难得参加的几次选举，
这是在温特沃斯镇。
其中有一次是受委托确认
镇上要不要接管
我们这里的运输通道。
告诉你谁记得——赫曼·拉普希。
他们说的阿瑟·阿弥是我丈夫的父亲。
这件事他们已经审理了一遍，
他们最好还是再审理一遍。
温特沃斯和华伦都是不错的市镇，
只不过我从今往后
碰巧喜欢温特沃斯，但说归说，
对的错不了，坚持做正确的事情，
尽管会伤着别人，
总是让我难以放弃，是的。
有一些人会遭受欺骗，
因为当地有大名鼎鼎的巫师：
但大家都少不了要想想代价，
我自己也难免。他们应该知道，
我是个巫师少不了养一只蝙蝠

养上好多天。
这样我的地位会巩固，
我是否要显示一些迹象，
更清楚地表明我的巫师身份？
我觉得有一个迹象非同小可，当时
休斯说他老了，我带他出去，
驱使他体验各种各样的经历
直到他只剩下皮包骨头，
如果我可以把他一丝不挂拴在一个
市政厅门口，我就可以这样把他
放在格拉夫顿县每个市政厅门口。
我让他一丝不挂招来一些人辱骂，
可怜的老头。本来没有任何问题，
偏偏有人要他啃身边的柱子
在柱子上留下标记，
这样他们可以辨识。没有任何
他们听说过的柱子有一点破皮。
他们让他不停咬直到他痛苦哀嚎。
然后那个聪明人让大家看，
他咬定休斯不诚实，咬坏了
自己睡觉的床——千真万确，
他真的咬坏了四条床腿，
四条都成了碎片。说明了什么？
并不是说他没有咬了
据他说属于他的拴桩。马儿
在马厩里乱咬我觉得不能证明
他没有咬树、木桩、栅栏。
但别人都觉得可以。
我那时是个二十岁的大块头姑娘。
那个把一切搞砸的人

就是阿瑟·阿弥。你知道他的情况。
他就这样开始讨好我了。
结婚之后他很少说话，
但我搞错了，他不是那样太过分，
休斯的事情他并不十分在意。
我想他从我身上得到不少，
因为我是巫师。也可能发生的事情
改变了他。他得做出说明
挽回他做的事情并纠正，
就像："哦，她放风筝还没有回来。
她昨晚上就出去了，在放风筝。
她觉得要是夜里风好，
她就自己放。"但他特别想
告诉别人他被我烦得要死：
要是有人看到我回家，
骑着扫把越过了屋梁，
就像他黎明时经常看到的那样，
他觉得人们应该知道他的苦恼。
好吧，我给了阿瑟·阿弥很多迹象，
都在屋外很远的地方，
库房的气息里抹不了新耕地的味道，
哪怕雨雪冲洗七年；
我所说不仅是莫西劳克山上老兵的
头颅，而是男人眼中女性的样子，
让他神魂颠倒他才会不离不弃。
高处，树变矮苔藓长高的地方，
我让他采摘带露水的雪莓，
那里山石湿滑瀑布飞溅。
我还让他夜里去，
我让他做的事情他很喜欢。

他要是在可以看到我的地方，
我希望他不能看清我要做什么。
你可能举足轻重也可能渺不足道。
一切如此，年轻时我应该懂得，
那时还活力迸发，并一心追求，
好像我当时并没有勇气
这样为所欲为，与大家作对。
我可能有，但好像并没有。

90. 荒野恐惧

我不走开；
但并不能说
哈德逊湾不曾存在
还有买卖皮毛的生意
那小艇
那划船的桨只。

帐篷已支好，
我坐在地上，
盘坐双脚，
猎人往门里看了看，
问我买不买狐皮。

他是乔伊，
亚里亚斯·约翰
有些事他不知
有些他不讲，
亨利·哈德逊的去向，
我不想说他会帮多少忙；

我们还是继续相谈。

海豹狺吠尖鸣
身下一块浮冰。
不是人换了一个身形？

并非如此，
四野空荡
风卷残云
只有我，还有北极圈在北方——

偶尔约翰·乔伊露个面，
他是我爱斯基摩朋友。
他出去放兽夹，
也许入了别人的魔爪。

我忍不住惋惜摇头，
美丽海湾
游人稀罕
烟雾缥缈
不湿青草，
我要发出呼唤，
为众生为世人为上天，
却好像它们也在一起。

不要问乔伊，
他眼中的景象美不美。
有时候云雾朦胧若隐若现，
就是我眼中的模样，
要是它还在，

它就是老船长的黑暗所归，
他没有找到没有闯开一条通道，
三千里海岸悠悠绵延；
樯倾船翻时水手们纷纷离开，
一番航程一无所获。

应该说，“你与我”
让这鬼魂听，
“你与我
离开这里
去陪伴那已经灭绝的大海雀！”
“宁可不惜一败，
但愿事理通明，
也不强装胜利，
事后要多少口舌
才能将之说清。”

91. 山泉，瓦罐，驴耳，几本书

一整座石英矿山都归老戴维斯，
代尔顿的这座矿山迟早让他发财。
波士顿有人见过，
行家说，山石深处，
石英片就像厚厚的窗玻璃。
他要带我去看一看。

“你让我看的我要给你讲讲。你记得
你说过你认识金斯曼山上那个地方，
早先摩门人在那里定居，
门外修了洗礼水池——

但史密斯或者某个人，赶走了他们，
要他们到西部的沙漠里去糊命。
你说你见过那石头洗礼池。
带我去那里。”

　　　　“我会带你去的。”

　　　　“今天去。”

“啊？那老浴缸有什么好看？
说来我听听。”

　　　　“我们去那里看看。”

“啥都别说了，告诉你：
哪怕费整个夏天我也要找到那个山泉，
即便我俩要跑断腿也无所谓。”

“你记不得了？”

　　　　“不见得，我会找到的。
周围肯定长了树木。
山势也可能变了，上次在那里
还是 85 年。”

　　　　“这么久？”

“我记得它好像裂了一个缝
水漏了。四十年时间
足以证明石匠的手艺多糟糕。

再也看不到摩门人在里面游泳。
但既然你说了，我们去找找。
我一把老骨头，还是跟着你
漫山遍野跋涉——”

“我以为你是导游。”

“我是导游，
所以找不到合适的理由拒绝你。”

我们离开世界的喧嚣一整天，
上山下山反反复复。
老人认认真真地带上了用品，
每一个山口都说出他的疑惑。

我们爬上了一处山头，眼前
是一面悬崖，悬崖上一个罐子
上面画着或者挂着山上的藤蔓，
这样子就是要把不速之客吓住。

“好吧，要说没有帮你找到山泉，
起码找到了鼎鼎大名的罐子。”

“不可以替换。这个没有意义。”

“啥都没意义。”

“我要山泉。”

“恐怕你会发现山泉也没有意义。

这里起码给我提供了方位。”

“你是不是一直不能确定方位？”

“你是说离摩门村十来里地那里？
小心，对自己的导游要有礼貌，
要不然你会在外头过上一宿。
我打赌我们已经靠得很近，不远处
两个雪崩留下的滑道交会，
在马歇尔山上，像驴耳朵。
我们省点时间看看那个吧。”

“驴耳朵不提示我们要摇摇头吗？”

“老天！难道你不想看自然美景？
你根本不喜欢自然，只喜欢书。
是什么象征着驴耳朵和瓶子，
自然界中哪里找？你的书！
好吧，这是我让你看书的地方。
从这座山上直接下去，要快，
就像跌下去一样，双脚跳跃。
要是不快点膝盖就完了。”

“准备好迎接一切。”我想。

这条路我不认识，
但我的鞋得到机会
再洗一个泥巴浴。走了二三里，
来到一座屋前，
我觉得有点意外。这屋子

让我想起宽板镶嵌的手法。
没见过这么好的屋子无人居住。

“打扰！我要问你一句话，
不好意思隔着破窗，”戴维斯说，
“外门还没有打开。
我想跟你说说
以前住这里的人，罗宾逊一家。
你一定听说过克莱拉·罗宾逊，
那个写诗集的女诗人，
诗集出版了，写的都是
她里窗的花束
和外窗的鸟儿，
还有她照看它们或者请别人照看：
她可从来没有为任何东西费过心。
她一辈子都‘被关着’，一辈子都
躺在床上，诗都在床上写。
我会告诉你她怎么打开窗架，
爱抚她的鸟儿和花儿。
我们先要去阁楼看看她的书。”

脚下的碎玻璃嘎吱嘎吱，
屋子里已空无一物，
不过好像诗人的诗还在。
书，都是书！——就是要找的书。
满满的大木箱，
像漫溢的酒杯，
像诗人温馨的爱心，
迎着阳光流淌在窗边，
无情的雨水把它们浸湿扭曲。

足可以装满村子的图书馆——
虽然有点遗憾它们都是一个种类。
从出版商那里拿来
从而进入了家里。
顽童和卑劣的猎人知道如何
用石子和铅弹对付玻璃：
让它们一片片打碎在屋里的地上。
那温柔的诗书如何逃过他们的暴虐?
在他们看不见的地方，
也可能是太过偏远，
他们总不能拿诗歌怎样。
噢！书那样平平整整，
总让人想把它甩出阁楼窗户，
它迎着风，张开了书页，
好像一片平瓦滑翔，
就像鸟儿张开翅膀（悄无声息，
满身写满了歌），
鸟儿被击中突然掉落，
在石头和草丛里无人问津。
书倒不是随意丢落。
有人随意把它们放下，
他们翻了几页丢在脚边
离开时却没有带上。
女诗人的生命就在书里
太短太短不能白送不能出售。

“拿一本!”老戴维斯大方地说。

“两本三本不行?”

“要几本拿几本。
拿样子好看的。”他拿了一本好的，
藏在箱底，书皮还没有打开，
用他那粗糙的手轻轻拍了拍。
他读一本我读一本，
各自寻找我们想要的东西。

阁楼的马蜂像子弹一样飘过。

我很快心满意足。

回家的一路我都在
想口袋里的书。在我口袋里。
我听到女诗人的叹息，她在上天，
她的心得到了安适，送出了一本书——
合规合矩。我对她的要求，
虽然小，也是个要求。她感觉到了。
总有一天，她的书都会被取走。

92. “一点”，我为你报时

我躺了很久很久
那天晚上，辗转反侧，
等待那钟楼
报出时间，
告诉我
白天已经到来
（虽然天还没亮），
我应该起床。
白雪厚厚堆积，

雪花簌簌落地；
两阵风呼啸而至，
一条街，
另一条街，
相遇时一场大战
尘卷土翻。
我虽然说不出，
却担心寒冷
冻住了
大钟的脚步，
捆绑了
它金色的手指，
凝在它面前。

传来了一声鸣响！
平淡无奇的音符，
无关世间风霜雨露，
却有点怪异压抑。
钟楼说："一点！"
教堂应声相和。
它们孑然无伴，
也没几个人
被风声唤醒，
离开暖暖的卧床
（不肯走出家门）。
它们听凭雪暴
隆隆攻击
我的窗玻璃，
像毛皮上缀满玻璃珠。
随着那阴郁的"一点"

它们说出了太阳，
月亮和星星，
土星和金星，
还有木星。
还有星星尚未知晓，
它们丢下了有名字的，
提及字母编号的，
就像十八、十九，
都是茫茫群星中的一个。
群星成为它们的话题。
尽管不远万里，
人们依然为它们送去
无尽的思绪，
它们的身后，就是上帝；
宇宙广袤漫无边际，
不过镜头里的尘粒。
它们深沉的鸣响
只是他者的心声：
它们为时钟发声，
其阔大的齿轮
与它们的齿轮交织在一起。
那声沉郁的鸣响
孤独无依，
纵使最大的星辰
也在其中颤抖喘息，
尽管山遥路远，
它狂躁翻覆
就像身居
别无他物的处所。
它总是万古如故，

除非有场奇迹
让它尽展风采，
成为耀眼星辰；
它并没有变化，
在人们眼中总是一样，
随便在哪个星球，
远方抑或近旁，
自从鸿蒙初辟，
自从人类初诞，
从未坑害他人，
不让民族为敌对抗。

93. 蓝色斑点

为何关心蓝色斑点？
在鸟儿蝴蝶身上各处分散，
在花儿在宝石在双眸，
而蓝蓝的天上美景一片。

地只是地，天还是天——
虽然学者让大地包含上天
天上的蔚蓝遥不可及，
我们更加渴望湛蓝近在眼前。

94. 火与冰

有人说人世毁于火焰，
有人却相信冰霜。
我品尝过欲望的滋味，
与相信火焰者为伴。

但要是让它毁灭两次，
我相信仇恨无可匹敌，
说起破坏的力量，
寒冰当仁不让，
一气呵成齐备完满。

95. 乱坟岗

生者踏着乱草地，
细看山岗上的碑面；
墓地让生者挂牵，
逝者却已然安息。

悼文重复又循环：
“生者今日到来
读罢碑文离开，
明日逝者来而不返。”

碑文里的逝去无可辩驳，
却总在关心多久
没有逝者赐顾。
什么让人们东藏西躲？

其实这并非难题，
只消说出：人畏死，
从而再也不会死去。
这谎言它们深信不疑。

96. 树上落雪

那一只乌鸦
踩落我头上
团团积雪
从铁杉滑落，

却让我的心情
为之一振
或多或少补偿
我一天的悲伤。

97. 致 E. T. 兄弟

我昏昏入睡，你的诗放在胸前
我读了一半把书放开，
半翻着像碑石上的鸽翼伸展
我的梦中它们会不会把你唤来，

生命中延误的机遇也许不再，
还能不能在你面前喊一声
军人，诗人，一生双名，
你是族人中献身的军旅诗人。

我是说你是说不该有任何隔阂
不可明说，兄弟，就是如此——
还有一件事当时不能谈说：
胜利中总难免有所得失。

你直面弹壳带着烈火，

殒身不逊，维米岭山头；
你的战争已结束，我的没有；
我的心中战火燋烁。

如何才能结束，即便对于我？
我知道敌人退在莱茵对岸，
我如何才能把胜利告诉你
用我的诗语让你宽慰心欢？

98. 美好只在一瞬间

大地的新绿是黄金，
她最难挽留的风景。
初春的叶芽是鲜花，
但美丽只在一刹那。
后来，叶芽蜕变成叶片，
伊甸同样沦入悲怆，
金色黎明退为白天。
美好只在一瞬间。

99. 乱跑的马驹

那天大雪纷飞，
我们在山脚草场止步，“谁的小马？”
这小摩根马一只前脚搁在墙上，
还有一只弯在胸前。他摆了摆头
打个响鼻，撒腿就跑。
他逃跑的方向传来轻轻的雷鸣，
他的身影变得模糊不清，
就像映在雪幕上的淡影。

“我觉得小家伙有点怕雪。
他还不了解冬天。老天
没有戏弄他。他只是跑开。
不知道妈妈能不能告诉他：‘宝贝，
这就是天气。’他会说她并不真懂！
他妈妈在哪里？他不可能独自出来。”
他脚步哒哒又跑了回来，
再把脚搁在墙上，眼睛上沾着白雪，
光溜溜的尾巴伸得笔直，
抖一抖浑身的皮毛好像驱赶苍蝇。
“这么晚是谁还把他放在外面，
猫狗牛羊都回了自己的窝棚，
应该把他牵回家里。”

100. 为了唱首歌

人还没有奏出合适的音步，
　　风无师自通奏响了一曲，
白天连着夜晚竭力呼啸，
　　管他边边角角坎坷崎岖。

人告诉它出了问题：
　　它没有找到演奏的方位，
吹得太响——应该成个曲调。
　　听听——这样是不是很美：

他吸了一丝入口，
　　屏住呼吸守候
北风转为南向，
　　不慌不忙慢慢呼出。

不慌不忙。有调有词，
　　就是风儿的心意——
用上双唇和咽喉。
　　就为唱首歌，风儿明白。

101. 雪夜林边驻留

我知道树林的主人是谁。
他家就在前方的村里；
他看不到我在这里驻足，
静赏他树林落雪簌簌。

我的小马一定觉得奇怪，
何故停留这荒郊野外，
在这片雪林和冰湖之间
在这天昏地黑的夜晚？

他抖一抖身上的铜铃，
问我要不要继续前行。
四野里听不到多少声息，
唯有微风轻吹积雪落地。

林子温柔深邃而黝黑，
但我有承诺必须守卫，
还有漫漫长路方得休憩，
还有漫漫长路方得休憩。

102. 只一次，便难忘

有人嘲笑我俯在井栏上，
背对着天光，从来也看不到
水井的深处，只有水面上
看到我自己的闪亮图画，
夏日晴空里我自己就像上帝，
戴着一圈云朵和羊蕨的花环。
那一天我下巴搁在井栏上，
好像注意到，图画之外，
花环中一团白斑，飘忽不定，
好像很深很深——后来不见了。
太清澈的水未必讨人喜欢。
羊蕨上掉落了水滴，
看啊，水波在深处漾开，
画面模糊溅开。那白色的呢？
真的吗？卵石？只一次，便难忘。

103. 蓝蝴蝶的集会

这新春蓝蝴蝶集会之日，
它们婀娜多姿飘然而至，
翅膀上的色彩悦目清晰，
胜过悠慢的花蕾千万倍。

这些花朵欢舞却不歌唱：
它们再无欲求自得泰然，
微风中它们收拢了翅膀，
飘落暮春车辙下的泥潭。

104. 冬日骤临

一如既往，在劫难逃的夜晚
积雪终于簌簌而落，暗白，
像黑暗的林中，一首歌
这冬季它再不会重写一遍，
嘎吱嘎吱，地上还没有盖满，
抬首，四望，我脚下趔趄，
像手足无措，不得已
要放弃使命，任死神降临，
此时此地，对邪魔
却无动于衷，没有卓越的胜利，
仿佛生命从来没有离开起点。

然而，我有无数先例在前：
知道死寂的冬天从没有掘开
地面，失败必然：冬雪堆积，
暴风长吹，垒起数尺深雪
埋住了枫树、白桦和橡树，
却掩不住雨蛙响亮的呱鸣；
我将看到白雪滚落山坡，
汇成四月的涓涓细流，
闪着亮光流过去年的萎草，
像一条远游而去的银蛇。
白色尽去，除了星点的白桦，
还有那农舍绕着教堂。

105. 向着大地

唇吻的轻抚

醇厚而甜蜜，
曾令我沉醉；
呼吸的空气

甜甜地穿透胸前，
那一缕——麝香，
葡萄下清泉边，
暮霭中滑落小山？

我心醉得生疼，
金银花馨香四处洒开，
我掬一把在手，
露水沾湿指节。

我曾渴望浓浓的香甜，
但小时候太过强烈；
玫瑰花瓣，
也像长着蜇刺一样。

美味少不了加盐
喜悦都遭受过重击，
苦累，残缺，
让我的泪痕

写下
漫溢的爱心，
苦树皮里的甘甜，
还有点燃的丁香。

僵硬酸痛，创伤满身，

我抽回手
不再沉沉支撑
在草地沙地，

伤痛依然不够：
还要重量和力量，
大地的土坷，
要全身感受。

106. 别了，接纳冬寒

离开时天已黑四野冰凉，
果园还是这稚嫩的模样，
我在想，还有什么会伤害
农场尽头的另一片果园？
长冬漫漫，远在山畔。
野兔老鼠怎么可以放任，
小鹿怎么可以四处徜徉，
随意咬啃，松鸡随处游弋？
（我希望可以把它们
全部召集到墙边，
拿棍子当枪把它们警告。）
阳光也不要把它打扰。
（我们要为它的安全努力，
把它留在北坡的山里。）
再没有更加凛冽的果园；
肯定它不可能变得煦暖。
“多少次有人告诉你，
小果园，别了，接纳冬寒。
别害怕滴水成冰而是相反。”

过几个月我才能再来。
我眼前要打理别的树木，
没这么多果实没这么多照顾，
就像砍木柴用一把利斧——
枫树，白桦，还有松树。
我期待当我晚上躺下，
会想到果园夜间的苦楚，
(没有人给我一丝灯光)
它的心慢慢坠落，落入草皮。
总有一些安排要听上帝意旨。

107. 俩对俩

景色流连，相恋难分，
他们往山坡上又走了一段，
夜色已近，只有小小一段。
不管如何，他们要很快停住，
想想回程的路，多么坎坷，
黑暗中山石和溃坡，满是险阻；
一堵破墙前他们不得已停住，
倒刺铁丝围起了篱笆。那里
他们只得打消继续前行的意图，
看看前面的路，
怪石嶙峋的山坡，若是石头滚落
或者滑坡，它也会面目全非。
谁也没有挪步。他们摇头叹息，
“林子再见。”他们发现，
云杉下看着他们，一头母鹿，
墙那边，距离跟他们差不多。
他们的地里她看到他们，反之亦然。

静止的东西难以看清，
就像立着的大石一分为二，
她眼眸浑浊，却没有一丝恐惧。
她好像觉得他俩没有危险，
他们是有点奇怪，但她
不愿分散太多心思，
叹息一声，轻轻从墙脚走过。
“就这样吧。还有没有？”
真的还有。一声响鼻让他们停住。
云杉下一只雄鹿正在看着他们，
墙那边，跟他们差不多一样远。
他长着大角，鼻息粗重，
并不是那头母鹿退回那里。
他摆摆头表示疑惑，
“你们怎么一动不动？
你们是死是活？
你们只是好像活的而已？”
这使他们几乎要伸出手来，
打破魔咒。
他也轻轻从墙脚走过。
俩遇到俩，随便从哪边看。
“肯定没有了。”确实。他们没动，
一阵思绪漾过他们全身，
虽然他们没有请求，
大地却仿佛回报了他们的温情。

108. 无法挽留

他们把他送回她身边。信中
写着……她不会失去他。她不明白

是不是还有隐含的问题
藏在正式的字里行间，他已经来到眼前，
气畅息平。他们把他还给了她，活着，
还要什么？离去的他们不会送回——
重伤的也不会。他的脸？
他的手？她要问，要看，
“亲爱的，还好吗？”她付出了一切，
又拥有一切——他们俩——幸运相伴！
她不高兴吗？好像一切顺利，
他们也大可放心。
她还是要问：“亲爱的，发生了什么？”

　　　　“够了累了，
没完没了。一颗子弹前后穿透，
打在胸部。只有照护，
吃药，休息，你的陪伴，一个礼拜，
我就可以再回战场。”
一股寒意流过他们心头。
她的眼神已经不敢询问，
怎么可能再经历一次煎熬。
他用眼神把她阻止。
他被还给了她，却无法留住。

109. 城里的小河

农房安然不动，尽管它厌恶那
新的城市街道却还要在其中
编上号码。但这条小河怎样？
它像个臂弯拢住了农房。
我熟悉这条小河，它的力量，

它的脉搏，伸出过手指，
体会它在指节的跳跃，把
花朵投入翻滚奔腾的水流。
草地会被水泥封盖，
在市镇的路面下气息难长；
苹果树将化成炉膛里的火焰。
小河源头的林子是否一样？
难道天意的力量变得
可有可无？要在水源填埋煤渣
把它堵住？小河被挖到深处
成为砖石埋住的废水沟，
暗无天日臭气熏天半死不活——
生命失去往日的辉煌
只在忐忑不安中步履蹒跚。
再没有人知道往日的小河，
除非在老旧的地图上寻索。我怀疑
它总是这样被压在地下，
思想还能不能萌芽，
这新城既不动也不眠？

110. 厨房的烟囱

师傅，这座小瓦房，
随便你怎么造怎么想，
千万拜托那厨房烟囱
不要砌在架子上。

无论您搬砖头要走多远，
无论砖块沙泥多少金钱，
都要造一个完整的烟囱，

把它的基础放在地面。

倒不是炉火我有多担心，
而是事关房子是否盛兴，
（我听说过一座萎靡不振）
烟囱不能在灶台之顶。

黑灰也让人心里发慌，
它总是沾在墙纸之上，
雨水滴落炉火的味道
总是在漏洞处飘荡。

架子摆放时钟花瓶美图，
然而它何故要承受
烟囱，这只会让我想起
我修造的空中楼阁。

111. 冬晚观鸟

夕阳收起最后的金光，
寒冷的空气难以呼吸，
我蹒跚回家一地白霜，
好像看到鸟儿栖息。

夏日从这里路过，
我曾经驻足抬头，
鸟儿天使的歌喉，
甜美轻快地欢歌。

今日再无鸟儿鸣唱，

一片枯叶挂在枝头，
满眼一片空空荡荡，
任我寻找满心忧愁。

站在山坡举目四顾，
我看出这晶莹清冷，
只是白霜把雪地包覆
似黄金镀膜了然无痕。

画刷抹下一笔钩尖，
挂在天上似云似烟，
从北向南划开蓝天，
一颗星星悄悄窥探。

112. 时光穿越

风中他停住脚步——那是什么？
远远的枫林里，灰蒙蒙，鬼魂？
他停步驻足思考三月的情形，
却不得不相信最大的可能。

“那是天堂花正在开放。”
这样说当然颇有理由，
只要我们心中觉得，三月
也可以绽放五月的花朵。

我们在这奇妙幻境中停留，
我也像他一样一时神迷；
出发时我忽然想到实情，
小山榉还留着去年的叶子。

113. 糖枫林的夜晚

三月，我在这里轻轻徘徊，
夜晚，最好的去处，煮糖屋外。
我轻声呼唤那烧火帮工，
请他离开灶台添些煤块：
“哦，火师傅，添点煤拨拨火，
让火星随浓烟冲出烟囱。”
我觉得它们汇聚在一起，
跳跃在落叶的糖枫枝头。
山风拂拂，它们忽明忽灭，
映衬着天上的圆月。
月亮的身影隐约模糊，
照见每棵树上盖着的木桶，
树下积雪在黑土地铺上熊皮地毯。
火星无意与圆月争辉，
它们只愿在树间跳跃，
就像狮子、猎户和昴宿星座，
它们马上会挂满枝头。

114. 收落叶

以锹拢叶，
不如汤匙。
满袋枯叶，
轻若空气。

窸窸窣窣，
一天忙碌，

仿佛鹿兔，
嬉戏追逐。

枯叶堆山，
何以围抱？
漫臂盈溢，
拥我脸鼻。

装卸往复，
规行矩步。
草棚漫满，
我有何留？

其重若无，
其色弥散，
土色浸染，
淡淡若无。

虽无一用，
时令当收，
如何收储，
岂有定说？

115. 谷地晨曲

除了你的关门声悄无声息，
你踩着草地脚步静静悄悄，
你并没有走出很远；
却唤醒了晨星下的早雀，
惊起一片呜呜喳喳，

本可安享的晨梦成为奢望。
黎明已经降临，
薄云后射出一缕金光，
冲开遮挡的眼皮把世间窥探，
把长夜压抑的歌喉舒展。
但黎明并未让它们啁啾呖呖
（就像清早的露珠
等待阳光变其为闪闪玉石），
那天的晨曲也并非自动开启，
你按动了开关。如果需要明证，
那是我卧听滴滴答答的雨声，
我的窗帘已经淋湿，
依然把你的故事铭记。
我要说，我要跟你一起说，
那天你打开了山谷的声波。

116. 退缩

“我们跟你，风啊！”大家高喊，
叶卷着枝全都跟着他；
睡意却牵住了他们的双脚，
他们只得请求他留下。

早在春天叶片们来到世间，
他们已经承诺过此番远航，
现在却只愿找到遮挡的高墙，
灌丛或坑洼度过眼前的夜晚。

如何回应他急切的呼唤？
他们的振动渐渐衰减，

偶尔的飞旋也万般不愿，
别无选择只能原地盘旋。

我只期待当我摆脱羁绊，
就像他们可以奔向远方，
我去寻求超越生命的智慧，
不会看起来不如留在原地。

117. 山坡雪化

以为熟悉乡村却全然不知，
那天山坡上太阳放飞
无数银亮的蜥蜴奔跑在雪地！
尽管见识多次，
我还是不能道明这个奇迹。
好像太阳施加了魔力，
掀开了毛毯它们再无处栖身，
阳光把它们惊吓四处飞奔。
如果我要拦住这些湿透的精灵，
拽住一只银蜥蜴的尾巴
又徒劳地把另一只踩踏，
四脚落地浑身水浸，
拦住纷乱奔跑的狂徒——
它们乱作一团慌不择路，
鸟儿不嫌热闹隔岸观火，
叽叽喳喳叽叽喳喳呼朋唤友，
我毫无疑问必将一无所获。

月亮手到擒来。太阳是个巫师，
我觉得如此；月亮则是精灵。

她高高投下一抹柔光
忽然，没有一丝颤抖抽搐，
她的巫咒锁定每只蜥蜴。
六点钟我还在充满幻想，
蜥蜴们依然在奔跑冲突，
月亮静待她寒意的威柄。
九点钟，蜥蜴们成了石刻，
栩栩如生奔走的模样，
牢牢钉在陡峭的石壁，
横七竖八姿态万般。
把它们凝住的魔咒
静悄悄从树林而带来，却没有
把一片树叶吹动。
持续到白天的月亮魔咒，
缕缕银光把只只蜥蜴锁住。
我也想进入这美妙的梦中。

118. 耕夫

扶犁耕开积雪
并不想要播种——
只是辛辣地讽刺
翻耕石头的劳动。

119. 树倾倒在路上

（听我们闲聊）
暴风中一棵树轰然倒地，
正好拦住我们，并非要挡住
我们走向旅途终点的脚步，
只是拷问我们是否坚定不移，

是否坚持目标不离不弃。
半路上她叫我们停住，
在积雪地里弯腰俯首，
因为没有斧头细细商议。

她知道阻拦毫无用处：
我们终将坚持到最后，
我们的目标牢记心头，
那并非要我们抱起地球。

毫无目标原地徘徊精疲力倦，
追随理想跌倒爬起直冲蓝天。

120. 歌声的力量

春天的地上干燥煦暖，
雪花怎能保持原本的模样？
一团团把土地变冷变湿，
依然找不到可靠的立足之地。
漆黑的地上没有一丝白迹，
好像大地把它们送回了天际。
夜晚雪花终于聚集成团，
聚集条条片片白色斑点，
草地花圃才知道雪神降临，
除了小路都回归寒冷。
翌日四野银装鼓鼓囊囊，
草地被巨脚踩平在地上。
枝头弯弯垂地几近生根，

晃晃悠悠意欲挂果迎春，
每个芽眼都夹着雪珠。
泥泞满面依然是孤独小路，
它悄无声息提升了温度，
因为内在的火焰或人的脚步。

春日无数尘俗的歌手欢唱，
激荡耳鼓来自四面八方。
蓝鸟黑鸟燕雀一团一团；
有些要去北方哈德逊海湾，
有些刚刚从北方回转，
安家的鸟儿却很稀罕。
它们喜欢春雪姗姗来迟？
野地里何处可以栖息？
它们掠过天空已看清一切，
那些树木已经让它们胆怯，
落足时沉沉的积雪簌簌落地。
四野茫茫只有小路开着缝隙。
它们叽叽喳喳沿路排开，
数百数千寒风中互相关怀。
小路变成了小河浪花奔腾，
鸟群翻飞像起伏的岩层。
我把它们一点点驱赶，
它们贴着地面大声维权，
对我的不通人情提出抗议，
叽叽喳喳的埋怨淌满一地。
有几只一定心如死灰，
飞往一边，这振翅一飞
树枝间却起了呼呼的风声，
仿佛回响在大理石雕的大厅，

拍动翅膀就会把雕塑震倒，
它们静静回到我这个恶魔面前，
要再次体验被驱赶的梦魇。
难得一遇的风暴不能让它们学会，
风不能从后面把它们追及；
谁也不肯留在我身后生怕孤立。

哦，一阵暴风雪将要展示
乡村歌声的力量汇集一起，
尽管上天将之横加压抑，
却正生机勃勃等待宣泄，
要唱出野花野草生根长叶。

121. 无锁之门

多年之后
终于传来敲门声，
我想起那扇门，
没有上锁。

我吹灭了灯，
轻轻走到门边，
双手合十，
祈祷无声。

敲门声又起，
窗户既宽且大；
我爬上窗台，
在外面落地。

我又爬上窗台，
说一声“请进”，
随便敲门的是谁，
我要请他进来。

因为有人敲门
我逃出樊笼，
躲进人间一隅，
任岁月留痕。

122. 熟悉乡村的模样

午夜的屋上火焰升腾
仿佛落日燃烧在深更。
落寞的烟囱矗立屋面，
像花蕊飘散了花瓣。

路对边的库房孤单伶仃，
本应与屋子融入火焰，
幸亏上天没有这个意愿，
留住墙上写着的地名。

它不再大门洞开，
迎接石子路上牛马到来，
它们的蹄声踢踏踢踏，
把盛夏的牧草重重踩压。

远方的鸟儿随风而来，
从破窗里飞进飞出，
它们叽叽喳喳仿佛叹息，

空荡的屋里无处落足。

但丁香为它们把新叶舒展，
火迹未消的橡树伸出幼枝，
干涸的井泵伸出怪异的手臂，
篱笆桩上拉起了绳线。

它们实在没有理由悲伤。
巢里的它们欢聚一堂，
人总得了解乡村的模样，
才不信霸鹟把泪水流淌。

小河西流去

123. 春天的塘洼

水洼藏身林中，
映着天光，无瑕无缺，
像岸上的花儿，冷波粼粼，
像岸上的花儿，很快干涸，
它不会随着河流远去，
却顺着根茎把绿叶润津。

塘水涨满了树芽，
将要在夏日里遮天蔽日——
让树芽等等再逞雄威，
不要遮挡不要耗竭
这水托的花，花衬的水，
它们只是昨天的白雪化来。

124. 月亮的变幻

天上那弯弯的新月我想
挂在连绵的树木和农舍上，
就像你想把宝石嵌上发端。
虽然它还是月牙薄薄一片，

我想把它轻轻挂上，让它
像迸发一柱水珠悠悠闪亮。

我把它放在哪里都银光闪闪。
几天后的晚上我脚步慢慢，
把它摘下老树的臂弯，
捧在水面，大大的脸庞，
它没入水中，随波荡漾，
颜色淡去，留下美妙满塘。

125. 玫瑰一家

玫瑰就是玫瑰
自始就是玫瑰。
现在有人认为，
苹果应当同理，
梨花也非旁类，
李花亦当入围。
心恋心心相依，
到处都有玫瑰。
玫瑰当然是你——
总是无尽芳菲。

126. 菜园萤火虫

天上亮起星星，
人间飘舞火萤，
虽然大小不等，
（心中亦无相争）
俄而起飞闪亮，
纵然不得久长。

127. 情调

致院墙

风掠过草地一片凄凉；
老墙燃烧着一面阳光，
风打着飞旋缓步而望，
刮不起泥土漫天飞扬；
水汽五味聚色彩互彰，
情调初现朗日好时光。

128. 忠诚

要说忠诚有多厚深，
不及岸对海的那颗心——
它恪守己任稳执一点，
静静细数无数波纹。

129. 悄无声息

要高声呼喊却似叹息，
高处的树叶恣肆鼎沸。
你置身树荫到底是谁，
独赏阳光静听风吹？

似不若熟悉的珊瑚兰，
晦暗日光里兴致盎然，
自己的叶子不着一片；
花儿低垂满缀斑点。

你抓牢褶皱的树皮，
树下看来渺乎其微。
阔大的叶子飘落而至，
两面都没有你的名字。

你短暂停留白驹过隙，
树叶飘舞林木不转移，
珊瑚兰你也不睬不理，
虽然曾欣喜那刻胜利。

130. 似茧炊烟

秋雾笼罩一片朦胧，
夜色迷离左右衡空。
新月高挂面色模糊，
橡树草地愁思满铺。
茅舍无依缕缕孤烟，
烟囱独立影只形单。
精打细算未明灯盏，
常鳞凡介不为人见。
时辰数几无人出门，
夜色渐浓打扫整顿。
茅屋之中可为女眷？
欲告与彼雾淡烟浅，
往复盘桓宛若织茧，
上下牵连月地之间。
冬日寒风不耐其何，
似茧藏身与世无涉。

131. 匆匆一瞥

致雷吉利·陶伦思
读其诗《赫斯帕里得斯》

常在快车上看到花朵，
不等看清已呼啸而过。

我想下车走回那里，
看什么花儿默守铁轨。

我想到的花儿都不相配：
亦非柳兰独爱干焦土地——

也非紫苏装饰隧道出口，
更非旱沙地常见的扇豆。

是否灵犀飘过我的心头，
何处觅知音体会我的感受？

上帝注定了某些一面之缘，
很多时候都不能近处细看。

132. 尘尘黄金

微尘总在乡里四处飘飞，
除非海上的水汽把它凝结。
有人告诉我这样的孩童，
有些尘粒是黄金懂不懂？

风把尘粒刮到天上，
夕阳下与黄金并无两样。
有人告诉我这样的孩童，
有些尘粒是黄金懂不懂？

这就是金门峡里的生活：
金粉撒满我们的吃吃喝喝。
有人告诉我这样的孩童，
这金粉我们都得享用。

133. 认命

夕阳把余辉投在云端，
燃烧着烈焰坠入海港。
四野的鸟兽细语喃喃，
回顾着白天众鸟了然，
明亮的天光变得昏黑。
鸟儿拢着头柔语啁啾，
飞翔一天后昏然欲睡；
或欢畅嬉戏离巢太久，
流浪的鸟儿低处疾飞，
难以找到回家的枝头。
也许他道声谢天谢地，
且让这夜色重重落幕。
且让夜色蒙住我双眼，
明天无所谓只看面前。

134. 海边所见

狂浪拍岸水雾弥漫，

波波相接连绵不断，
以岸为靶浪浪相逼，
前所未有水对大地。
云雾低压遮天蔽日，
宛如秀发随风飘摆。
心有所思苦患无词，
岸得福佑以崖为背。
崖得福佑耸立大地；
似无可逃长夜恶意，
生死由天漫无边际，
天公怒吼声若惊雷。
震耳不绝惊涛骇浪，
何以平息皆付上苍。

135. 风雨花园

雨要对风说话：
“你来推我来打。”
一轮狂轰滥炸，
满园花草跪下，
虽然气息还在，
谁知多少惊吓？

136. 小鸟

我想要那只小鸟飞开，
别在我屋前鸣唱开怀；

我站在门口击掌相告，
告诉它我已忍受不了。

也许并非全是它的错，
其自有腔调并不为过。

出了点问题毋庸置疑：
我何故要它静声屏息？

137. 别无所有

呼啸的风声
怎么变成低沉的咆哮？
何故我站在那里，
扶着飘摇的屋门，
眺望山下海岸泛着白沫？
暑热已消夜幕临近，
西方的云团阴阴沉沉。
走廊的地板歪斜倾翘，
门外的落叶翻飞乱舞，
拍打我股腿窸窸窣窣。
窸窸窣窣里透出险恶，
我的秘密总要为人知晓：
我独守屋子形单影只，
这怎能不传到外头？
我独自守着一生，
我只有上帝不舍陪伴。

138. 我与树

树在我窗口，窗口的树，
夜幕降临我放下帘幕；

愿窗帘永远不要阻碍，
不要把你我生生隔开。

你梦幻的冠耸立地面，
你的顶没入云朵之间，
你口舌万千各自喃喃，
所有言说未必冷峻妙玄。

朋友，我看到你风雨中翻覆，
你可曾见我沉睡梦中几度？
你看到风浪把我到处驱逐，
两手空空浪迹一路。

命运让我们彼此相依，
命运自有其想象之力。
你头顶经历着天空的云雨，
而我，内心奔腾不已。

139. 平和的牧羊人

期待上天可以重来一遍，
我要靠着草场的围栏，
在天上画上线
把颗颗星星连成图案，

我会耐不住忘记，
权力的皇冠，不得已，
还有生意的秤杆信仰的十字，
它们不足珍惜。

它们主宰我们的生命，
见证了我们的纷争。
十字、皇冠和秤杆
其利其伤宛若刀剑。

140. 茅屋

寒雨中我独自踱步，
制造痛苦承担苦楚；
却没有走出灯光的范围，
从高处的窗口把我拢住。
一切都是因为这片亮光：
它熄灭我才会进入屋内；
我不进去它又不肯熄灭，
谁是赢家要较量较量，
我们要看看谁先放弃。
四周一片黑漆的田地，
雨水寒凉可堪冰雪，
风再罩上一层冰皮。
老茅屋里藏着奇事：
夏日里孵出过小鸟，
一起吃食长出羽翼，
还有几只隐居这里。
我从檐廊信步而过，
伸手可及低矮的檐口。
我把小鸟从草窝赶出，
黑暗中灵魂愈加悲愁，
是雪上加霜愁上加愁，
想到其境遇更加心忧——
它们失去了归宿巢窝，

也找不到栖息的枝头。
它们只能落足草垛泥潭，
用羽毛和意志熬过严寒，
战战兢兢等待明天。
我的愁思大大减轻，
想到它们也无处安身。
我的忧愁就此消散。
它们说出了我们的草房，
风吹乱的房顶无人修复；
它数百年生命到了尽头，
外面的风雨漏进了里屋，
淋湿了楼上的地板。

141. 冬日伊甸

冬日里那赤杨的伊甸园，
野兔在暖阳下嬉戏耍玩，
树林与天堂没什么两样，
只是雪未化树还在睡眠。

雪地把一切上升了高度，
一层积雪下面才是泥土，
向高处的上天靠近一步，
猩红诱人是去年的浆果。

雪唤醒美丽憔悴的野兽，
他攀高觅食又伸展腿手，
野苹果嫩枝头尽情享受，
把今年的爪痕留在高处。

这天堂的近处没有缠绵：
孤独无依鸟儿相依结伴，
细看树芽未萌胡乱猜测，
哪些长叶哪些香花映天。

啄木鸟发出重重的双击，
两点钟终结了伊甸一日。
冬日一个钟点也许太短，
这样醒来活动难有所值。

142. 大潮汹涌

拦水容易拦血难，
牢牢把控一厢情愿，
层层围墙（满腔怒火），
滂沱气势层层突破。
我们说邪魔把它释放，
但血的力量无可抵挡。
它气势如潮勇往直前
攻城略地扛鼎拔山。
果敢惧怯总要出口，
兵戎相见或礼遇玉帛，
它总要找到突破，
而今巨浪连连魂惊魄落，
壁立千仞掠过云端，
血火燃烧，岂能堵之以墙？

143. 结识夜晚

我已经与暗夜相识，

雨中出发雨中返回，
走到不见街灯的地方。

我沿街而望满心忧伤，
我遇到更夫敲响更点，
我收回目光不愿多谈。

我驻足而立脚步平息，
远处传来断续的呼喊，
恍恍惚惚翻越屋墙，

并非道别或者要我回返；
在那遥远的疏桐之上，
一面时钟清晰明亮，

时辰岁月它随便记述，
就是这夜晚与我相熟。

144. 美丽的姑娘当挑剔

一个声音说："把她丢下去！"

众人齐声："丢多远？"

"尘世的七层。"

"给我们多久？"

"二十年。
财富荣耀的丈夫她不要！

美丽的姑娘爱挑剔，对不对？
让她们挑三拣四！”

“我们也让她自己挑选？”

“是的，让她挑。
等她挑完我们再操心。”

无形的手纷纷压在她肩上，
施加着层层的重压。
她静静地挺立，
阔大的金耳环，珠宝闪闪，
别着同样宽大的胸针，
她的双颊白里透红，
为自己为朋友自豪。

那声音问：“你们可以让她选？”

“当然，让她选，不会出问题。”

“给她快乐，不要苛责。
让婚礼成为她第一份快乐，
虽然婚礼，
不过是——他们懂的，他和她。
她的第二份快乐，
她虽然悲伤，别人却不知：
朋友不知她的悲伤让她羞愧。
虽然朋友知道，她的第三个快乐
在于，他们并不在身旁，
行若无事毫不在乎。

膝上的孩子是她第四份快乐，
天赐良机，她们将永记难忘
她曾经的天生丽质，
让她们在冬日炉火里体会鉴赏。
给她几个朋友，她将不敢说出
她们以往的满腹疑团。
下一个快乐来自这里：
她从未想要告诉她们实情。
让她成为一个卑微的人，
甚至比卑微还要卑微几分。
她真正的风度不再为人所知，
不再因自己真正的样子为人喜欢，
给她第六个快乐聊做安慰，
从此陌生的生活变得熟悉，
她曾经太高贵没时间所以不懂。
再来一个目光犀利的人，
看看她的处境多么令人疑惑，
听她描述怎么变得如此怪异，
却没有时间细细倾听她的经历。
让她的心为最后一份而欢喜，
她忍不住要脱口而出。
一共七个，都清清楚楚？”

“万无一失。”众声答道。

145. 西去的小河

“弗雷德，北边是哪边？”

“北边？是那边，亲爱的。

小河往西。”

“那我们叫它西去的小河。”
(人们一直叫它西去的小河。)
“它这样要往西流是什么道理?
别的河都往东
流向大海。这小河一定是
坚信自己的反向而行
就像我你一样——你和我——
因为我们——我们——我不懂情况。
我们是什么情况?”

“年轻还是无知?”

“我们总得是一样。
我们总说‘我俩’,要改为‘我们仨’。
你我已经结婚,
我们都要嫁给小河。我们要架设
一座小桥,它就是
我们睡在小河边时抱着的手臂。
看啊看啊,浪花在向我们挥手,
告诉我们它已经听到。”

“哦,亲爱的,
那浪花停在了这个小湾——”
(幽暗的水流,绕开水中一块石头,
折回来起了一朵浪花,
那朵白花堆在幽暗的水面上,
不变大不变小,就像一只鸟儿
白色的羽毛拍打在

幽暗的水流上衬着幽暗的河底，
终于颠颠簸簸飘到
远处，给赤杨护上围脖。）
“那朵水花一直在这个小湾，
我想说，自打小河
为天所赐。不是给我们所造。”

“不是，也是。如果不是为你，
那是为我——有天使传报。”

“哦，要是说到女士的专属，
就好像骁勇的亚马逊女族，
男士们只能看你身在其中，
停留在那里，我们不能进入——
是你的小河！毫无疑问。”

“不，你有。你有话说。”

“说到背反，小河
与白浪相反而流动。
我们就是来自水里的波浪，
远远早过任何造物。
我们迈着急躁的脚步，
回到源头之源，
万事万物开始的源头。
有人说活着就像皮鲁特或
皮鲁埃特舞步，总在一个点停留，
原地不动却在进行之中，
认真悲切地进行之中，
要装满虚空的深渊。

它就在我们身边这小河的流水里，
流在我们心上，流在我们之间，
要把我们分开，制造片刻慌张。
它在我们之间，我们心上，与我们一起，
时辰，力量，言谈，光亮，生命和关爱——
甚至物质退入虚无；
死亡的漫天洪流
消耗为无——不可反抗，
除非它自身少见的反抗之力，
不单是改变方向而是打回，
好像懊悔就在其中而且很神圣。
这个反浪是扑打自己，
所以它们每次扑倒
都要抬起一点，溅起一点。
我们的生命消耗，延续时日；
小河流淌，承载我们的生命；
太阳东升西落，托起小河；
是别的事物托起太阳。
这样的追溯源头，
逆流而上，我们才看清自己，
这是流对源的致意。
这实际上就是我们的来源。
我们多是这样。”

“今天就是
你这样说的日子。”

“不，今天，
你说小河就叫‘西去的小河’。”

“今天是我们都说过的日子。”

146. 海边沙堆

海浪蓝蓝海水四溅，
海浪退消，
生长他物更加非凡，
褐黄而干燥。

它们是海造的地，
来到渔民之乡，
要在坚实的沙里，
埋上不能淹没的大汉。

她可能熟悉海角海湾，
却对人类所知有限
总要百计千谋，
把人类抛之脑后。

他们留下船儿让她吞没，
也可能留下一处棚窝；
却一刻也没有忘记，
再捡一个大海抛弃的海贝。

147. 大犬星座

高处神犬座，
上天一圣兽，
一目涵一星，
东方始神游。

天空展舞步，
一路向西方，
从不生失误，
起休总盎然。

尘世一俗犬，
今晚我吠鸣，
神犬与我行，
嬉戏度黑暗。

148. 士兵

他就像那落地的长矛，
没人捡淋了露生了锈，
锋利似最初破开泥土。
我们看着它尘世周遭，
似无以为傲平淡无奇，
只是因目光过于短浅，
忘记这正是它的空间，
正如飞弹也总是短距。
它摔落，掀起草皮，划过
地球的曲线，击中目标；
剑刃之痕令我们战栗。
我们明白，虽肉体倒地
受伤不起，灵魂远去，
绝非靶圈可以标示。

149. 移民

帆船汽船从来没有
给我们捎来这么多，
朝圣者装满五月花
怀着梦想向岸急划。

150. 汉尼拔将军

可有一份伟业遭遇挫折，
挫折太久已为人所忘，
或者时间流逝已然落空
年轻人再不洒泪歌唱？

151. 载花的船

打鱼人口若悬河能说会道，
剃头匠为他理发一刻不闲，
在这屋子与那仓房的拐角，
他的渔舟找到落脚的地点。

船卧在草地上沐浴着暖阳，
花儿挤挤簇簇遮住了船沿，
像她曾返回家中鳕鱼满仓，
风儿吹动乔治港起了波澜。

她那满仓的货物属于天堂，
它们定然期待着雨骤风号，
船儿将听天召唤扬帆起航，
一同驶向世外那极乐海岛。

152. 生命的算数

快要到山路的那一头，
泉眼边一只水杯已破。
无论农夫是否喝一口，
他的驴不会将此漏过。
她把车轮擦上拦水石，
晃晃星形毛发的驴头，
她憋气发出一声嘶鸣，
农夫一定要做出回应：
“这大吼耗费很多力气，
吼多了就会一命归西。
我就这样相告我爱妻，
生命的算数就是如此。”
这真把道理一举点破；
它虽然直接关联你我，
我们谁也不应该开口，
难道有人要故意伤害？
但我却没有好的由头，
阻断道路又抛弃田块，
如何让人们少生小孩，
让自然到人们身边来？

153. 投入

那里他们把生存当生活
（“不能叫生活，确实不是”），
久经沧桑的屋子新刷了漆，
钢琴声音洪亮正在演奏。

外面很冷地已经犁过，
农人静静站在土豆地里，
把冬日口粮细数，一餐一堆，
琴键的音符击响耳朵。

那架钢琴那新的油漆，
是不是有飞来的财富？
是不是有年轻的财主？
抑或关爱日久毫不在乎——

厌倦久为夫妻索然无味，
却把生活的五彩欢歌描绘？

154. 久未割剪的草地

有个地方叫远方草地，
我们再也不去割草打理，
农舍里大家就是这样说：
那草地再没有人理会。
就是说野花得到了机会，
它们本来受不了锄犁锯剪。
但季令不容等待，
没有割过小树就要长起，
它们看到土壤适宜，
就会飞快地支起绿荫。
我就是担心这些小树，
它们遮挡花儿不能盛开，
我对于人其实并不担心；
草地已经翻耕，

目前属于我们，
属于你们，纷纷的花儿们，
任你们恣意随便，
你们异彩纷呈美妙绝伦
无论白菊还是迎春。

155. 生我养我的地方

在这山坡的高处，
没人看到多少用途，
父亲造了房，围了泉，
筑好篱笆拢住菜园，
荒地种上了草坪，
带上了我们乱跳欢蹦。
我们兄弟姐妹一大群，
山峦喜欢我们闹纷纷，
与我们分享快乐时光，
微笑中送出无尽宝藏。
如今它已把我们忘记，
（当然女孩们改了名字。）
大山把我们推下膝头，
如今山腰上长满了大树。

156. 暗处的门

黑暗中我去隔壁房间，
本能地伸手护住脸庞，
却忘记要把手指叉住，
要把双臂挽成圆弧。
一扇小门突破了提防，

重重撞在我的头上，
我朴素的比拟遭遇壁障：
人与物再也不能合作，
虽然它们曾经也是好友。

157. 尘灰入眼

他们说我眼里吹几粒灰，
我的话就不会如此神奇。
为找到证据我毫不含糊，
屋顶正有一把喷薄而出，
拐角那里雪粒风驰电掣，
我眼前模糊在原地立住。

158. 灌丛边独浴阳光

今天我伸出手，
揽到阳光一缕，
就在五指之间，
好像没有停留。

就有那么一次，
阳光照着土地；
淡淡一丝煦暖，
造就万物天堂。

借若久看无视：
阳光炙烤大地，
万物萌动喧闹，
岂非自招耍笑？

上帝自证其在，
掩面置身事外，
记得一片寂静，
照旧降落灌林。

上帝语人之名；
天火传自金轮。
其一存我气息，
其一润我心灵。

159. 一捧包裹

我只要弯腰捡一个包裹，
就会有几个从臂弯滑落，
全都滚滚而下，瓶瓶罐罐，
碰碰撞撞，难以名状。
我却一件也不想掉落，
尽我所能，用心用手，
只要可能，全力以赴，
码放平衡，堆在胸口。
防止它们掉落我弯下腰，
又在它们当中稳稳坐好。
满满一捧都掉在路上，
别无良策只能重新垒放。

160. 天命之年自省

在我少年时先生已是高年，
为冰冷的规矩我放弃灵感。

像铁砣一样遭受万打千锤，
我向高龄者求学知晓历史。

如今渐老我求教年轻老师，
不能塑造的一切砸毁抛弃。
我孜孜以学就像外科缝线，
我向年轻人求学不停向前。

161. 乘客

我们都是乘客无可争辩，
也是舵手，纵然有所罅隙。
一切尽在掌握，大地山川，
缥缈空气，无不自如支配。

我们总关心这生命的神奇，
赤条条来到宽广的大地！
我们只是看到幼童骑驾，
他的小拳头把马鬃紧抓。

这真是未经思考的算计，
但它我行我素狂傲不羁。
一切善意都被漠然视之，
我们的智慧还未得检视。

162. 望星空偶得

可得等待好久好久
天上才能发生一些情况，
除了浮云，还有极光缥缈。

太阳月亮相视却并不相聚，
未曾擦出火焰也未怦然相撞。
行星似乎闯入它们的轨道，
想插手却不能干预丝毫。
我们且安心跟随生活的步调，
不要再关注太阳月亮和星空，
维持神智的冲撞变幻别处可找。
久旱必雨是理所当然，
东方的和平被战争打断。
纵使彻夜不眠也没有回报，
打破上天的平静谁会见到，
在他偶然的一瞥眼前的时刻，
这份平静今晚当然不会破灭。

163. 熊

熊伸出双手抓住头上的树枝，
像情人一样把它拉近自己，
噘起樱桃样的双唇亲吻告别，
再放手让它向高处弹起。
她的大脚踩动了墙壁的石头，
（秋日舒爽她正四处游走。）
她庞大的身体压垮了刺索围栏，
她不过是要翻过枫林那边。
刺索上挂下一撮熊毛，
她追求如此，只要离开笼巢。
世间很大足够熊自由呼吸，
宇宙却很小容不下我你。
人更像笼中的熊可悲可怜，
成天与内心的怒火相斗纠缠。

他的言笑完全违背其内心，
他来回踱步不得一刻安宁。
他趾甲踢踢脚步拖沓，
一时把望远镜观察观察，
一时把显微镜瞧瞧看看，
两个都藏着他同样的希望，
也一同把他的视野拓展。
要他停住科学的寻觅真难，
这时他坐下来把脑袋晃荡，
上下左右好像都是九十度，
两头各是玄又玄的去处。
他扎实可靠的屁股慵慵而坐，
嘟着嘴闭上（一条缝的）眼，
(他好像有信仰其实不然。)
他摇头晃脑上上下下，
这一边追随着希腊思想家，
那一边也追随着希腊思想家，
都只是想想而已，就此作罢。
臃肿肥胖，怎么都可悲可愁，
无论定居不动还是四处游走。

164. 龟蛋与引擎

他狠狠踢向厚重的铁轨，
一声叮当从远方传回，
又传来一声。他明白这个信号：
他的愤怒激起远方引擎的咆哮。
他真希望只有他一人的时候，
他攻击的武器是木棍或石头。
他要把铁轨像闸刀切断，

让那引擎翻毁在河畔。
幸亏他想到时为时已晚，
远方的声音愈发铿锵，
呼啸而来就像马儿披着彩衣，
（他退出几步避让喷薄的蒸汽。）
那一阵地黑天昏一片混乱，
一声长啸淹没他所有叫喊，
他要向引擎里的精灵抗议，
沙岸上的一切复归沉寂。
行路人注意到龟爬的地面，
一条尾印留在脚印之间。
他顺着痕迹来到那边，
模糊却毫无疑问埋着龟蛋。
他伸出手指轻轻探摸，
把那可疑的沙土轻轻一拨，
一窝小龟出现在眼前。
九只龟一只蛋，
雷管的模样，蛋壳就像沙皮，
窝在沙土里等待号角响起。
“可不要再把我惊吓，”
他对远方说，“我准备了开打。
还有引擎胆敢从这里经过，
都要瞪大眼睛把这记妥。”

更远的范围

尘嚣

165. 独自罢工

羊毛厂的钟声变了节奏，
叮叮当当好像在计算命数，
缓行者加快了脚步，
还是没有及时赶到门口。
上帝和凡人自有其定规，
如果有人不能早到工位，
大门就要锁上半个时辰，
时间要损失，薪水要扣封。
他要遭受叱责还要另寻生计。
里面一时热火朝天声势浩荡，
虽然有眼目攒动不息，
也有些人眼睛黯淡无光；
他看不到里面的问题，
不知道哪部倒霉的机器，
因为他迟到不能谋取福利。
（他当然希望里面没有损毁。）

他还是觉得看到了情况：
空气中飘飞着毛灰。
无数毛线在空中晃荡，
曲曲折折，来来回回。
大轮到小轮又到大轮，
却也没有一扯即断。
它们安全地变得长又细。
要是偶然有一根断开，
纺织工马上赶来，
而织机不用停止。

人的作用就在这个时候。
她灵巧的手上戴着钩针，
整理着毛线就像竖琴。
她拿起断开的两端，
手指灵巧从来也不会错过，
不用打结就已经完满。
人的天赋真是神奇。
他稍稍一瞥就事事明晰，
不过他也可以置之不理。

他还知道一个地方——树林，
那里的悬崖齐到树头；
他要是站在悬崖上面，
正好在树枝之间，
树枝在他身边围满，
它们的呼吸与他的相连。
要是——要是他站着！已够！
他知道一条小路少有人走，
他知道一眼山泉少有人喝，

有一点想法需要挖掘，
有一份旧情等待再续。
这可不仅仅是一种说法，
免于他付诸行动的代价，
而是要召唤他的行动、作为。

工厂非常卓越，
他希望它与时代同步。
但总归它不算神设，
里面做不了礼拜。
他从来也没有想过
自己会属于任何实体。
他说过的仍然不变，
要是有这么一天，
机器要走向终点，
他离开时它蹒跚摇摆，
或者不过是有点悲哀，
因为没有他的喝彩，
找他——他们知道其所在。

166. 化冻期两个民工

烂泥地里两个陌生人走来，
我正好在院子里劈柴。
有一个分散了我的注意，
他大喊一声："用点力气！"
我知道他何故落在后面，
让那个人走在先前。
我知道他所思所想：
要抢我的活挣点工钱。

木柴都是好好的榉树，
很大很圆就像菜板；
斧头所劈之处，
整整齐齐没有碎片。
这样砍劈耗费的力气，
本来要为大家谋取福利，
我的内心这天得到释放，
却在无足轻重的木头上。

阳光和煦轻风微寒，
四月的天气就是这样。
等太阳高照微风拂面，
一月已去来到五月中央。
等你这样说破，
晴空里飘来了云朵，
刺骨的寒风刮来，
又回到两月前的三月。

蓝鸟轻轻落在枝头，
在风中梳理它的羽毛。
它压低了自己的歌喉，
以免把花朵的睡梦打扰。
它隐隐发现，雪片飘落，
冬寒已在暗地里藏躲。
蓝色的鸟儿心情舒畅，
却并不期待万花绽放。

我们总要留意那些水洼，
夏日里它们总无所不在，

每一个车辙都垒着水坝，
无数个蹄印无数个障碍。
水当然很好也不要忘记
其下的冰冻跃跃欲试，
太阳下山它就出其不意，
跑出来展示晶莹的利齿。

那时我非常喜欢我的活计，
这两位让我更加开心，
是他们提起了这个话题。
您觉得是我未曾有过体验，
把重重的斧头高高举起，
双脚牢牢踩着大地，
条条肌肉紧张松弛，
春暖里散发着汗水的气味。

两个大块头走出了林子，
(谁知道他们昨晚哪里入睡，
但既然来到工棚，那就不会太远。)
觉得他们应该砍树当仁不让。
林子的人穿着林子的衣，
他们炫耀着利器扬扬得意。
除非看到有人挥舞斧子，
谁还知道哪个是傻子？

两边都无话可说。
他们知道必须在此停住，
他们的想法游荡在我心头：
我可不能任性随意，
猜测别人挣钱的算筹。

我只是爱好他们是不得已，
当两边意外邂逅，
他们的权利优先无虞。

但谁愿意把两者分开？
我希望它们合二为一，
我的副业还有主业，
我的眼中它们在一起。
只有爱好和需要统一，
工作是游戏把日常维系，
这样才是完成了使命，
为天地为来日两相适宜。

167. 白尾大黄蜂

白尾大黄蜂的家是个圆球，
贴着木屋的天花板。
它像子弹一样进出的洞口，
就像枪管上的准星。
它飞翔中可以改变目标，
比子弹瞄得还准。
值得写一首诗赞美它的准头，
我怎么防卫都无法抵挡，
随便怎么挥手扬臂，
它总要刺中我打喷嚏的经脉。
它就是这本能我也认可，
然而它这与生俱来的准头，
在这有家有娃的邻里
何故不能明辨是非？
我不同寻常也不能识别！

我觉得自己事事优异——
总不会因为书架上挂有
皱巴巴的日本地图扬扬得意。
它叮头叮脚一点不让，
我抱着头在地里打滚求饶，
它也不肯听我片语只言。

这发生在我拜访它家的时候，
但最好还是说它在我家做客。
在厨房门边追赶苍蝇，
前门后门进进出出，
别以为它们会误解你的计谋。
你小小的动作它都清清楚楚。
让它落在你身上，除非
它无数的尖脚让你难受。
它不过是在追赶家蝇，
要喂养差不多大小的幼崽。
这方面它得心应手，但——
我看到它冲击，扑打，叮咬，
忙碌一番居然是个钉子头。
它再次出击，又是一个钉子头。
“都是钉子，钉得很深。”
它有点垂头丧气，大光其火，
又一次冲击，它打击了一枚黑果，
就像球员紧紧抱着皮球。
“样子错，颜色错，味道错。”
黑果坠落，它一头栽下。
终于来了苍蝇，它却没有抓住；
苍蝇飞来飞去讥笑它无能。
但它让我思考，苍蝇没有：

它是在写诗，互相比照
钉子头、苍蝇和黑果。
真的像苍蝇，非常像苍蝇。
但它错过的苍蝇不会思考；
侥幸逃脱的苍蝇让我满心疑惑。

这个本能的问题值得思考！
几乎所有的理论都值得思考！
人无完人，兽畜方无过错。
我们如此把本能夸耀，
这夸耀也太漫不经心，
只是为了获取而非付出。
我们的崇拜、好意和良知
都给了桌子下面的犬只，
我们罪有应得，居然
与虫豸比拼。人世间只要
我们坚持与神祇比照，
向天人靠近，我们至少可以做人，
而且差不多可以与天人比肩。
只要我们与低劣比照，
我们的形象
就会投射在烂泥尘土里，
梦想就会接着梦想粉碎。
兽类眼中我们只是迷失的碎屑，
就像丢出去阻滞狼群的人体①。

我们的努力所得只有谬误，
甚至连这个教训也不能得到。

---

① throw to the wolves，来源于俄罗斯民间故事，指野外出行遭遇狼群时采取的阻滞狼群的措施。

168. 阿姆斯伯蓝丝带奖

这么美丽的小母鸡
该盛装参加展览会，
趁着冬季，所向披靡。
原来，她已载誉而归——

她带回了一身荣耀。
她珊瑚冠子金黄腿脚，
松软的羽毛如玉洁白，
风度翩翩是热门话题。

您一定已经听说，
她的得分高居榜首。
她让我们刮目相看，
斯维尔描画的模样。

她重新回到鸡群，
回到栖息的窝棚，
食盆里她挑三拣四，
夜色已晚依然迷离。

脚环是谁给她佩戴？
空桶拿在主人手里，
他也在徘徊，诅咒
无穷无尽冬夜忙碌。

他靠着尘灰满满的墙，
他几乎已经被人遗忘。
隔了许多晃晃荡荡的门，

跨过垃圾堆积的地面。

他冥想着孵鸡的才干，
他已经萌动了理想：
让她做原初之母，
其他的牲畜全部清除。

她从此不必辛劳，
六天休息一天理毛；
这样她要是不抱窝，
总可以下蛋几颗。

捡蛋的时候容易识别
她那褐色溜圆的蛋壳，
就像装粮的车子，
对于羽毛一族的恩赐。

喂她餐食的人类，
哪敢克扣催促点点？
她慢悠悠喝足吃饱，
昏昏沉沉地入眠。

她独自在窝棚里踱步，
啄一啄眼前的美玉，
金银的龙头让她喝水，
最后登上栖息的树木。

她本来只要一处投宿，
有一次她却飞到高处，
有力的翅膀推推挤挤，

同伴不得已纷纷挪移。

那一夜注定不得安宁，
雪拍打玻璃擦出明净，
她们和她却不以为然，
只是“咯咯”高傲回应。

窝棚低矮依然可以遮挡，
随便黑夜的冷风和冰霜，
这样计划才能有个前景，
人也才能有该当的精明。

169. 冰丘上的旱獭

有的坐拥斜斜的河岸，
有的抓住烂木板，
给自己舒适的天际，
补偿它体魄的微细。

我聪明的藏身之地，
是两块巨石靠在一起，
为了安全而且安闲，
我挖好洞穴两头装门。

我内心得到这些准备，
坦然迎接任何攻击，
就像精明的人士，
维系着与世界的友谊。

只要我们想活得长久，

总有个哨声可以发出；
用忽闪回应最轻微的警告
疾疾躲进地下的通道。

我们花点时间细细思量，
躲在里面不肯去地上，
我们不吃也不喝，
抓住时机思考斟酌。

如果猎人已经走远，
双筒猎枪已经炸响
（就像战争与敌敌畏，
还有理智一去不回）。

如果我可以确定，
这可以维持一天，
甚至经年，
我要等你，心上的人。

我虽然渺若尘埃，
衡之天地细微一粒，
我的考虑无比周密，
门口通道思考详细。

170. 黄金果

黑尔嫁接了苹果树，
五年之后开出了花朵；
先让蜜蜂得以饱腹，
花瓣落尽只三枝存留，

它努力把这些养活；
它们一身绒毛非常矍铄。

它们刚刚调了个头，
本来抬头仰望把爱享受，
现在向下俯视神采依旧，
黑尔说，看看结了什么果？
左数右数才俩（误了一个），
第一年两个也不错。

他儿子马修也五岁，
被带到苹果树跟前，
抱到枝叶之间，“宝贝，
不能摸，只能看！”
绿色会变为金黄，肯定会。
它们就名叫黄金果。

他每次去喂猪
或者挤奶，都要去看黄金果，
早早晚晚，脚沾雨露，
远超院子里的马牛。
它们在枝头摇晃令人担忧，
就像管子上渐长的气球。

他记得有三个果子已经很久，
他觉得可以再次看过。
要是三个他就有了把握，
即使老天派来果虫或树蠹，
也挡不住他要尝一口，
它们配得上名字黄金果。

等到寒霜快来的时候。
那天树叶变得风度翩翩，
秋天了，果子在狂风中颤抖，
这果子的美好都必须呈现，
他夏日的愿望要得到满足，
要把它们盛在盘中不伤发肤。

它们会慢慢熟化适口。
但他抬眼一看，苹果已无，
树上树下，处处没有，
苹果树和颜悦色满不在乎！
黑尔衣冠楚楚要做礼拜，
教堂最后的钟声已经传来。

眼前的景象让他满心伤悲，
怎么会有人这样胡作非为？
正在这时黑尔摘下了礼帽，
一本正经放在地上不吵不闹。
他跳起来默默踩在上面，
反复几次直到踩扁。

他立即明白他干的一切，
四处看看有没有被人发现。
这是亚哈斯禁止的罪过
（经文的意思藏在深处）：
整天看着绿色的树，
垂涎着苹果。还能有什么？

老天看到他暴跳如雷，

却仁慈地挡住了路过的行人，
他们没看到这自傲者的差池。
迦特没有传开这个轶事，
黑尔为此感激涕零，
静静走在路上忍住脾气。

171. 骤雨

暴风骤雨横卷大地，
电雷滚滚我处之泰然，
浊浪横流冲走沙泥，
曲曲折折流向海边。

雨其实一直都是这样，
如此对待山里的农场，
它用眼前的获益，
换取未来的苦伤。

其实这也未必，
要是冲毁了土地，
丰腴将变得贫瘠，
院子成为河沟的淤泥。

神力总要出手，
山峰也会淹没，
沧海成为良田，
阴坡变成阳坡。

我只要向着那里奔跑，
到那坡地处歇脚，

翻耕的土地和阳光，
重燃我的希望。

犁耙锄锹已经生锈，
我不经意把它们挖出。
木柄已经化为硬石，
依然像现在一样趁手。

希望我的意会非常接近，
那循环往复无穷无尽。
我不要疲惫忧郁，
为人的处境愤愤不平。

172. 路边杂货摊

贴着老屋子新搭了一个小棚，
马路上车来车往追风蹑景，
路边的摊子可怜巴巴地请求，
说是要一点面包并不适宜，
而是流动的钱币，现金
支撑着城市繁花似锦。
平静和谐的车流自有追求，
即使会稍作停留，也不过
埋怨糟糕的涂鸦破坏了美景，
招牌上的大字都会写错，
浆果装在木桶里待售，
歪脖子金瓜长着银色的疣瘤，
还有山水美如画轴。
钱在你手里，若不想出手，
请收好（怒气），继续行路。

这不和谐的一幕我不想多说，
我要关注那无言的痛苦：
我们这穷乡僻壤的路边摊，
希望手里赚到几块钱，
看看能不能积攒一点财富，
把日子过得像电影里一样，
当权的人却总不肯让我们实现。

报纸上说这些就是可怜虫，
都可以买通可怜地挤在一起，
住在喧嚣城市边角的村落里，
再也不要为自己争取任何权利；
贪婪的慈善家是仁慈的食肉兽，
蝇蛆一样强加各种好处，
无不精打细算让他们无计可施，
要他们大白天沉沉昏睡，
却用不变的法门把夜眠摧毁。

我有时候清醒过来，
难以忍受自己幼稚的空想，
窗口盘旋着我的悲伤，
我的祈祷里饱含着悲伤：
刹车声，停车声，
无数的车中自私的人，
有没有谁把价格问一问？
终于有一个，却压上了草地，
原来是要借地方调头回转；
还有一个，是要问一问方向；
还有一个，是汽油已经耗光。
没有（怒火）！你睁眼瞅瞅？

金钱是乡村收获的尺度，
这幸福感的必需品向来稀有，
也可能这就是乡村的号呼。
我乞望有巨手一挥，
乡邻们尽释苦悲。
等我第二天梦中醒来，
我多么渴望你来我这里，
把我从痛苦中轻轻拉起。

173. 各司其职

桌布上的蚂蚁
碰到一只不动的虫子，
块头大过它无数倍。
他一点都不在意，
这并不是他的职分。
他几乎碰都没碰，
就继续奔忙向前。
但要是遇到了同伴，
专门负责寻觅侦察，
寻找上帝哪里安家，
还要探寻时空的本质，
就会要他们来处理。
蚂蚁一族比较怪异；
如果它脚步匆忙，
却遇到同类身亡，
它一刻也不驻足，
甚至还有点麻木。
但它一定会做出报告，

只要他触碰同伴触角，
他们又一定传递消息，
一直到高层的团队。
消息传遍蚁类：
“杰瑞不幸殉职，
无私的粮官杰瑞。
我们有特勤兵士，
职责就是安葬
我们采食的专员。
请把他送给他的同胞。
把他安放在花苞。
用花瓣为他收敛，
荨麻汁为他熏香。
这就是女王的意旨。”
登时在那出事之地
出现了庄严的殡仪；
他摆好郑重的姿势，
平静地转一转触角，
托起了死者的腰。
把他向空中举起，
带着他离开当地。
谁也不会围观，
因为与别人无关。

这不是薄情无义，
而是真正各司其职。

174. 浓雾中的老库房

这库房有没有主屋？从来没有！

旁边也没有常见的牛棚下屋。
傍晚猎人踩着落叶匆匆而过，
枪管朝后放在肩头。
收获季的月光又照亮了猎人的路。
终于又迎来一轮新月
关上野处的库房迎来季节的尽头。
皮毛，手拢，各种物品搬进搬出，
星光下他终于忙碌完毕。
他拿下了撑杆，
重新把门撑上，
那双层高的门四开八敞。
这对门有好处有坏处：
流浪汉要是在这里借住，
开着的门免不了把行踪泄露。
它们只可以从外面上锁。
有一个人现在也许在海上漂泊，
也许在挖煤采矿（我遇到了），
他曾经在库房的草垛里
过夜（他告诉了我）。他所指的库房
跟我一样，细节都一样。
我们说了两次“就是”表示赞同，
就是浓雾中的那座老库房。
那仅有的几扇窗户
可以上下进出。醒来时
看到第二天的晨光，
就像待在银格子的笼舍。
撑杆就是门锁——唤起了他的记忆。
他心中有一股怨恨，
洒向并不相识的有钱人，
他们居有其屋，虽然有借款。

他们守旧，不知道收藏什么。
他们珍惜温室里的宝贝，
却让这么好的杆子在门外腐朽。
有人只有在我们看到时才会
拿那桨形的架子作祟？
它们贴着“撑竿锁”标签，不过是
板栗现在变成珍贵的木材，
以此留下灭亡树种的遗迹：
这些没了再也不能取代。
是的，我这里就用外面的撑竿做锁；
这让他睡觉也不安宁：
他自己不能把自己关好，
那路过的讨厌流浪汉
却可以把他锁住不能走出。

175. 我心牵挂

我看到了，若有若无，
午夜犹他州的沙漠中，
透过下层卧铺的窗口，
月光照亮了天宇和大地。
天上闪烁着点点星星，
地上只有远处一抹灯盏。
灯光摇曳衬着悲伤，
抵抗夜的黑暗。
那里一定有人，
在忍受着无尽的绝望。
它很快将倏然熄灭，
就像花瓣飘然而落。
愁云却爬上我的心头，

那里也许是更美好的情况。
灯光闪烁也许因为树枝摇晃，
人们可以点灯随便什么时光：
如果失去了兴致，
灯盏可以给别人打理。
我要是几个月之后再回头，
不大不小必定还是那盏火。
我是匆匆过客，却心存狐疑，
一人说：“我们把它吹熄。”
一人立即表示同意。
点灯多久随他们意愿，
何时熄灭也听其所便。
一人从黑暗处看一眼外面，
闪闪的沙漠里阴森的影点，
也许是人其实是松树，
反正没有目标没有归属，
也没有挪动脚步走到一处，
她根本不要满心颤抖。
她可以想想不一样的地方，
而不要喊着害怕满心慌张。
日子并不是这样阴险可怖，
现实让他们果敢裕如。
他是丈夫她是妻，
他们互敬互爱共谋生计。
他们知道还有灯光在别处，
星星都与他们的灯盏同属。
但今晚已经早早吹熄，
在我肤浅的行程里消失。

我深夜碰巧看到这盏，

我正顺着铁轨去往远方。
机车喷吐着滚滚浓烟，
我遥想他人的柴米油盐。

176. 门口的大块头

爬上了山坡，踏上旅途，
山地绵延，满目萧疏。
贫瘠的地面，低矮的栎丛，
何日才能郁郁葱葱?
正当我们兴味索然，
远处看到了大活人。
站在门口身板清瘦高挑，
他要是在门口往里跌倒，
一定要撞到里面的墙壁。
我们过客不想看到如此。
他住的地方天荒地远，
很明显他不以为然。
他一动不动，清瘦而郁闷，
应该不是因为生活窘困。
栎枝可以照明生火，
母鸡猪仔辅助生活，
井里有水，雨也不少，
大大的园子打理得很好。
他也不会缺少娱乐:
可以观看过路的列车。
他会看到我们吃饭，
开心的时候挥手问安。

177. 沃德伍德的庭院

那小孩自以为很聪明，
看到笼子里关着两只小猴精，
他拿着它们搞不懂的放大镜，
而且也不可能讲得清。
怎么解释都是白费劲，
它不懂这可以聚集阳光。
这武器的强大他要它们看看。
他把阳光聚在它们鼻子上，
一只再一只，它们
眼里露出狐疑的目光，
眨来眨去还是那样。
它们挽住手臂抓住栅栏，
对生命的谜题充满绝望。
一只困惑地摸摸鼻子，
好像有所启示，
一万年难得这么一次。
红红的指节像被叮了一口。
它的想法得到了证实，
这个实验让它费尽了心思，
它本想把这个发现大声宣布，
碰巧这小孩拿得太近太久。
它闪电般伸出手臂一抓，
镜片已经到了自己手中。
它们立即向后边退去，
对那镜片左观右察。
然而它们也看不明白，
牙咬舌舔无法打开。
它们扯断了把子和边框，

最终也看不出任何名堂，
它们把它丢进草窝，
重新品尝囚徒的无聊。
它们呆板地回到笼边，
重新启动思辨：谁在胡说八道，
猴子是不是明白哪里紧要？
它们不明白烫手的玻璃，
他们不明白太阳如何照耀，
如何利用工具才最为重要。

178. 惊天一大步

佛蒙特一个房间的壁橱，
两块大板算是橱门，
背板是一柱斑驳的烟囱
（朝着墙面是我的鞋尖）。

我的靴子立在那里，
两片总是打架的老皮，
它们总是互相较劲，
如今却静静地相偎相依。

它们聆听我在房间的动静，
向我提出一两个疑问，
到底谁先老了不能动弹，
是我还是我身边的那个人？

去年我在蒙托克踩了一脚水，
是为了抢那顶落水的帽子。
在克里夫另一只又被弄湿，

掉落在喧腾的水波里。

两个截然不同的孙儿，
让我经历了双重的历险。
但到他们长大读到此诗，
希望他们不要当作告谴。

我用舌尖碰一碰鞋面，
我希望我的味觉没有异常，
一只让我尝到大西洋的盐味。
另一只是太平洋的海盐味。

一只脚踩一片海洋，
这是惊人的跨越伸展。
这记录由一双靴子创造，
我本可把它转让，报偿随便。

但我还是把它放在
我的博物馆给我诗的灵感；
那厚厚的面皮也不用涎着脸皮
炫耀过往的辉煌。

我要请大家把我原谅，
遗忘我曾经的欣喜若狂。
我没有把祖国一步丈量，
也没有为她发言呼喊。

独思

179. 迷失在天堂

那个雨暴风狂的夜晚，
云朵却为露珠打开窗口。
我已急不可耐望眼欲穿，
急寻天上熟悉的标注。

那一片天空星光稀疏，
没有两颗归属同一个星座。
哪一颗都隐隐约约模模糊糊，
难以描述的恐惧把我折磨。

我叹息一声，不知所措：
“我在天堂的哪里？请别说出！”
我向云朵请求：“请打开窗口，
且让我在天堂的迷茫中淹没。”

180. 不毛之地

夜降临雪落地越下越大，
野地里放眼望无边无涯，
白雪皑皑地面一片平坦，
几株枯草秸秆风中飘展。

雪地属于周围的树林，
飞禽走兽在那里藏身。
我思绪混乱无法计数，

孤独拥抱我不醒不悟。

孤独啊，孤独
堆积到无限才会去除。
像暗夜雪地茫茫一片，
我无话可说无可释言。

天幕空旷，我自坦然，
星月寥寥，了无人烟。
荒漠在我，充满心田，
思如戈壁，惊惶不安。

181. 叶还是花？

树叶也许很可爱，
树皮也不错，还有木材。
但要是根没有恰当滋养，
花朵果实就不会成长。

但我不想细细琢磨
树是否开花或者结果。
树叶光滑树皮粗糙，
叶与皮造就树的美妙。

有些大树开微小的花朵，
有些却什么花也没有。
以前我看到过蕨藤如此，
现在又发现地衣类似。

我请求人们大体说说，

花和叶，到底谁更美？
他们全然不知，
是夜里的叶白昼的花朵。

叶与皮，叶与皮，
用心静听，暗夜独倚。
我曾为花瓣儿讴歌，
叶却是我心头的苦涩。

182. 踩在枯叶上

我一整天踩着树叶品味肃杀的秋日，
天知道我踩烂的叶子什么颜色样子。
因为恐惧我用了太多力气太过猛烈，
我把往年的叶子都在脚下踩成碎屑。

夏天里它们一直挂在枝头高我很多，
寻找泥土里的归宿要从我身边经过。
漫长的夏日它们好像都在把我诅咒，
落地时它们要带上我走向生命尽头。

它们唤醒了我逃亡的念头好像同伙，
叩我的眉叩我的唇唤起我满心忧愁。
但它们走我就要走并没有多少理由，
现在我要抬腿脚迎接风雪又一春秋。

183. 拿高处的石块加大底面

让石头向我们头上滚落！
你这个呆坐的金字塔，

你上次友好的崩落，
已经几度年华。

尖顶已经塌陷，
底面显然太过宽大，
石块再不能滚得很远
即使你很大力气把它推下。

要是我的话几乎还未说完，
就有卵石砸开了屋顶，
另一个破窗而入，
正好就是报应。

人们手忙脚乱，
急急忙忙关门锁窗，
泥石流却已怦然而至，
抛下浩浩荡荡冰凉的泥汤。

谁也不能若无其事地闲聊，
评品这座老山的动作，
山石依然簌簌落下
拓宽它的阵脚。

184. 它们相信什么就是什么

伤悲自以为就是伤悲，
忧虑自以为就是忧虑。
它们相信什么就是什么，
这自以为是的一对。

不，那白雪要反复数度，
从房顶垂挂他的床头，
从他还是翩翩少年，
慢慢让发丝染白无数。

但每一次房顶变白，
屋里黑暗中的那个人头，
总褪去一丝暗夜的颜色，
染上一抹雪的色彩。

伤悲自以为就是伤悲，
忧虑自以为就是忧虑。
但谁也不是那小偷，
窃走了少年青丝乌黑。

185. 强者不发一言

地上起了犁沟松软潮湿，
杂草很快会把它们抚没。
耙头最后一遍抚平整理，
是为把精选的种子洒播。

耙好的地上罕有一人，
远远才有一人正在忙碌，
有人撒种像一串珍珠，
有人推着斗车磕磕碰碰。

新垒的土垄黝黑乎乎，
雪白的花朵挂满李树；
难道它们不怕料峭春寒，

唤不来蜜蜂翩翩伴舞？

春风一波波漫过地头，
却没有带上期望的呼唤。
坟样的土垄内外谁知结果？
等待中强者不发一言。

186. 缓急自如

纵然风雨声骤水流湍急，
你们却快若闪电，可以
摘取天上闪耀的云彩，可以
顺着历史的长河把往事打开。
步履轻盈，不是为了匆匆而行，
也不是为了我行我素随心所欲。
世间一切终将奔向毁灭，
却要处变不惊气定神闲——
无论万物动静行止。
你俩游刃有余缓急自如，
要互相珍惜不可随波逐流，
既已承诺不可互相割离：
生命永远是生命，
要相辅相成互为伴依。

187. 月亮罗盘

雨滴沥沥悄悄来到外面，
骤雨刚过我要看看景象。
月亮蒙着面洒下一圈光芒，
把午夜朦胧的山脉照亮。

她好像要做出最终的定夺，
月光那严严密密的包裹，
让大山愈发显得志得意满，
就像双手托起爱的面庞……

188. 看不深望不远

人们都在沙滩，
望向相同方向。
他们背对海岸，
整日看着海洋。

海船远方而来，
侧舷压水泙湃；
沙滩成为镜面，
映照海鸥悠闲。

陆上斗转星移，
真相依然不变——
海水冲击陆地，
眼前汪洋依然。

人们不见远方，
深海也是难见。
何曾有过壁障，
妨碍他们望探？

189. 言说里的态度

有些事总是含糊朦胧，

但今晚是万里碧空，
雨水把尘埃涤荡，
把远山送到眼前，
还有天空群星闪烁。
喜与忧你总视作对立，
终要在这里体现：
“不能说一切都很迷乱。”

190. 天意

那白蜘蛛硕大的背上有个坑，
在白夏枯草上钳着一只飞蛾
像一片平整柔亮的白色丝绵——
好一对伙伴往生萎败的象征。
它们正好迎来了又一个清晨，
就像巫婆汤碗中的两个瘟疟——
雪珠般的蜘蛛，浮沫样的花朵，
一对翅膀死僵像纸糊的风筝。

是什么让那花儿洁白清皎？
居然是湛蓝无瑕的夏枯草。
是什么让那蜘蛛爬到高处，
暗夜里悄然把白飞蛾抓住？
难道天意不是用黑暗悚蹙——
微小的造物天意也不饶恕？

191. 鸟儿睡梦中鸣唱

午夜时鸟儿半睡半醒，
发出半声天然的唱鸣。

一整夜再无声音发出，
且非灌丛特别的高度；
也可能它使用了腹语，
而且知道适当地驾驭，
不会唤醒敌人的耳朵，
为自己招来杀身之祸。
那种族无法延续至今，
在层层竞争之中生存。
丛林的世界弱肉强食，
鸟儿们却与我们一起。
睡梦中它轻轻地鸣唱，
不会招来捕猎的魔掌。

192. 雪后

鹅毛大雪飞舞漫天，
我的身影印在雪上。
我抬头仰望天空，
我们总是在那里寻找
世间万物的答案。

如果我投下了漆黑的身影，
如果要在我这里寻找原因，
我的身影是切实的明证：
（风暴的身影肉眼难见）
我一定是黑乎乎的肉身。

我又仰望天空，
天空一片湛蓝；
厚厚的雪花暂停了舞步，

那只是寒霜在薄纱汇聚，
阳光从纱眼透过。

193. 放晴了，更冷了

风为四季的气候搅局，
《巫师天气常识》已经记录，
它说要制好这秋日妙药，
先得让夏日再冒几个泡泡，
不要拿勺篱强加干预，

且等它酝酿到合适的程度。
（这像星座规定了命运的定数，
一切都将荡然无存，
归于第二星等的统领）

再加上一点冬意调和，
来自圣劳伦斯河北口。
树落了叶枝劈成柴火，
飓风来吧！骤雨来吧——
比应季的寒冷还要超过。

再来点暴雪调调味道。
如果这是巫师的本领，
如果这是巫师的佳肴
（神奇，那个猎巫的考顿[①]！），

① 考顿 · 马瑟（Cotton Mather，1663—1728），新英格兰清教徒牧师、作家，因塞勒姆审巫案而闻名。

等等再看汤汁平静，
我可以整天等了又等。
这一壶烈风有点醉人，
人们喜欢这样——喜欢这样。
上帝在天也一如凡常。

194. 留住一些果实

氤氲的幽香翻越了墙头，
我离开常走的那条小路，
看看是什么吸引我驻步，
不出意外有一棵苹果树。
它刚刚卸去夏果的重担，
留下满树绿叶微不足道，
阵阵气息俨然贵妇香扇。
苹果采收结束静静悄悄，
就像苹果让人得到圆满，
地上排列了一堆艳红。

希望总有一些留在枝头！
总有一些不在算计之中，
苹果葡萄最好忘记采收，
嗅其甘甜我满心轻松。

195. 模糊的范畴

我们在屋里谈论外面的寒冷，
阵阵狂风猛烈而绝情，
把久经风雨的小屋推搡。
我们说到桃树。要是叶子抹光，

这一晚也许就是它的末日。
不得不承认，这里是太远的北方。
人呢？是灵魂还是思想
让他可以摆脱一切约束？
你想说，他野心勃勃，要把
所有的活物带到北冰洋之畔。
怎么才能让他相信，
虽然正误并没有清晰的界限，
模糊的范畴里有律法要遵守。
那棵桃树我们今晚无法相救，
但我们还是觉得遭到了背叛：
西北风怎么还会这么猛烈？
明明酷寒已经下了好多度！
树叶掉光也许再也不会长起，
要过几个月到春天再看。
但要是一切终将无法挽回，
它可以怪罪人类欲壑难填。

196. 试机

我提心吊胆惶惶不安，
它马上要喷发可怖劲风，
只待它喝上灰黑的油汁；
它的吼叫令人发狂，
要掀动坚石铺好的地面；
它要骏马疾风摧毁神经，
仿佛要在雷鸣巨响中炸裂。
但请站好不要慌张，
就像面对战争一样。
它基础厚实，铆固牢靠。

它每个零件的动作，
都是规划计算的结果。
你轻轻一碰它开始忙活，
何时停下全听你吩咐。

197. 不善交往

我的所为有些人感到高兴，
其他人却想给我适当惩戒，
我没有做被禁止的事情，
却也没有得到嘱咐或期待。

给我的惩戒过分严厉，
并不能给你优雅的理由，
证明城市的约束不会超过
它高过房顶的藩篱。

若戏问我何不逃离人间？
难题！但难度有限。
理解是一种喜悦。
可不要以为我曾经僭越。

谁都可以诅咒我死亡——
我只要他遵守上天的裁判。
我要把气息托付给寻常的空气，
谦恭的忏悔中交出死亡契税。

198. 慎之，慎之

老巫婆（干巴的巫婆）来了，

拿桶拿布把台阶洗了，
她是曾经的亚比煞①把美丽丢了。

她曾经高居好莱坞佳丽之冠。
许多人的光环和美丽陨落，
你不能不怀疑是悲剧重演。

早些往生避开命运的安排，
若是天定了寿比山海，
也要离开得从容逮逮。

这一套交易你要自己操作！
要是有必要占据一个王座，
再也不会有人喊你老丑婆。

有人不舍往昔的所有；
有人只是坚守自己的淳厚，
你也许可以走他们的道路。

从没有先前的辉煌，
可以弥补后来的敷衍，
也免不了结局的艰难。

离别时带上一份雅致，
哪怕有一份慰藉虚情假意，
也别孤独而去。慎之，慎之！

① 亚比煞（Abishag），《圣经》中的美女。

199. 使命的飞越

那远古阿济尔期文明里，
有人拿了一颗圆圆的卵石，
为我画上红色的斑点，
好多好多年之后送给我——
确切地说，已经一百万年——
还跨越了冰雪的屏障：
两个圆点儿一个波浪条纹，
生动如许仿佛有话要讲。
但似乎有所欠缺：
两个圆点儿是不是眼泪？
两滴泪珠，一边一滴，
而浪纹是无可奈何的叹息？
不对。那鲜红的颜色，
不是泪珠而是血滴。
那浪纹是细齿的刀刃。
那个人一定是无奈而死。
他要当今的人知道
他是作为供奉的牺牲。
好像很清晰又这么模糊。
有谁能够肯定
动机成不了结果？
啊！你把它送到我手上，
你真是了不起的使徒
（铁锹是你公职的证章）。
我充满愧疚，你等了好久，
竟然一无所获。没人回答——
谁都不回答，恐怕，
在那重重冰雪之外

向我请愿的人黯然神伤。
也许他的魂灵该站在我身边，
喋喋不休向我细细讲述，
要我一一听得明白清楚。
那，谁都不会错过，
那形状那含义如此完美，
那比喻象征都清晰了然。
我当然要类比推理！
（虽然有人觉得我经常这样。）
我的理解力并不强大，
死魂灵一定会痛苦不堪，
或者在树丛里久久盘桓。
我拿着赭色描绘的燧石，
两颗圆点一条浪纹。
它的含义无人知晓，
我担心我的解读，
新潮时尚没有一点古意，
谁都不觉得合度满意。
我们的符号所涉甚远，
我们的符号涵盖广阔，
跨越心灵之间的鸿沟，
但万古的时空
它们注定无能为力。
两个心灵相去太远。
时间的长河奔腾太远的距离，
凡俗的努力渴盼弥补；
这么遥远，力所不及。

偶得十首

200. 偶得十首

小心

年轻时我不敢激进，
担心老了会变得顽固。

一生

老狗一动不动对着身后猛吠，
我想起了它小时候的样子。

莱特兄弟的双翼飞机

这双翼飞机是人伸展的外形，
最好就名叫第一机器风筝。
创造者的名字时代不会遗忘，
莱特两兄弟名字写在天上。

千真万确

我想要做的，
就是那已完成的。

不要居心不良

枯萎病要栗树一命呜呼？

主人当然希望不会如此。
根部在不停地涌动，
长出新鲜的幼芽。
寄生的藤蔓，
先把枯萎遮掩。

执着

让混乱兴风作浪！
让乌云聚集成团！
我编织音韵的模样。

大黄蜂

光溜线缆上扭腰伸臂，
展示其技巧不遗余力。
晶亮的翅膀充满自信，
杀气中透出它的蜇针。
它自傲又不能求知，
却与万物一样美丽。

谜

它眼里有尘以扇为翼，
叉着腿就能一展歌喉，
满嘴油彩而非螫刺。

算账难

不要问花掉的钱
花在了哪个方面。
谁都不会有意，
记住或者胡编，
如何花了每分钱。

半身在场

我举头问苍天，
何故绝望在人间？
渴望遇失望，
上帝不在天堂。

回头上帝来问我，
（都请不要笑话我）
却也不知道我在哪里——
至少我已半身放弃。

大富豪的夜总会

夜已深我还在输钱，
却气定神闲毫无怨言。

只要《独立宣言》还保护我
有权拥有相同数量的牌点，

我并不在乎谁经营这个店。
筹子我们再来五点。

域外之地

201. 复仇

你想听听黄金的故事？
一位国王装满了一个监房，
结结实实满满当当，
撑到房顶，抵到墙壁，
花样繁多不拘一格。
想要借此躲过死神。
但这笔贿赂远远不够，
敌人要将其全部劫走，
还不肯放过国王。
他们逼他发出诏令，
让他的子民奉贡黄金器皿。
黎民百姓翻箱倒柜，
搜光了庙堂、金铺和宫殿。
等到再也不能榨出一点点，
敌人诬陷国王，
说他曾发起战乱，
一根绳子把他做了了断。

但其实那些金饰还不及
作为国王常见的一半——

不及一半，甚至不及十分之一。
国王痛苦不堪，
他听到了仇恨发出的惨笑，
就像地狱张开了血盆大口。
要是黄金让征服者高兴，那，
黄金就一定是
征服者将来缺少的东西。

他们把国王丢在一旁，
着手把黄金到处隐藏。
他们诅咒说黄金应该回到
其所从来的土地。
他们到处寻找裂缝和地洞，
发疯地玩耍着相同的游戏。
这个故事还在广为流传，
只是财宝变了花样。
宝贝埋藏在黑暗之地，
对手再也难见其面。

他们装袋隐藏自己动手，
有史以来难得一见，
除了当初日耳曼人攻陷罗马，
把黄金烛台抢夺回家。

一个印加王子参与了打劫，
等到他临终的时日，
告诉他们宝贝在那湖里，
要找宝贝可以去往那里。
他们潜到湖底却一无所得，
他说他们得再加努力。

那一群发了疯的狂徒，
又掘又挖好不痛苦。
一个个故事精彩玄妙，
有的去了巴西的边边角角。
精疲力竭毫不懊恼。

被征服的人们变得温顺乖巧。
慢慢地他们年事已高。
临走时他们带走了秘密，
满怀恶意心中窃喜。
有人知道那一方坑穴，
就在部落藏身的岩洞里面。
在那尘土煤灰之下，
在人骨兽骨之间，
果壳杂物一堆又一堆。
卷绕在那里一团一团，
人人梦寐以求的珍奇。
金链子一环套一环，
环环沉甸甸不比寻常。
它们曾经牵在门柱之间
（沉重异常柱子东倒西躺），
来来回回绕了几个圈，
被当作皇宫的拦挡。
有人说它去了海边，
有人说在东边的山上，
有人说去了北边的乡村，
在那排成一队的人群背后，
人群听候太阳祭司的指示，
随火车卷起灰尘，
阳光下闪动着金色的光环。

人们众说纷纭
（七嘴八舌各执己见），
它就在那尘污里明亮可辨，
生锈腐蚀没有产生任何污点，
让所有的劫贼都遭到诅咒。

“透骨的仇恨最为糟糕。
应当找出仇人所需所要，
无论其价值如何，
把它从这个星球消灭。
让他们在无尽的欲望中而死，
让他们在无止的炫耀中而亡，
让他们在不断的攀爬中消失，
文明干净，可堪典范。
让他们的算计化为泡影，
让他们饱受饥寒，死于
看到生活的真实模样。”

202. 送坏消息的人

送坏消息的人，
刚刚跑到半路，
忽然想起坏消息
不太容易说出。

所以，在那个路口，
一条岔路通向皇宫，
一条通向群山之中，
消失在莽莽树丛。

他选择了群山。
穿越了克什米尔山峡，
他踩过野花野草之间，
来到了帕米尔高原。

在那峭壁悬崖脚下，
他遇到一位同龄的姑娘，
把他带回她的闺房，
他再也不要在荒野滚爬。

她向他讲述部落的信仰：
好多好多年以前，
从东方来了一位公主姑娘，
要嫁给波斯亲王。

人们发现她怀上了身孕，
随军只得停止了前进。
上帝才是孩子的父亲，
谁也没有任何罪行，

但最好还是待在原地，
不往前进也不后退。
他们在那里建造了村落，
那里本是牦牛的领地。

公主生下了男孩，
为皇室赓续了血脉。
他的权力得到了支持，
因为他的神圣与生俱来。

这就是这里有人的原因，
在这喜马拉雅山边。
这个送坏消息的人，
做出了留下的决定。

至少有这么一点，
他与那些人一样：
他们都有正当的理由
在这停住的地方留驻。

他要送达坏消息说
伯沙撒将要被颠覆。
但为何要告诉伯沙撒
他很快就知道的变故？

203. 夜间彩虹

傍晚雾气腾腾，我们互相照顾，
在马尔文山坡上苦苦寻路，
最后一片湿地里滴水的树篱。
忽然闪起一片光亮眼花缭乱，
就像罗马传说中
孟菲斯山高坡的古老模样，
那时的太阳还是碎片，
还没有拼连相接在一起。
一片亮光就是一片色彩。
月亮出来啦！那一幕场景
晶莹透亮正如水里一样，
我们沉浸其中如痴如醉。
地上苜蓿夹杂着花楸

把所有的水汽凝成甘露。
空气已然被水分浸透，
湿湿的水汽变成水的重压。
半轮小小的彩虹像凉亭的大门，
是月亮描绘的弯弓，层次分明，
飞架高处让我们通行。
我们被赐予了这一份神奇，
再也没有其他伴侣曾经经历，
却只有我一人活着再次讲起。
神奇！它弯着像弓像虹，
并没有跟我们一同前行，
（是要把那金罐好好隐藏）
却从露珠滴淋的角墙上抬起
雾气蒸腾色彩斑斓的两足
连在一起成为圆环。
我们静静站立其中被它环抱，
无惧时间流逝对手的叫嚣，
我们是命定的友伴结缘在天。

培育土壤

204. 致思想家

你刚刚迈出的一步
清晰地表明你偏左。
再迈出一步带你向了右。
下一步——你发现自己的窘迫。
你说这是思考，其实却是走路。
这也算不上，只是观望踌躇，
或者像厩中的马儿左右摇摆：
从力量到物质又回到力量，
从形式到内容又回到形式，
从规矩到叛逆又回到规矩，
从囚禁到自由又回到囚禁，
从声音到意义又回到声音。
反反复复，让人受怕担惊，
看到成对的概念就心生疑问。
你刚刚把民主放弃，
（礼貌地表示了歉意）
倒向了专制的那边。
但只要有人相劝，
无论口头还是书面，一瞬间，

你又成了民主派的一员。
你权衡利弊，工于此道，
不要让它把你频频叨扰，
它是否会让你无能为力?
它是否会让人觉得不齿?
要是内心根本没有方向，
你又何必如此奔忙，
要放弃你的天赋，
跟随算计左右反复?
我说，我从来也不赏阅
那些变革者和被变革者。
转变总得有点儿分寸，
要为体面留一些空间。
倘若是你想要反悔，
在辩论中改变站位，
你的心思不能投入太多，
相信我的直觉，文涌如泉。

记号树

205. 山毛榉

我想象力的丝线
在林子里拐了弯，一道铁柱
立在一堆石块之上。
拐角那边的远方，
就是这些石块的来源，
一棵树上留下深深的伤痕，
人们称为记号树，
让我深深记住
自由并非随处可求。
真理如此得以立足，
虽然暗无天日充满怀疑，
虽然世间充满怀疑。

206. 梧桐

扎彻尔斯
爬上树枝
瞻仰上帝。

207. 快乐短暂却添一时愉悦

啊！风云涌动的苍天，
你何时不是云诡波谲，
雾气乌云四处漂浮，
或者像裹着尸布？
太阳那明亮的火球，
何时不是或隐或现
躲开凡夫俗子的眼——
晴朗的日子真是少见，
实在难以想起，
我何时何地
曾得到阳光和温暖。
要是我的质疑没有出错，
我记得那一天
风和日丽。
云淡风轻一大清早，
白日惠风和畅，
碧空万里直到夜幕降临。
我真诚相信
这美好的印象
都是来自那一天，
除了我们再无其他身影。
穿过怒放的花丛，
我们从屋子去往林子，
换个地方远离人群。

208. 一切托付时间

对时间来说谈不上勇敢，
虽然他抹平了座座雪峰，
把它们汇入奔腾的波浪。
它们俯首他也没有欢腾，
却神色庄严，沉思又庄严。

眼前桑田即将变成海岛，
礁石隐现漩涡旁边盘旋，
像一道旋纹把微笑环绕；
时间不喜不悲我有同感，
星球变幻正是如此风貌。

一切托付时间除非——除非
身边的所有。但何必申明
违禁的物品？海关已入睡，
我已经到达安全的彼岸，
我珍藏身边的不会抛弃。

209. 风与雨

之一

久前的那天枝叶飘摇，
阳光婆娑，寒意料峭。
换季的风鼓动万物，
林木间随意传播散布。
我倚风而歌毫无怀疑，
任思绪随风去往死地。
我踩飞灰尘步履蹒跚，

并不刻意把步幅缩短。
我为死而歌，但渴望知道
人要经历多少死亡
才能把自己的死亡遇到？
啊！是否需要告诉孩子，
多少让他悲伤的曲子，
都仿佛提前发出的预言？
实在用不着费尽口舌
耗费一半人生，
以为世间只有良善。
实际却好像如此模样：
少年亦喜亦忧地吟唱，
命运总要悉数实现。

之二

沙漠里，花儿迎着热浪
努力绽放。
溪流送来雪山化水
把它们的跟脚浇灌。
但还有一些不够完满，
我要等等再把枯萎颂扬，
我要看它们向水而弯。
我要把海水滤去海盐，
借着云朵全部的力量，
把它统统装上，
借助空气的滚轮送往内陆，
毫不吝啬把花朵浇灌。
洪流滚滚，它们却已荣华退光，
（为未来的花芽谁在乎眼前？）
雨水无比强劲，

渗入地下安慰我的爱心。

灌了根解了渴，依然不够，
给我大雨淋一淋头，
才能缓一缓干旱如火。

总还有一些难以说出。

身外的雨像喝下的酒酣烈，
也像阳光晒着发肤的神奇。

我无法安居一隅，
只要与雨水相遇；
傍晚是我的时光，我总要
出去，看天空释下重担。
雨水是泪浸着我的眼，
却没有一颗陪伴我身边。

210. 寻找紫流苏

脚下的草地步步寒凉，
头上洒满和煦的阳光；
我抓住诗与歌的灵感，
把如此景象吟诵歌唱。

我沿着赤杨走出好远，
曲曲折折一路向前。
那天花朵万千竞相开放，
却没有期待的迹象。

继续前行我看到了镰刀，
草地已经长得很高；
小路上狸猫姗姗而来，
又急急忙忙走开。

我跟着它终于找到——
那时分不晚不早，
靓丽的颜色填满了花瓣——
这花儿我已久久寻望。

静静的空气，紫色的花锥，
没有蜜蜂的轻率无礼，
把它们完美的姿态打乱，
它们安居在赤杨树下面。

我双膝落地拉开赤杨，
看一看，或者不过，
数数林子里所有的花朵，
灰蒙一片魂灵的模样。

我起身静静回返，
总有一个人发现，
秋天也许来了，浓密的树叶
不再为夏日簌簌作响。

211. 毫无保留的礼物

地是我们的地，后来我们是地的人。
她属于我们一百多年，
后来我们成了她的人。她属于我们，

马萨诸塞弗吉尼亚都是如此，
我们却属于英国，殖民地居民，
我们拥有的并不拥有我们，
我们并不拥有的拥有我们。
我们不舍的让我们变得弱小，
后来我们才发现，正是我们自己
才不肯向土地奉献，
后来知道放弃才得到救赎。
我们拥有的一切全都付出
（战争的所为就是送出礼物），
逐渐西行扩张的土地，
没有编史，没有美化，没有扎根，
她就是她，她亦将变得如此。

212. 当今的教益

我们在这个飘忽的年代寄生，
它若真如圣贤所说地暗天昏，
（我相信他们真是圣贤，）
我不会诅咒自己与之同去地狱。
我不会离开我安坐已久的座椅，
而要往回翻一万页文字
回到世界决绝的黑暗之时。
我要操起中古的拉丁语，
把共同的事业和兄弟情谊
（全是自由思想，毫无疑问）
与达观知命的诗人谈论，
他们时乖命蹇生不逢时，
因而不能成就光辉人生。
然而歌颂着天地女神，

吟唱着春日的万花之谣，
古老的拉丁诗文赋了韵脚，
为了忘却远古时间的漫长，
还为我们把现代世界开创。

　　宫廷学校校长先生，
您不是查尔斯或任何人的奴仆：
你我都是文人，请告诉我，
在查尔斯国王治下你并不知道，
你别无选择只能屈居人下？
你智慧的亮光像包围着烟雾，
你黯然无色又默默无闻。
这很可能是时代的错误，
才让你无法与维吉尔齐名。
但谁也没听到你提出主张。
你不会自以为学问渊博
可以对时代指手画脚。拙见如此。
我们活在今天。我可以说出
谁知道哪里出了问题，
让他们的诗词和借口无法立足。
他们努力用太多的社会事实
描述过于巨大的情境。你我
都会非常害怕：我们不能理解
不能跳出那无数糟糕的数据，
我们的能力无法解决很多问题。
我们不能揭开人们的伪装，
却要带着惊愕的灵魂糊口，
或者在哲学的膨胀中终了一生。
这是我们的感觉——并不神秘。

　　我们所处的时代难以看清，
但要了解它的愚昧，不妨装作
见多识广可以了解它的缺点。
又一个千年即将到达终点。
我们要举行纪念，远古的朋友，
哪个时代更糟我们要公开辩论，
我的当今？你的远古？你我
都是学者，应该有资格
发起一场学术大争论，
看看哪个时代应该得到低分，
或者高分，来评论其黑暗。
我刚刚听到了你的观点：
总有事情让人难过伤悲，
苟且的和平或纷纷战火都是如此。
没错，我们遵守相同的准则。
信仰的根基是人类的苦难。
这一点要事先讲明。
我们只讨论非正义这个话题。
你会说诗人别无选择，
只能探讨福祸的话题，无论喜忧。
这一点要事先讲明。
我们找找讨论的开始之处，
若是可以开始。我提一个起点。
（话题很糟糕，我们是对手，
一定要记得保持严肃。）
空间让令人痛苦：我们因之苦恼。
它的谋划让我们如此渺小，
小得就像生命短暂的微生物，
高级显微镜才看到其踽踽爬行，
我们就像星球上薄薄的一层。

但我们是否一无所是?
人被贬为不值一提的爬虫,
上帝也无情地踩上一脚;
这样的情景有不同的描述。
你我都是不值一提的人类,
一方比于上帝,一方比于空间。
我曾觉得我们的境况更加可怜;
这当然也不过是我的奇想。
修道院和天文台的圣贤
也大倒同样的苦水。
科学与宗教在此一致。

　　我听到你呼喊王宫的学生:
上课了,来学拉丁语的抑郁。
你可能会用得上也可能不会。
啊,勇士们!今天的课程,
要讲心情不好还要文雅有礼。
罗兰、奥利佛都应声而至,
还有羞怯忸怩的勇士和同学。
他们本来摆好架势准备争斗,
现在坐在课堂里舞文弄墨,
他们想得到贺拉斯真传,
却不得已变得像基督徒,
不停地思考生命的终点。
往生,往生!听命于主。
艺术宗教都把阴沉的曲调奏响。
尘世真不是灵魂驻留的地方,
要是有个国家来把它管理,
我们自然而然会得到挽救,
它与天堂的分隔可以忽视;

它也许还会成为来世的天堂。
(且让我们再等一千年。)

　　但这些普遍的法则并不限于
特定的时期、地域或人群。
我们或轻如鸿毛，或令上帝厌烦。
这好比哲学家们相聚，
无论他们努力追求什么结论，
无论他们从哪个细节入手，
他们就是哲思之人，陈陈相因，
他们总要得到普世皆准的结果，
像野兔筑巢因循不变。

　　灵魂不会因为时代而改变。
要我说，你还未吐一言，
除非我借你之口所说。
这场辩论由我主导——
却偏向于你——请告诉你的国王——
你得到了所有时代的光明，
和同样的黑暗，与我的一样黑暗。
我是自由思想者，而你，是贵族，
听不懂我话中所指。
我说，我出于利他的道德观，
争论中从来不固守自己的观点。
我扶他拄拐棍的手，
回头一笑，如得知己，
告诉他我读过他的墓志铭。

　　这让我来到陵园。
远处还有一人，

绿地上放着一只水壶，
他正关注一角特别的园地。
真要把那些花朵救活
（不要误以为只是一些枯骨）；
我只是想去看看碑文
要看看大家都写了什么，
人自以为应该存活多久？
这是我最近关注的问题。
他们给出的选择好像很多；
时间跨度可能论钟头，
论月，论年，还有漫长多年。
有一个人活到一百零八岁。
尽管我们愿意等待，
等待国家有所发展，
或者科技发明给我们带来改变，
我们的时日总是有限。
我们总是要了断自己的历程，
一个民族，整个人类都是如此。
尘世本身由命运决定，
它总要百无聊赖时断时延。
（文学作品总少不了婆娑泪眼，
我总是忍不住要讥笑几番。）
有人辞世我倒是要流下泪水。
他们失去机会，没有尽展风采，
未能得到财富、声望和关爱；
我是笑柄，大家莫不如是。
我与他人一样接受残缺。
无人可护佑上帝自保太平。

　　我相信你关于往生的说法。
要是用墓志铭记录我的生平，

我要写得短小精悍。
碑石上我要写着：
我与人间发生了一次爱的争论。

213. 了不起的小斑点

（真的很小）

这小点也许一直在我眼前，
它爬在那雪白的纸面，
落在我刚刚写下的字迹。
我懒洋洋地拿起钢笔，
画下一个圆点把它拦住，
很奇怪，它让我有所感悟。
它不是我的呼吸吹落的尘粒，
毫无疑问是一只活着的螨蜱，
也许还带着自己的算计。
它停住脚步对笔迹充满猜疑，
又鼓足干劲儿猛冲向前，
在我墨迹未干的地方，
不知是喝是闻，犹豫盘桓。
恶心厌恶又拍起了翅膀。
显然这是个机灵的造物，
太细太小都长不了腿部。
但它一定齐全完备毫无短缺，
这样才能应对死亡的威胁。
它恐惧却机灵又爬又跑，
终于累坏了自己：已经动摇。
在那开阔的纸面中间，
它放弃努力充满绝望，
只能接受我对它命运的安排。

我没有那让人三分的气概，
没有那兵团集体的关爱。
现代世界里随处可见，
独把这可怜的小生物亏欠。
我没感觉到它任何的恶意，
让它躺在那里稍事休息。
我有我的思考，也能判断
他人的思考，随便有什么伪装。
谁也不能感受我的高兴，
我发现了纸上细小的心灵。

一二小事

214. 丝质帐篷

她是地里轻丝帐篷，
夏日正午微风飘动，
干了清露松了系绳，
弱柳轻摆飘摇风中。
正中挺立雪松为柱，
支起尖顶指向云天，
托举灵魂牢靠稳固，
何须依附任何绳缆？
谁也不要将之紧绑，
思虑关爱丝带一样，
丝丝缕缕皆为羁绊，
只要其一稍稍变强，
飘然夏风任性逍遥，
轻轻束缚心中明了。

215. 一切皆明

探进来一个头颅张望，
但它到底来自何方？
所在又是哪里？

那是赛比利女神的大道，
它又能得到什么？

它会不会缩回？
它会何取何留？
这些问题思绪觉得费解，
思来想去不能明白。
思绪奇怪地灵光一现！

但那穿不透的水晶洞，
已经穿透，里层的硬壳
是水晶的显像管，
每个点面都亮光闪闪，
回应思维的强劲闯入。

双眸期待双眸的回应，
带来星星漫天花儿满园，
天地浑浊难分，
谁也不用为大小担心。
一切皆明尽在你我内心。

216. 进入林子

我来到林子边上，
传来歌鸫的鸣唱！
外面微光淡淡，
里面一片黑暗。

黑暗中不见歌鸫，
拍动灵动的翅膀，

黑暗中它要立足，
虽然它依然鸣唱。

落日投下微光，
沉入山后不见，
还能听歌一首，
只待歌鸫奉献。

沉沉黑暗深处，
歌鸫鸣唱盘桓——
似欲邀我进入，
暗中愁思悲伤。

我要在外观星：
不能迈步入林。
即便真诚受邀，
我也坚持初心。

217. 珍惜眼前

岁神看到两个恬静的孩子，
暮霭中轻轻走过，
并不知道是要回家，
还是要走出村子，
抑或要去往教堂（钟声正响）。
他等了等（他们并不相识），
直到他们走远，
祝福他们快乐。
要快乐，要快乐，快乐！
抓住开心每一天。

这是岁神永远的主题。
岁神赋予了诗歌
它摘取玫瑰的使命，
把可能的危险
告知沉迷的恋人。
他们不要冲昏了头脑，
被快乐淹没，
却对快乐并不知晓。
要生活抓住眼前？
快乐并不在眼前
而总是在未来，
也不在未来和眼前，
而在流逝的过去。眼前
无法手触耳闻，
拥挤不堪一片混沌——
靠在眼前，无法看清。

218. 大致如此

他以为自己独占宇宙，
因为他能听到的声音，
是他自己呼喊的回响，
来自对岸树后的悬崖。
早上的水漂打破宁静，
他要大声告诉生活，
关爱并非拾人涕唾，
而是用爱真诚回报。
他的呼喊没有回应，
只有滚石发出声音，
对岸的石块落下悬崖，

远远的水面溅起水花。
他的喊声在水面漂浮，
返回时没有人的声息，
在他之外再无他人。
水面像巨羊跳跃奔腾，
推动着水波奋勇向前，
靠岸似瀑布波涛滚滚，
强劲的脚步踩过礁石，
扫过灌木，此外皆无。

219. 鸟儿的歌声再不重复

他会相信他会宣告
院子里各处的鸟儿，
整天聆听夏娃的歌声，
它们的歌喉提高了声调，
她的歌意蕴丰富没有歌词。
如此和美柔畅，
鸟儿免不了蒙受陶染，
声声句句清新高雅。
然而她依然在它们的歌中，
她的歌声穿越而过，
在林中久久盘桓，
余音绕梁悠远绵长。
鸟儿的歌声再也不会重复，
她的到来正是为此缘故。

220. 探寻归途

天色已晚，要找地方藏身，

风卷着雪他不见一处屋瓴。
雪水顺着脖颈浸透他全身，
像猫闷在被窝气息奄奄。

雪粒在他身上弹开，
他滑坐地上留下一道鞍形，
让他冷静地思考一遍前路，
他放眼看一看飘舞的浓雪。

梦寐的归宿总能发现，
虽然眼前模糊脚步缓慢，
虽然他也许会走错归途，
担心的人觉得有点迟误。

221. 云翳

风儿看到我的书打开，
翻动书页她走上前来，
是哪一首诗描绘春天？
我说这样的诗找不见！

谁会在诗里描绘春天？
风儿对着我冷眼相看；
一片云翳扫过她脸庞，
担心我让她大失所望。

222. 发现马德拉岛

海科路特的歌

一个抢来的女孩就要上船，

但到底是抢自她的丈夫，
还是半路劫持，
装船单没有说明，
单子上写着：抢得的女孩。
气息奄奄双眼蒙布，
被带上了村里湿滑的泥路，
不会看一眼恶魔的船舶。
她爱的人要减轻她的痛苦，
最后抬一下她的身子，
船儿驶开去往不归之路。
她抱住他
仿佛在说，
这并不是没有得到认可。
但没有任何女眷陪伴，
英国法律弃之身后，
漂洋过海去塞浦路斯帕福斯，
已经让她满心悲凉。

船儿下覆上颠，
风雨中踯躅难前。
它一会儿疯狂前冲，
一会儿原地不动樯倾楫摧，
一会儿把船头挑向云端，
盗匪们落膝俯首，
他们愿意去往圣地朝拜，
只求上帝饶他们活到老迈。
两股巨浪相向而来，
让开了他们脆弱的甲板，
留下了他们扶手的栏杆，
他们哈哈大笑像运转时来。

时节对女孩非常不利，
她已经消失久久不见，
翻滚中也许已船底丧命，
水手们就是这么想。
等到穿过风暴，
她被抬出来放在桅旁，
昏昏沉沉躺了一天。
也会与爱人相对而坐，
四目相对以泪洗面，
摇头叹息无能为力。
他用眼神询问，
她有什么不情愿？
女人就应该受到管治，
难道他的直觉出了差错？
他不明白，他们都不明白。
他们只能像别人那样，
互相等待对方的告知。

她有时候宽容地微笑，
他让她沉思片刻，
到船边去靠靠栏杆，
听船长信口闲聊。
（他必须与船长友好。）
这船好像贩奴夫，
曾经载过一对夫妇，
他们的情意贩子并不在乎，
冷眼旁观漠不关心。
那一阵爆发了流感，
贩奴夫霉运当头，

那男人第一个受到感染。
“把他丢海里，” 他们大喊，
“不要让大家都染上。
船上要保持干净。”
女孩却奋起抗争大吵大闹，
俨然丛林里的野猫，
动不动就如雷暴跳；
诡计多端的人，
要把海床做成他们的婚床，
不知道哪个阿猫对着阿狗讲：
“这俩人当然应该喜结良缘。
大海里的葬礼也不罕见。
是不是拿婚礼换一换？
或者婚礼葬礼合二为一，
是不是叫作婚葬礼？
时日久远，她可能已经得到
那黑鬼的一切。”
他们赤裸着被面对面绑在一起，
腰部缠上一圈绳索。
许多情侣各奔东西，
因为他们自由的追求；
眼前的一对却要生死相依，
亲吻着对方的泪水鼻息，
等待被抛下贩奴船的甲板。
他们搂着对方的脖颈，
拥抱着坠入漆黑与阴冷，
婚礼上成为鲨鱼的炙羹。

男人与别人聊过天，
重新回到女人身边，

惨绝人寰的故事，
只给她讲了可以忍受的一点。
“海盗头子讲了什么笑话？
他笑了你却没有。
他的笑话好像只是把自己逗乐。
我听到他喊：‘太可笑了！’
你们男人就是这样娱乐？
不想说就算了。”
他有些犹豫，又说：
“好吧，你想听我就告诉你！”
“不相信！这是假的！
没有这事！你信吗？”
百思不解一头雾水，
她又陷入沉默，
目瞪口呆内心恐惧。
她六神无主
生无可图，
心中觉得一切已到尽头。

“来吧，”他对船长说，
“把我们放在最近的地方；
让我们不要再颠簸滚翻，
看看她能不能好点。”
她被带到一座无名的小岛，
贩奴船在海滩稍作停留，
看她的病情能不能好转，
但还是留下了他们再次出发。
看到船帆远去，
他还是不敢告诉她一切。
她慢慢失去对他的知觉，

甚至情意也不再如前。
他再也看不到期待的微笑，
沉思中她停止了呼吸。

她的爱人在此孤身一人，
他用一块石头
刻上她和他的名字，
以此纪念他们的婚礼，
周围还刻上一圈葡萄藤。
他又做了一个粗糙的独木舟，
材料是一棵倒地的树。
他终于来到非洲海岸，
成为摩尔人的囚徒。
摩尔人却意外地相信
他讲述的旅途，
还让他觐见国王作为荣耀。
他终于来到自己的族群，
之前的那个小岛也得以确认。
女孩倒地的海滩
被冠以了他的名字。
历史总会出一些差错，
很快就不知所踪，
不管时日的回报是否公正。

223. 三层铠甲

永恒是如此宽广，
正是无穷赋予的模样，
护佑脏腑我要副皮囊，
要保护的还有财产，

我正在造起房屋，
木头、白灰和石头，
厚墙挡住犯罪的脚手，
翻爬冲撞牢不可破。

我们还是表示同意，
国家需要一道护篱。
防护的障碍共有三道，
才能让我放心逍遥。

224. 地球上的我们

我们祈祷下雨，却没有雷鸣闪电，
我们心有所求天却没有大发雷霆，
微风和煦，天没有误会我们所愿，
给我们的与巫师所求并无超过。
我们只是求雨，
天不会让浊浪滚滚涂炭生灵，
只是轻轻洒下一阵雨珠银光闪闪。
当五谷果蔬吸收了这些水分，
天又送来一阵再一阵，
松软的土地再次盈满生命的水分。
然而是好是坏如何区分？
大自然的不善不胜枚举。怎能忘：
自从盘古开天辟地，大自然
与人性的和平抑或纷争，
总体都是偏爱于人，
哪怕只是细微一点，

要不然人口怎会不断增加？
人的能力怎会愈发强大？

225. 致一个小坏蛋

（波伊提乌式的慰藉）

你拿着父亲的斧头扬扬得意，
像拿着他的猎枪钓竿去猎捕。
你砍向我的云杉它哗哗裂开，
不再高高耸立而是轰然倒伏。
你拽着它的枝头倚身向前，
在它的气息中踩着薄雪回返。

我本来可以买给你同样的树，
让你用蜡烛的火焰炙烤松脂，
这原本可以让我节省无数，
但善心的礼物与此并非同理，
劳动远征所得的树非比寻常，
我不能让你的圣诞填满懊丧。

你的圣诞我的林子起了冲突，
但即使冲突的利益互相伤害，
他们也应该视作对立的益处，
却并非善与恶的抵触状态，
不要让战神看来像个笨蛋，
他何故要站在两边同时作战。

金线和饰品挂满了树的枝头，
我的树在你的窗口成为囚徒，

它再也不能矗立在我的山坡，
天上的星星不能再把它照护，
它托起在你家中高处的纸星，
我希望能送它圣诞节好运。

暂时休息

226. 暂时休息

停住脚步他才发现，
自己正在攀爬的山坡，
像一本书举在眼前
（爬满藤蔓却文字多多）。
山茱萸，黄连，舞鹤草，
他顺着手指一一点拨，
花瓣垂落迎接种子来到，
记牢的还是心头的斜坡。
它适合细读也适合深思，
书本横平竖直大有不同，
那里战火纷飞满是敌意，
这里的柔风却不停吹动。
事业与信仰也许喧嚣，
思考的片刻还能找到。

227. 冬日飞蛾

我光溜的手已在口袋里焐暖，
可作为树与树之间的栖息之地，
这银色褐斑的生灵黑亮的眼睛，

伸展着翅膀并不想久留。
(你是哪个种类? 这些记号
让我难以像花儿一样识别。)
你说，你怎么会有虚幻的期望
要去往永恒的久远，
还要在冬日里寻找关爱的手掌?
但还是请听我唠叨。我当然觉得
你这么轻盈的身体飞行不易，
自立自为让自己太过劳累，
关爱远在天边，它也找不到你。
你有点像人让我同情，
人总是不可救药不合时宜，
总是招致无尽的问题。
出发吧! 不要松懈! 忘记同情。
让雨露浸湿翅膀让你止步。
你的智慧一定超越于我，
知道我一时冲动伸出的手，
可以跨越万物的鸿沟，
托起你，却不能触及你的命运，
你的生命，更加不能挽救你，
我自己的生命还照顾不及。

228. 迷失的后来者

他们也曾热情精致的模样，
但他们告别了金色的诗行，
去追求黄金的金色灵光，
虽然并非来自黑暗的金矿。

神灵拿宗教开奇怪的玩笑，

有些神祇我们还欠一份慰劳。
谁都不会让诗人们懊恼，
尽管他要向金钱投靠。

投身诗歌是一份背叛，
它让你走上相反的方向。
有人用雪莱的方式对抗，
试一试再来一次大选

会不会指一个终局的捷径：
诗歌虽然带着金色的激情，
在清晰的书页上描绘憧憬，
却未能走向那金色焕景。

这可能遥不可及（谁也没准），
至少也可以甘愿碌碌清贫，
承受平凡中万千困顿。
诗歌借此免于沉沦。

缪斯为退缩者悲伤，
何故要退缩到纷扰的街上，
分食他面包屑的新娘
同样为溃败的世界哀伤。

它变得像友伴一样危险，
哪怕在那嬉闹争辩的时光，
你心仪神往的千年，
并非进步的末端。

国家赏赐了其操控的钱财，

政治人物各个不同千奇百怪，
你身边的架子上却书本成排，
你的内心还有神祇常在。

他深知我的关爱懒于回复，
但他眼中满是悲楚，
天国里另有一片领土，
他要努力，即便世间缺如。

229. 深秋

树叶变得金黄，
又去四处飘荡，
随风落在小路，
结束一段归途，
染尘止住脚步，
任凭风急雨骤。
“遗憾”四处响彻，
又荒一年绿叶。
我们细致储存，
收藏还又积囤。
其实全然不知，
睡眠浪费时光；
泪水冲毁快乐，
同样并不在意，
战争旷废山河。

230. 猎兔的人

满不在乎，

猎人潜伏；
身边猎枪，
并无方向。
湿地桦木，
雪地凛怖。
细腿猎犬，
盘桓一边。
鬼神附身，
狺吠阵阵。
哼鸣不安，
把他唤醒。
野兔在前，
快点留心。
一枪中的，
两不劳神。
我在一旁，
同样懵然。

231. 朦胧的远山

（远眺）
你昨天有没有像三圣晚眠，
看到狮子座的流星？
年年有巨手或者弓弩，
神秘地洒向我们。
那是喷发的尘灰卵石火焰，
砸向逆反的我们：
我们用假造的灯火，
侵犯暗夜万古神圣的领地。
它化作空洞虚无的火焰，

落在地上只有无痕的灰烬，
你的面庞可曾感觉擦划？
露珠上可曾看到些微轻尘？
但它依然是一份警告：
你可见朦胧远山中的闪亮，
阳光下直逼我们身旁？
仿佛巴利阿里吊坠，
悬挂在阔大冷峻的黑暗，
往返在黄道两边。
黑暗之神却犹豫不决，
定不了我们回归常态的时日，
我们并不会当然如此。

232. 千禧年降临

在那古老的人间，
我们度过金色的千年，
我们不用挖掘矿井，
据说有人提醒，
又一个千年已经来临，
真正的千禧之年，
最后一缕金色光芒，
奏起绝响。若是这样
（科学会提供答案），
我们为何还要俯首，
在园子里除草培土？
何故还有阅读作注？
何不静观这旷古未有？

红壳小蜗牛

233. 诗句

特立独行我行我素，
编造韵律自得其乐，
忠实守护时时刻刻，
字字词词不由分说。

234. 同情弱小

高高在上变得微不足道，
恍若生旦净末风水轮转。
政客官僚两边都须讨好，
否则两边都要向他叫唤。

235. 疑问

看着群星里的我，他说，
真心告诉我，地球人，
你身心满是创伤，
是否后悔来到人间？

236. 皮奥夏巧拙

我喜欢品玩柏拉图理念，
他说智慧无须像雅典方言，
却可简洁像皮奥夏的巧拙，
反正我不要它滴水不漏。

237. 秘密悄而不语

众人载歌载舞万般推测，
秘密洞若观火事事皆明。

238. 社会平衡器

就像凯撒名叫开泽理所当然，
他的智慧经济学家难以比肩
（他挥霍无度又不屑于金钱
还认为吝啬的人才会节俭）。
要是我们财富分化走向两端，
他觉得公众利益要加以提防，
不要逼穷人实施偷窃的伎俩，
想方设法加以平衡才得如常。

239. 半途革命

我提倡半途的革命。
彻底的革命是个麻烦，
（问玫瑰十字会大人物）
原来的阶级回到巅顶。
高明的操盘手

半途就会止步。
革命是唯一的良药，
却应该停在半途。

240. 保障

险象就在一指之外，
隔着舷窗厚厚的玻璃，
嵌着双重的铜圈，
它肯定受了极大藐视。

241. 答案

那天佑之岛护佑你，宝贝，
我再没看到谁得到了护佑。

回到从前

242. 擅入者

我没有竖起禁止的标牌，
我的田地没有篱笆分隔；
但地是我的毫无妨碍，
总有人擅自闯入一再僭越。

是谁这样肆无忌惮，
一言不发就此而来，
河边溪旁顾自奔忙，
我心惦挂难以释怀。

他可能打开叶子化石，
那是三叶虫图画绘本，
它让这个地方名声在外，
却没有物权可以告申。

倒不是在乎损失钱财，
化石中有化石的螃蟹。
他不在乎物的归属，
让我再次把时钟关注。

他终于承认了我的权益，
到我的厨间讨要饮水。
他可能只是要装模作样，
我的权益却回复既往。

243. 自然笔记

高处四五只夜鹰
飞下它们的山脊，
来到空旷的土地，
送我们一封书信。

夏日里两两结对——
你可以大声宣讲。
现在是家庭的排场，
羽毛长齐准备南飞。

万物过时一团糟糕！
这可不是随意搞笑，
莫非它们找到人群
就是要顽劣辞行？

我记下了时间，
是九月二十三日，
它们最后离开，
九月第二十三天。

244. 地里的石头

我的牧场里满是卵石，

像一篮禽蛋细腻动人，
尽管没有人稀奇它们，
我是不是应该

给你送去一块，
你那风积土又深又远，
丝丝团团酥软可啖
就像细粉刚刚过筛。

圆滑的卵石可以搓揉，
可以立在院里作为碑柱，
用它粗犷的风骨守护
大西方古老传统的悠久。

无须碑文，若有人问起，
该如何做出回应？
“是我伊亚祖先的魂灵，
来自他住着的土地。”

245. 未达学龄

转了一弯又一弯，
林子里风声绵延。
这里是一座屋子，
我交了新的朋友。

屋里走出一个小孩，
收回脚步满脸惊奇，
一阵大风迎面而过，
只得对我大声质疑。

他脸上糊着果渣，
手里拿着苹果茬，
他一手指向远方，
在这里唯其独大。

他那温柔的家长，
向她的孩子张望，
她不知她的孩子，
何故在我身旁。

他的话有点模糊，
我还是找到去路。
我可以前往那里，
他却还有点不够。

他年龄还是太小，
大不了四岁多少。
你快快上学去吧，
学校里彩旗飘飘。

大彩旗有红有白，
还有蓝旗风中飘摆——
彩旗一定挂在杆头，
你去看我是否使坏。

246. 轻跨一大步

地图上两团色彩之间
是一条大头的游蛇。

色彩是山，蛇是水流，
蛇头是一片湖泊。

地名前面的圆点
应该是个市镇。
那里可能有一间屋子，
一元就可以买来。

两个轮子陷入了水渠，
我们下了过热的车子。
我们敲开了一处家门，
今天在这里暂住一宿。

三百年弹指之间，
我们定居大西洋此岸，
一家接一家持续不断。
我们还要三百年，

在这里耕作定居，
超然世外又勤俭劳务，
我们培土养畜，
整理篱笆修造房屋。

十万个日日夜夜，
总占据报纸的首页，
一半是战争纷乱，
四十五位总统在册。

247. 文化农民与太白金星

因傍晚西方天空的神秘之光
而引发的过时科普讨论

我的敲门声突如其来，
厨房里一时响起桌椅隆隆，
刀叉碗盘叮叮当当，
吵吵闹闹仿佛总统竞选。
高壮的农人搡开大门，
携一群孩子挤出门外，
两军对垒相向而立。
此时的敲门撼天动地。

“我祝贺你得到这颗星星，
你就此得到很多美好。
你看，只有它这么明亮，
衬着夕阳，简直就是太阳
只是没有像往常落下，
而是挂在天上逐渐小去，
小得差不多已经消失，
却依然等待黑暗降临——
像人在临终的片刻
依依不舍看人们是否留恋。
我没看到日落。日落了吗？
谁敢说那亮光不是落日？
您是否可以让我借住一宿？
要不，一杯牛奶也行。”

“游人，很高兴你说起那亮光。

你误以为哪里出了问题，
难怪你无法前行，
要打听有没有问题。
找到我们是天意的安排，
我们正在谈论这个话题。
有一颗星叫作天狼星，
本性严谨，然而与此不同。
这团亮光已经多年，
即便有时候不能看见。
人们各有说法，有人说
这是伯利恒之星，
照耀着马槽里的圣人。
暂且当它迷信，陌生人。
棒球大的星星在干什么？
你我看来根本不是星星，
而是一盏专利保护的电灯，
那个泽西人正在试销，
前途远大期望无限，
要最后再加一把力气，
把我们变成下一代人类，
除非那些有关猴子的玩笑
五十年来都是造谣，
达尔文犯了错而非《圣经》。
人会走向哪里的烦恼问题，
我相信你有自己的看法。”

“我们思想自由，愿意
为明显优势的种族让位，
不会计较它的肤色
（但白人是一帮什么人！）

有人做了一个演讲，谈论
普布洛印第安人及其建筑，
说要是印第安人继承了这
可恶的世界这遗产就实至名归。
就这演讲者而言，
他已经买好车船票，
要搭“五月花”回到他的故里，
印第安人却要遭受更多虐待。
啊！你好像很有学问，
不会以为那完美的光亮
不是一颗星星？”

“何故要以为？这个我懂。
晴天夜晚可以看到它的模样。
可以看到它只能升起这个高度，
大概是西方的半空，
接着就会被慢慢拉回低处。
住在城里也许不能看到，
可能你就是。城市会
让人们看不到星空。
全都是因为他们
要把一大块地方
用电通通照亮，
就像白天太阳的模样。”

“天上又缀上了更多星星，
它们在智者眼里，
比任何灯泡电弧更为神圣。
它们只愿轻轻闪耀发光，
并不想夺走难得的夜间。

我们需要暗夜的隔离，
把紧张的情绪放松，
把漫长的逻辑打断，
探问我们的前提是否正确。”

“乱讲乱讲煽动人心！
空谈对你没有利益。
我总算明白：不能满足你
把黑夜变成光明的期望。
有些人的无知等同于天真。
给我黑暗给我无边的黑暗。
奴隶并不会感激解放自己的人，
解放者为此伤心不已。”

“反正你觉得那星星是专利药丸，
爱迪生先生拿来为世界疗伤。”

“完全正确！
我泽西州的孩子有个朋友，
他知道这个老头乐此不疲，
要用白炽灯缩短人们的睡眠。
老头说科学使旅行变得廉价。
现在要便宜有效地对抗黑暗。
我们要不费钱的二十四小时，
分分秒秒都不会浪费。
天晓得什么不能做到！浪费时间
睡大觉慢吞吞罪大恶极。
他已经有一段时间不再睡觉，
弄得脸肿心焦。
这样难看你觉得非常可怕，

就像起床晦气闷闷不乐，
人类的仇恨由此而起，
战争纠纷以此为源。
别再人云亦云，世界会改变，
哪里都不再有凶杀与战争。
人类的身体充满狡诈：
我们左手是爱右手是恨。
爱的手让我们互相牵挽，
恨的手让我们互相争战。
战与挽相差无几，
要不然我们将互相远离，
争斗没一个回合就会停止。
但重伤依然不是好事。
要是我们大早起床，
一切美好没有纷争，我们会
赞同这个方案。我们尝试过
却发现从哪边起床都不行，他说。
问题是，虽然关爱有个方案，
从哪边起床都有问题。
睡眠的途径并不可靠，
只能慢慢学会放弃睡觉。
他说桌椅都没有这样的问题，
而床，用不了五十年，他说，
这个家具将消失无迹。
显然大床小铺他都已验证。
我们常人无须再伤脑筋，
更何况也没有思考的水平。
这是他这种大人物思考的问题，
除了我们的利益没有目的。
需要思考的问题依然很多。

这不是提醒我们不要限制
钻木时冒出的烟火，
让它赶跑巨嘴怪兽？
那时人们还在河边岩洞居住。”

“一九二六，神奇的世界。”

绒毛绣线菊

248. 小白桦

白桦开始褪去外皮，
粉白底子衬着嫩绿，
有人喜欢小树小物，
应当已经发现。等到全白，
白天将要倍亮暗夜减半，
它要脱颖而出，雪白枝干，
只留枝头树叶的绿色——
再没有树敢于倚斜，
抬头向天，只是凭借美丽。
（应该是出于信任而非勇敢。）
一定有人记得当初
他修剪墙脚的树篱，
它没有被拦腰剪断，
其粗细比不过柳枝，
渐渐长大可以钓鱼，
现在是一棵粗大的树干。
你请来最有力的帮手，
也只能对它欣慕，
趁你读书出行把它砍去，
断然不能得到感激。

它的美丽出自天赋，
一生只为美的缘故。

249. 希望所在

这速度一定会赶超，
而且不消多久，蚊子草
绣线菊这些无比讨厌，
它们会压过好味的草。

来日里只能等待
红枫和云杉推开
蚊子草和绣线菊，
以牙还牙将其取代。

山里耕种徒劳无益，
不如他处加以关注
让小树长一圈年轮，
长袖枝条统帅大地。

待树长成再砍伐木材，
大地复归淳朴的状态，
茂盛的杂草已经去除，
野草的生长再次可待。

一个循环百年光阴，
如此可期将之放任。
此种美德你我皆有，
除非官府干扰过问。

多点耐心关注他方，
听任万物自生自长。
期待不能饲喂牛马，
却将农人日日滋养。

250. 退后一步

泥沙土砾，
都在流动；
滚滚浊浪，
推翻巨石。
砰然相撞，
滚落河川。
岸泥倾泻，
无可立足。
普天同难，
后退一步，
临危自救，
万物翻滚。
雨歇风起，
丽日爽身。

251. 指引

退出这复杂迷茫，
回归寡欲的简单，
把烦琐烧化击碎，
像墓雕久经风霜。
那农房已非农房，
那土地再非土地，

那村非村的模样。
若导游带你前往，
他却只愿你迷路。
一路绝似采石场，
老村子似有若无，
大石头牢牢挡住。
小路记录在书上，
上面有马车轮辙，
山峦向西北东南，
冰川砍刻了山岗，
以其脚抵住北极。
请忘记它的冷峻，
逡巡在黑豹山里。
忘记磨难无穷尽，
四十个窖孔窥望，
俨然精灵的眼睛。
小树林热烈兴奋，
摇摆着投下光斑，
它一定涉世未久，
廿年前何人关注？
自以为胜迹磊磊，
压住了苹果老树。
开心地亮开歌喉，
村路曾有人走过，
他也许迈步前方，
还扛着满袋口粮。
你将历险的高度，
俩山村接壤之处，
人迹都已然消失，
若是把去处忘记，

把登高梯阶收上，
“禁行”要对大家讲。
且把这当作家园，
虽田地小如弹丸。
孩童玩乐的碗盘，
曾散落松树下面，
他们取乐的玩具，
简单得令人泪目。
房屋已失去模样，
只余地窖掩丁香，
像面团慢慢复原，
再非早先的乐园。
你的目的与归属，
老屋来水的源头，
似冰泉近在眼前，
平静高居不腾喧。
（若山谷开始奔腾，
藤刺必挂上渣子。）
我在门拱的内侧，
在那老雪松树下，
藏着破开的圣杯，
施咒语加以保护，
圣马可不救坏人。
（圣杯来自孩童处。）
这滋润你的水源，
饮用后重返完满。

252. 奔向河流

长长的谷地尽头伫立着大山，

有人说那是世界的终点。
河水既然掀起了波涛，
如何寻找倾泻自己的归宿？
河水奔涌却云爽波清，闻所未闻。
哦，我总是为河水发愁，
不忍看它们流出山谷。
实际上河水流入了大峡谷，
名叫“与己无关莫要打听”，
早晚我们也要升天作古，
不是在远方那里迷失，
却是黑暗慈爱地把我们包裹，
四面八方疾速而来无可逃脱。
我们知道世界像个象轿，
大象站在龟背之上，
海龟则站在海里的礁石上。
科学的故事多长多久，
才会把孩童的明灯熄灭，
告诉他们余下的故事都是梦幻？
“孩子们做个梦明天来讲。”
我们成为流体，成为水雾。
什么让我们不安让我们踌躇？
伊壁鸠鲁的卢克莱修回答说，
我们最初就已明白，
不需要像先圣去天宇探求，
才发现那是努力，是爱的篇章。

253. 信箱里未贴邮票的来信

昨晚你家的狗吠叫不停，
你还起身开了灯。

并不是有人要打开门锁，
而是在你乡里的信箱中，
我留了未贴邮票的短笺，
告诉你有一个流浪汉，
在你的草地上搭了帐篷。
云杉顶着铁锹般的树冠，
围起一圈舒适的家园，
黑暗中方方正正，
俨然城里的公园。
我犹犹豫豫做了决定，
在低矮的刺柏下扎窝，
树荫像毯子把我盖住，
挡住露水把体温保护，
又让我自由自在，
与苍穹正相凝视。
可能是凌晨时分，
身下一颗锐利的石子
从草丛里钻出了尖刺，
我醒了过来却不敢翻身，
甚至双脚也不敢伸直，
宝贵的温度一旦散失，
我的身子再也难以发暖。
一颗大大的火球，
在两颗星星相会时爆发，
拉着长尾坠落西方。
你这流浪星象师
目睹了这一幕纷扰，
虽然在铁板一块的天上，
却体验到同样的碰撞，
虽然只在内心。他想起

两段久藏的记忆，
摇摇晃晃走向对方，会合，
又一起滑落消失，
仅仅片刻一切复归平常，
人所思所想不过枉然。
你无意中成为我的房东，
请原谅我好像自我吹捧。
你可能也已看见，
虽然隔着落灰的幕帘，
上天显示的相同迹象。
自己的才干人人了如指掌。
你有你的过人之处，
一定经历过世事很多，
是的，一定很多很多，
即使你不会卧身户外，
忙碌中也有事情纷至沓来。
农场里的事情数不胜数。
我觉得义无反顾，
纵然我身为寒庶，
也要把这些向你告诉。

254. 致古人

有两个原因让你不朽，
你做了一个，长了一个。
抱歉只能以“你”相称呼，

我们全然不知哪里找寻，
只是在河口发现一份，
那是你在岩洞烧煮的遗存。

它来自我们远古的同类，
把他表现得形容尽致，
仿佛面对面的相会。

尘土泥沙诉说你的年龄，
我们讨论你可能的血腥，
这时候我们泰然镇定。

你做了石器你长了白骨，
后者更为你所专有，
只要这些就已足够。

我不禁自问可否追随时光，
又有什么寄托在我的诗行?
我的白骨是否会万古久长?

夜曲五首

255. 夜灯

她总要点油灯一盏，
夜晚照亮阁楼的床头。
灯让她噩梦连连不得安眠，
却让上天把她的灵魂护佑。
美好的忧郁她已经抛弃，
它白天黑夜却把我压抑，
迁延不去在我心头，
未来的黑暗最为可怖。

256. 愿我不踌躇

这里没有通衢大道，
山地僻远又高耸云间，
炫目的头灯四处照耀，
滚下石阶蹦蹦跳跳，
就像天上刚落下星辰。
我在对面远远的山林，
这陌路的亮光把我打动，
孤独的感觉一时放松。
但他不能给我任何帮助，
愿黑暗不让我踌躇。

257. 装作勇敢

难道我没抬头看看，
小心翼翼关注天上？
星辰击落会把我砸中，
难逃的风险必须承担。

258. 尽职守望人

我不愿干别的行当，
只想当守望人观看空间。
我要看好天上的星辰，
以防它们掉落银川。

也许只是一颗珍珠，
掉落茫茫天幕，
我依然要做出报告，
空中任何星星的短少。

我当然会有所迟疑，
以免恐吓教会或王室，
谨慎说出星星掉落，
而它原本在某个星座。

为了做出准确判断，
我要把名单仔细查看，
每颗星星都在眼前，
却要耗费整个晚间。

259. 长夜

我要用水晶造座房，
一位默不作声的朋友帮忙，
寒风卷起白雪茫茫，
在滴水成冰的地方。

壁炉里要添加油料，
阅读的书无处可找。
我们会爬到外面，
观看北极之光绵延。

依托卡修或可罗克托，
是否都是爱斯基摩？
鱼可能生的可能已熟，
食用的油也很充足。

我在屋里舒服暖和，
我要对他这样说，
我们盖着羽绒不要发愁，
且等待明天升起的日头。

塔尖与钟楼

260. 心不投缘

我双膝着地打理作物，
慢慢挥动手中的耙锄，
一边哼唱随意的歌咏，
忽然一群放学的学童，
结伴在篱笆边窥探，
我心头一紧停住哼唱，
任何窥探都不怀好意，
心不投缘何故盯视。

261. 畏惧上帝

如果你从村野走向庙堂，
从贩夫变为显贵达官，
一定要反复告诉自己，
这都是上帝随意而为。
他把恩惠给你，
不会细细考虑。
请谦逊留意。如果有欠正当，
你却穿上官样的衣裳，
你要表现得有模有样，

谦逊的表情和蔼的言谈。
表面不要有太多流露，
不要妄自尊大自命不凡，
把内心遮挡在内心深处。

262. 畏惧人言

这女孩没人殷勤关注，
她从朋友家赶回住处——
她想要一口气跑回，
倒不是害怕死亡的气息。
高耸的城市摇摇欲坠，
她却相信可以平安而归。
（不等它倒塌就会被推倒。）
高墙上没有灯火照耀，
银行的保险柜倒是例外
（钱财的保护要铭记在怀）。
朦胧的街灯她可以信任，
风尘中它们四平八稳。
风言风语让她内心生畏，
对她抛头露面解读随意。
我的一生匆忙短暂，
是否有人误解心愿？

263. 屋上的尖塔

什么成就恒久？
莫非屋上的塔尖，
让屋子成为庙堂？
晚上不去憩休，

白天不去居起，
不用在那里为生。
尖塔建在屋顶，
像灵魂进入肉体。

264. 内心的氦气

神的信仰最充满心田。
它盈溢心田左冲右突，
托起肉体摆脱物的约束。
就像轻薄的鸟骨一样。
飞翔时它们更加轻盈，
氦一样的气体要在内心。

265. 创新的勇气

总听人们念念叨叨，
前有古人犯下错误，
血腥惨绝纷纷扰扰，
如此总总不可重复。

痛心疾首无能为力，
身心俱疲望洋兴叹，
美丽寓言再次提起，
人类联盟重新兴建。

上天眷顾巧捷万端，
人性卑劣处处怀疑，
喜好争战本性使然，
人性卑鄙另有甚之。

你若开口其言更多，
见多识广博识洽闻，
革故鼎新时断时续，
反复创新勇气长存。

266. 微小的我

莫要寻找大写的我，
小写的我也无处可求。
如果有一个所谓的我，
也只是脚标的希腊字母。

我卑微地请求你留意。
我所依附的那个文字，
并非阿尔法或欧米伽，
而是希腊人说的你！

万象之外

267. 路不及之处

路延伸到高处，
好像来到终点，
缥缈悬挂天宇。
在遥远的拐弯，

好像没入林中，
那里应该驻足，
林木挺立巍耸。
幻想如此说出，

矿物液体炸燃，
推动大小机车，
却只限于路上。
远近杂乱轮辙，

总是不能触及
广宇湛蓝如一，
大地青绿苍翠，
高低随意休憩。

268. 星空沉思

我爱你的天宇，上帝，
不管他人说是说非，
不管它高朗清澈，
抑或是雨骤风急；

摇摇晃晃脚步踉跄，
仰望天宇时日久长，
倾身摔倒肢体残缺，
身不由己一根拐杖。

我爱着你的重重天宇，
你高高在上加以统御，
高低层层无一缺失，
我深深期待你的眷顾。

也许我不应营谋，
在我离开尘世的时候，
我的天灵可以在天宇，
成为北斗牵牛。

但要是还可以照顾
我有欠坚实的奋斗，
至少就应该把我
送往高天而非地狱。

269. 疑惑

远远的星光抚动我的心弦，

映照着黑眼眸闪闪发亮，
我不信我会信你所说所言，
我不信光亮下表面的模样。

我不相信我会信你是天宇唯一，
我不相信你之后再没星星跟随，
我不相信你彤红的面孔
是把疾驰的大爆炸追随。

宇宙是否广阔如许？
总有时日虽然断断续续，
它紧压着我的肢体心灵，
像曾经的胎盘紧紧裹住。

270. 两盏天光

我从来也不会比对，
两个都在茫茫天地，
将无垠宇宙统治。
太阳心系白天，
从来也不情愿
在黑夜闪人双目。
但他是光亮的鼻祖，
瞬间将其强大显现，
至黑至暗也变成白天，
他有统御天宇的权杖，
却要和逊地有所谦让。
月亮轻盈而文雅，
从来也不自认伟大。
名扬天下的星象大师

将暗夜给她把持。
无数暗夜晴空朗朗，
她却懒得露一露脸庞。
她也会忽然奇思涌动，
暗暗出现在白日的天空。
她在太阳身边戏耍，
像所罗门身边的女王示巴。
可以做出善意的揣度，
较量并非她的追求。
据说他要完成一个循环，
把冬日变成春天，
她特意前来拜访，
她是无关紧要的神衹，
来展示女子的气息。

271. 雕刻家的杰作

年纪轻轻满面卑微
他们奔波巷尾街头，
手中抱着婴儿，
脚下拖着包裹。

他们向电车挥手，
它却哐哐而过，
他们这才明白
等车的地方有错。

没人向他们说明，
没人伸出援手，
没人被他们打动，
这群雕刻家的杰作。

272. 封为偶像

潮头落下的最后冲击，
在我小腿围上海藻围巾，
它冲刷了泥沙敏捷利索，
我双脚摇摇晃晃，
只能走开才幸免跌倒，
情人的误会也是这样。

273. 努力一致

我看到没有，
那颗物理学的微粒？
好吧，是看到了。
我使了不少力气。
但我并非权威，
要是有所不对，
就是因为努力一致，
想所见与他人相似。
其实我有点怀疑，
我不过眨了眨眼睛，
眼皮疾速而过。
坦率地说，
我看到一个闪烁。

274. 岩洞居民

金色的天空像黄沙，

黄沙的地面是金色。
满眼看不到房舍，
除非地平线的边上，
山崖的半壁之处。
那黑斑点并非污垢，
抑或树影，而是岩洞，
曾有人爬到那里居住，
躲避尾随而来的恐怖。
我看到他脚掌的老茧，
他最后一次露面，
与同类忍受饥饿考验，
已是多年，千年以前。

275. 谨循天意

剧本上好像无止久远，
演员的纷扰无须牵肠。
我只担心高处的太阳，
光明还在则如意心安。

276. 顿口无言

檐槽的冰凌，
我仇恨的利刃；
你！你……你个臭……
你站住！

277. 杰弗逊的案例

哈里森也非常爱国，

但想着要颠倒重来。
夜晚信维也纳的弗洛伊德，
白天自称信奉唯物，
并非因为他是犹太人在外漂泊，
他是不折不扣的北方清教徒。
独好礼拜六的猪肉烧芸豆，
智商却依然堪比小学童。
他觉得爱国别无良策
就要把它揉成碎片，
再一点点把它重建。

278. 卢克莱修与湖畔诗人

“我爱自然，艺术次之”

院长，成人教育似无意义。
如何理解？那天晚上
我在你的校区听到传言，
我心存感激（并非贫嘴！），
我觉得伊壁鸠鲁、卢克莱修
只关注害人的机器别无所求。
但你在大学术语库中说，
自然在兰多的诗中
唯一可能的意思是美景。
将之与艺术对立实在勉强，
可以肯定——只要词义确定。
上帝保佑院长事业久长。

指点江山

279. 这个故事有学问

拉·封丹这个盲眼人，
自作主张拄着拐棍，
笃笃笃笃走上村路，
虽为瞎子充满自负。
他的面前有个渠湾，
横七竖八几根水管。
拐棍本可派上用场，
有人一看心里发慌。
急忙阻止大声喊叫，
不顾一切向他快跑。
瞎子本来扬扬得意，
挥起拐棍重重一击。
可怜老腰替罪受害，
跌落水渠趔趔趄趄：
众人悲伤难掩兴奋，
将其掩埋就地挖坑。

教益

不要想着教会他人，
总有人物自作精明，

不愿表示弱小无助，
概不例外悲哀终局。

280. 缥缈的灵魂

有些看法你坚信不疑，
经年累月就成了信念：
就像皮囊可以抛弃，
让灵魂自由伸展。
要是躯干四肢退缩为无，
大脑之外没有肉体剩余，
我们就可以海藻中漂浮，
用或烈或柔的潮汐洗浴。
我们就像黏软的水母，
以此与进化论作对。
做梦的大脑软软乎乎，
只有一个愿望细小而微：
哦，潮水快快涨起来，
抽象的诗词不能晾晒。

281. 何故等待科学

刻薄的科学想知道，
她扬扬得意把恐惧掌握，
我们如何能够离开这里，
她万事俱备等我们走开，
或被驱赶。有没有人要她，
要她说是否可以乘坐火箭
去往哪怕半光年外的星球，
穿过绝对零度的气温？

何故要科学指手画脚?
常人就可以清楚明了。
离开的办法早已明白，
五千万年前我们这样来到。
当初的样子但愿有人记得。
我的意见未必能将之解决。

282. 大小随意

他孤身只影无人理睬，
像半傻的边疆哨兵，
沉迷荒诞奇异的梦境，
虽然难免忸怩作态，
伸出双臂迎向宇外，
他保持双臂完全平行，
用心祈求，又说“可恶”
拢紧双臂焐暖在怀。
他以为要是空间扭转
把自已围拢与己相亲，
他的学识不会让他为难。
他真诚付出全意全心。
他胸前拍拍钱包还在，
拥抱自已似宇宙关爱。

283. 进口商

有个夫人去过亚细亚，
带回的宝物应接不暇。
竹器象牙宝玉油漆，
爆竹炸响吓晕野鬼，

黄油配茶的食谱，
嘟嘟囔囔冗长的念咒，
诡计托词遮掩羞愧，
显然提升花瓶的品位，
陈腐的说辞不堪提及，
说美国发明种种不对，
多少都是批量生产，
只为证明我们要完蛋。
电话、高楼，
安全剃刀、杂志晚报，
都是蠢笨地逃避
亚细亚人追求的真理！
但她最精美的展品
却是西藏的祷告机器，
园里水流冲击
它重复阿弥陀佛的祷文。
个个零件成为风景，
可与日晷抗衡——
日晷是最原始的机器，
大量生产咬牙切齿。
叫亚细亚人大规模生产？
不如教练达的老太吸个鸡蛋。

284. 谋划者

若尘世要走向终点，
未降世的人不会记起
未曾经历的浩大福分。
原子核爆生灵涂炭
万物苍生戛然而终，

逝者可会觉得有所不同?
即使发生在自己的时代,
又有几人可娓娓道来?
有人会问:“你是谁?”
“会是谁?”一帮社会谋划者?
旗帜上织着他们的意图,
他们要再次改变社会风气?
这些人可能还是发现,
人类的历史不能截短。

285. 他们没有圣战

能做好事的大国不多,
数量大概只有三个。
能做好事的只有大国,
小国只能安于小可。
友善于之即顺其自然,
观看表面的结盟开战,
战后再观看世界财富,
成为胜利者手中包裹。
上帝可知此番作为?
什么是你神圣站位?
古巴瑞士及其朋比,
怎能发动全球战事?
他们没有圣战,最多
只是个烦人的吵闹。

286. 突然升天

我向师者埋怨,

过去无论是谁，
都可种地为生；
现在到处一样，
谋生要学技能。
技能无穷无尽，
种地难上加难，
我已无法忍受。
大师不耐其烦，
“各国尽皆如此，
他们积怨难消，
等到无法忍受，
一次爆发足够。
核弹正合此意。”

287. 1946 美国大王弹

制造了浩劫一场，
用之取得空前胜利，
手舞足蹈欣喜欲狂，
再用大王弹绝不可以。

288. 债务的智谋

个个字词深刻含义，
宛若自己刻入磐石，
恰似忧虑挂在眉头。
“老马没死赶紧脱手，
生活在于及时止损。”
这城市名为泰西封，
短暂的战争和贸易，

使之避免沦于损毁，
免于疲软烂破没落。
若是以其匮乏判剖，
债务安排精妙妥当，
人财两失在所难免。
泥沙浮沉门廊堆积，
遮掩地板横竖方格，
宛若蛇虫井败垣颓，
安静若思悄悄准备，
养精蓄锐石走沙飞，
雕字刻文转瞬即逝。

289. 未应的旱灾

灾难的先知不再叫喊，
屋外传来一些声息。
雨在落下虽然并不慷慨，
打破了他旱灾的预言。
人们聚集一处吵闹叫嚷，
吵闹震撼了墙上的警示。
他所为，正如莎翁告知，
是称职发言者的雄辩。
他的信心却坚定不移，
毛毛细雨不能缓解旱势。
焦金流石。很快地球
会像明月让人无法居留。
地球原来到底是何模样？
谁叫人在这里建设家乡？

290. 致合适的人

某个州大小像个郡，
社区学校令我倾心，
地理位置方方面面。
要说位置罕有更高，
落基山畔大致如此——
海面以上二千英尺。
两个门户男女进出，
两对大门全都紧锁，
它的窗户也难开启，
一心读书好似恶魔，
这所学校别无用处，
忏悔人等为其座客。
他们自来门前告解，
弥补自己沉思不足。

附 记

291. 向星星求学

星星啊（极目最美的那颗），
你高高在上温文尔雅
云朵倬倬由你管辖——
夜空却不能如此看待，
只因黑暗才让你明亮。
些微的神秘让你骄傲。
但一言不发不声不响，
如此矜持却并不合适。
请开口发言给我们教益，
我们用心铭记时而习之。
说说吧！它说："我燃起火焰。"
但，是什么温度？
华氏度？摄氏度？请说说。
让我们听懂你的话语，
让我们知道你的含义。
奇怪它并不愿意帮忙，
但总算有所表达。
就像济慈固执的隐士，
甚至没有一个弯腰俯首，
向我们提出小小的要求，

要我们保持一定的高度，
要是民众受到摆布，
夸奖叱责超出限度，
也许我们可以像星星，
安稳安放我们的灵魂。

292. 不再到来

我知道欠着一份情，
这条路上走过的前人。
他们来来往往，
造就这条路久久长长。
今天我所欠更多，
因为他们已经远走，

不会驾车策马而来，
不会把我指责，
不会让马儿踢踏而过，
不会叫我惊慌避让。
他们另有风景
值得为之奔忙。

路上渺无人踪，
我没有说话的谈伴，
只有树在路边，
听我沉思默想，
“是你们给路披上
一件树叶的秋装。

“阳光很快变得稀罕，

我们将会看到
它又穿上白色套装，
但非常轻巧的外套，
掩不下树叶的形状，
就在那淡雪的下面。”

等到冬日来临，
我也许会停下脚步，
不再留下脚印。
一些轻盈的动物，
像松鼠狐狸，
会充当我的代理。

可曾有过几回，
我付出过报偿？
我离开曾经的处所，
心中并不遗忘，
要给人们甜蜜的分享，
那是我留下足迹的地方。

293. 对面不相会

他俩伯仲之间：
都有工作，派克领先，
已经锄禾五十年。
迪克一直读书还是新手。
说到平等的话题，
他们有平等的基础。

“你的问题是换了话题。”

派克有点火，迪克却想说
“你种地人没有逻辑”，
开口却是：“什么话题?”

“这些行当有没有用处。
比如医生——”

他们正在玉米地里
最后除一遍草，
接着要收拾饲草。
玉米叶像小旗飘飘摆摆
轻拂着他们的腿脚，
地里有几千几万没人明白。
他俩每次抬头都看到医生，
脚踩着小马车的挡泥板，
看到他就让人有所依靠。
只有在布雷德福一带，
康涅狄格这里，
人才会这么久依然可见。

“好好的时间慢慢吞吞，
一点不担心病人。”派克说。
发现迪克又看了一眼，
“锄田的活计迪克受不了，”他说，
“迪克要跟医生换工作。
喊他问问是不是开个方子
让大家好好歇歇，
不要赚钱糊口。
但他怎么可能同情我们?
那帮人不懂什么是活计，

正如他们不懂什么胆气
才让勇士们不怕枪弹。”

迪克想让他不要随便乱说：
“我觉得他是载誉而归，
脚踩着挡泥板，踌躇满志，
那是美德的自我奖赏，
像你锄到河边我夸奖你一样。
你又扛起锄头往回走，
回头的途中稍事休息，
从头而来再与泥土打交道。
这是不是一样的道理？
你自己说这不是躲避劳作。
你说这样一天可以多干活，
至少一生坚持就会如此。”

“我总不能来回都锄地！”

“说得对。你的做法
跟读书一样，比尔。每行最后
总要抬眼什么都不看，
跨过书页回到前面。
要是往返都看，
所谓交错读，会非常奇怪。”

派克嘟嘟囔囔牢骚满腹，
自己竟然被教训一番道理，
还是个小孩；锄到河边，
他怄气停住锄头，
好像并不在乎别人是否理解，

起步返回地头，犟道：
“人总要张弛有度，
重要的是不能陷入泥潭，
不得不上班活命。
看，我可不愿锄草不停，
愿意让对手稍作休整。”

“你要注意会影响别人。
我要是去做医生，
一定是你给了我理由。”

“我以为你要做印第安酋长——
你说过特库姆塞再次复生。
记得你无比崇拜舍曼酋长，
威廉·特库姆塞·舍曼。
怎么是特库姆塞？（他模仿迪克语气。）
你说要在名字里加上特库姆塞。”

“我要改变主意了。”

“你这么说
不过是要我支持医生。
你并没有人们所说的社会良知，
要不你社会等级的观念就会不同。
你可不能自称目光远大。”

“我只是想说他的想法
与你的一样，甚至更有过之。
而且，这个道理
高级的工作尤其如此，

你只不过让我看得更加清楚。”

“并不是一回事，读书娃，
告诉你为什么不是——今天不行，
今天我要说说太阳。
五月本来就让人失望，
六月好不了，又冷又多雨。
接着迎来太阳在天上最久的一天。
但谁也不会觉得
他在天上有任何特别，
他不过是把夏天烧成烈火，
因为担心陷入岩浆而跑开，
那些石块总要化开流动起来。
大家都要张弛有度。”

“医生正是在稍事休息。
我在学校也是这样，要休息。
不要那么多我思考不了的问题。
你觉得你和太阳都是这样，
却容不得医生。”

“好吧，我们别再吵医生的事情。
说来他也并非一无是处。
我承认他确实好像忙，特别是冬天。
那时太阳显得病恹恹，
圣诞节让大家悬悬而望。
他的摩根马疾驰而出，刨开雪团，
砸在身后小雪橇的泥板上。”

“病恹恹的星星不在黄道里啊。”

迪克想这样说，又不太确定，
天文学不好。
(下学期还要上课。) 而且，
何必拿新问题来争吵?
他们埋头匆忙锄地，
层积土没有杂质，要是谁的锄口
意外锄到石头，一整天
他都少不了小题大做
对好运霉运论长道短——
他们努力表现自己的和善。

为让派克感到处于优势，
而且体面无须认错，
迪克说:“你的手艺值得学习，
比尔，但我不会感谢你。
我觉得这方面太阳与你一样，
因为你提到了太阳。
我对太阳的理解就是这样。
他给我们带来炎夏，
没等到我们意识到，就躲开
我们的谢意，不要我们感谢。
感激当前他总是回避，
也不想被膜拜为神。
我们的膜拜他已经承受太多，
那是在波斯和秘鲁古国。
我这样说够不够——
我要表达对你地位的尊敬!”

“也许,”派克说（他不知道弥尔顿)，
“我想圣诞老人就来自那里——

是我们父母的化身，
送来圣诞礼物，让他们避开
我们的感谢，让他顶替。
而且，连他也要躲开，
顺着烟囱爬到外面。
都知道他住在冰岛海克拉山。
大家都可以写信，
即使他从来也不会看信。
我们要的圣诞老人已经有了。”

“我也听说过，基本相信。”
迪克跟老派克说，他不知道莎翁。

弗罗斯特生平大事

1874 年 3 月 26 日出生于旧金山
1885 年 5 月 5 日父亲去世
1892 年毕业于劳伦斯高级中学
1894 年发表诗作《我的蝴蝶:挽歌》(My Butterfly: An Elegy)
1895 年 12 月结婚
1897—1899 年就读哈佛大学
1900 年母亲去世
1912 年去往英国,广泛结交英国诗人,如庞德(Ezra Pound)、休姆(T. E. Hulme)等
1913 年《童年的期望》(*A Boy's Will*)出版
1914 年《波士顿以北》(*North of Boston*)出版
1915 年返回美国
1916 年《山间》(*Mountain Interval*)出版
1923 年《诗选》(*Selected Poems*)出版
　　《新罕布什尔》(*New Hampshire*)出版
1924 年第一次获得普利策奖
1928 年《小河西流去》(*West-Running Brook*)出版
1929 年剧作《出路》(*A Way Out: A One-Act Play*)出版
　　剧作《谷地的奶牛》(*The Cow's in the Corn*)出版
1930 年《弗罗斯特诗集》(*Collected Poems of Robert Frost*)出版
1931 年第二次获得普利策奖

1934 年《诗选集》(第三版)(*Selected Poems: Third Edition*)出版
1936 年《更远的范围》(*A Further Range*)出版
1937 年第三次获得普利策奖
1939 年《弗罗斯特诗集》(*Collected Poems of Robert Frost*)出版
1942 年《记号树》(*A Witness Tree*)出版
1943 年第四次获得普利策奖
1945 年剧作《理性的面具》(*A Masque of Reason*)出版
1947 年剧作《仁善的面具》(*A Masque of Mercy*)出版
剧作《绒毛绣线菊》(*Steeple Bush*)出版
1960 年获得美国国会金质奖章
1962 年参加美国国务院发起的文化交流活动出访苏联
1963 年 1 月 29 日去世